暁に恋を知れ㊤

伊達きよ

CHARACTERS
ルーシャン
ヴィラルハンナ王国の
元第三王子。α。
稀代の魔法使い。
変わり者で有名。
王位継承権を放棄し、
魔法研究に励んでいる。
ビナイ
辺境の村で不遇な扱いを
受けて生きてきたΩ。
とある秘密を持つ。
高い身体能力を活かし、
日々肉体労働に
励んでいたが……？

アルバート
ヴィラルハンナ王国の
近衛騎士団第三隊隊長。α。
ルーシャンの幼馴染であり
唯一の友。
涼しい目元の爽やかな偉丈夫。
ガルラ
ルーシャンに護衛として
仕えるα。元兵士。
伝説とも言われた剣豪。
ビナイに剣術を指南。
ハティ
ルーシャンに仕える
使用人のβ。
主命（あるじいのち）で、仕事熱心。
ビナイの身の回りの
お世話も徹底的に焼く。
illustration：奥田 枠

contents

暁に恋を知れ
AKATSUKI NI KOI WO SHIRE

一

「ビナイ、祈りの時間だ」

頭の上から降ってきた声に、ビナイは顔を上げる。

目にかかるほどに伸びた黒髪の先からぽたりと汗が落ち、ビナイは首を振ってそれを払った。シャツの襟ぐりで首筋の汗も拭い「はい」と簡潔に返事を返すと、なめし皮のような褐色のすらりと長い手足を使い、穴から這い出る。ぼさぼさの髪が肌にまとわりついて気持ち悪いが、それを耳にかけたりするわけにはいかない。「またむやみに肌を出して」と叱られるからだ。

「手抜きをせず作業に務めていたか?」

「はい」

今日は朝から、村長の家の死んだ猟犬の為に墓穴を掘らされていた。村での忌避される雑事は、大体ビナイの役目だ。

「その格好は良くない。羽織を被って行きなさい」

ビナイの格好をチラリと眺めた村長家の使用人が、眉根を寄せて厳しく言い据える。ビナイは神妙な顔で「はい、すみません」と頷いた。

土に塗れて、泥だらけで汚れているから……ではない。薄いシャツ一枚、かつ、汗でシャツが張りついて肌が透けて見えているからだ。

「お前は本当にふしだらなΩ(オメガ)だ、ビナイ。しっかりと神に懺悔(ざんげ)し、罰(ばつ)を与えて貰(もら)いなさい」

「はい」

ビナイは、身を縮めるように首(こうべ)を垂(た)れた。そして、穴の縁(ふち)に置いていた羽織をすっぽりと被る。夏の暑い日、しかも先ほどまで力仕事をしていたせいで、体温も嫌というほど上がっている。数秒もせずに汗が、どっ、と湧いて流れた。しかし、羽織を脱ぎ捨てる訳にはいかない。ビナイが、Ωだからだ。それも、村長達に言わせれば「とびきりにふしだらで恥知らず」のΩ。

「作業は、祈りの後に続けなさい」

「はい」

ビナイは言葉少なに答えると、頭を下げて村長の屋敷を後にした。

ビナイは必要最低限の発言しか許されていない。それ以上喋ると、ビナイが相手を「誘惑した」と見なされる。視線ひとつ合わせることすら、ビナイには許されていなかった。

この世界の人間は全て、男女性別とは別に第二の性として、α（アルファ）、β（ベータ）、Ω（オメガ）という三種類に分類されている。たった三種類されど三種類。この世界は残酷にも、平等とは程遠い、性種の差別が蔓延(はびこ)っているのだ。

すべからく世界を廻(まわ)すのはαである。αは人口の一割程度しか占(し)めていないのにもかかわらず、そのほとんどが国の中枢(ちゅうすう)で国家を操っている。

その手足となり働くのが、β。人口の8割を占めている、いわゆる一般人。まれに優秀な者も生まれるが、能力でαに敵(かな)うことはありえない。αとβでは持って生まれる規格が違うのだ。

そして、最後の一種、ただαの子供を産むためだけに存在していると言っても過言ではない脆弱(ぜいじゃく)な性、Ωだ。Ωの割合は三種の性の中で最も低い。

Ωは、αのように特筆した能力もなく、βのように普通に生きることすらままならない。ただαを誘惑できるように、発情によるフェロモンだけは振り撒(ま)くという、迷惑な存在。番(つがい)を作るまでそのフェロモンは治(おさ)まらない。そのため依存心が強く、生来媚(せいらいこ)びた性格になりやすい。

Ωは、そのフェロモンで以(も)って人を堕落(だらく)させる物である。少なくとも、ビナイはそう言い聞かされて育った。

*

「Ωはそのフェロモンで以って人を堕落させる、恥ずべき存在である」

ビナイは床に膝を突きながら、神父の言葉を聞いていた。香炉(こうろ)から立ち昇(のぼ)った煙が教会の中を満たしている。そのなんとも言えない辛(から)い香りは鼻の利(き)くビナイにとってはあまり嬉しくないものだが、もちろん「消して欲しい」など願い出る権利はない。ビナイの苦い記憶は、いつもこの匂いとともにあった。

蒸し暑い部屋の中に、ビナイと、数人のΩが並んで膝を折って座り込んでいる。しかし、羽織を被っているのはビナイだけだ。そもそも、ビナイとは肌の色からして違う。

ビナイは村のΩの中でも、さらに異端だ。

「サリーニャ」

「はい」

神父が居並ぶΩの中の一人、サリーニャに声をかける。

「来月婚儀だな」

「はい」

「お前もようやく人間になれる」

「……はい！」

サリーニャは頬を紅潮させて、力強く、嬉しそうに頷いた。実際、嬉しくて堪らないのだろう。

この村では、Ωは十五になると、村長が決めた者と番わされる。番ってしまえば、フェロモンは不特定多数に向けたものではなく、番個人にしか効かなくなるからだ。そうなってようやく、Ωは「人間」と認められる。そう、それまでΩは人間ですらないのだ。

（いいな……）

ふ、とそんな考えが心の内に浮かんでしまって、ビナイは後ろめたさに身を震わせた。

他のΩを羨むなど、浅ましい。欲の表れだ。

顔をちらりと上げ、簡素な部屋の正面に置かれた小さな祭壇……その上に置かれた神の像を見つめる。それから視線を神父に向け、ビナイは「あ、あの」と小さく声をあげた。

「なんだ、ビナイ」

口を開くことは咎められなかった。ビナイは少しだけホッとして、その安堵を頼りに声を絞り出す。

「俺は……俺も、人間になれる機会を得られる、ます、でしょうか？」

下手くそな敬語を使って、しどろもどろで問いかける。

「俺も、人間となり……神の加護を得て村を支えたいと、思います。この村のためにも、どうか……」

人間になるとはつまり、番を得るということ。サリーニャはビナイより三つも年下だ。彼女が番えるのであれば、ビナイだってそれも可能だと思った。が、しかし。

「まだだ。お前が人間になるには徳が足りない」

ぴしりと鞭打つような鋭い言葉に、ビナイは息を呑んで顎を引く。

「村を支えるだと？　お前のようなΩが何の役に立つと言うんだ。驕り高ぶったその思考、本当に身の程知らずなΩらしい」

神父は服の袖で自身の口元を隠し、ビナイを睨む。冷水を浴びせられたような気持ちで、ビナイはしょんぼりと項垂れた。そんなつもりではなかったのです、と今さら告げたところで、神父は受け入れてはくれないだろう。

「そもそも、Ωの分際で神父である私に意見を述べようなどというその態度がおこがましいのだ」

「……も、申し訳ありません」

ビナイは内心震えながら、頭を下げる。隣に控えたサリーニャが馬鹿にしたように口端を持ち上げるのが見えたが、何も言えない。彼女はビナイと違って「人間」になるのが約束された存在なのだから。

（俺も……いつかは、ちゃんとした人間になれるんだろうか）

祈りとも懺悔ともつかぬ言葉は、ビナイの心の底に沈んで、沈んで、やがて澱んで消えていった。

ビナイは今年十九になるが、まだ番う相手はいない。それは、ビナイの肌の色が他の者と違うことが大きく関わっている。

ビナイは「余所者の子」だ。「余所者」とはつまり、この山深い村の外からやって来た者。ビナイの母はどこか他の村、町、もしくは国からやって来たらしい。彼女が何者なのか、ビナイは未だにきちんと教えて貰ったことはない。

ビナイの母はとうの昔、ビナイが幼い頃に亡くなっている。彼女は乳飲み子のビナイを連れて単身この村に流れて来た。つまりビナイの母、そして父もまたこの村の人間ではない。さらに、母はこの村で番も作らずに、複数の男を受け入れていたのだという。まさに「男たちを堕落させた」のだ。

幼い頃に受ける第二の性判別検査で「Ω」と診断されたビナイは、村中から警戒された。「あの女のように、村人を堕落させるのではないか」と。

であれば、早く番を充てがえばいいのだが、それも村人皆が尻込みしており、誰も受け入れない。まるで「番えば取り殺される」とでもいうように、ビナイを避ける。

村の番を持たないΩは、発情期に入ると山奥にある小屋に閉じ込められる。小屋とは名ばかりの、暗く陰鬱な牢獄だ。ビナイはそこに囚われる回数が、他のΩより極端に多かった。発情期に限らず、「村の若い男に色目を使った」「肌が透ける服を着ていた」と責め立てられては、仕置きのように小屋に閉じ込められたからだ。

親のない自分を育ててくれた村には、感謝しかない。村人から冷たく当たられるのは、自分が淫らなΩだからだと。ビナイは、そう考えていた。


祈りを終え、教会を後にしようとしていたビナイに「ビナイ、待ちなさい」という声がかかった。神父だ。

「はい、神父様」

「今日、村長の家で作業していた際、上着を着ていなかったそうだな」

素直に振り返ったビナイに、神父が感情のこもらない声で告げる。

「……は、い」

ビナイはそのしなやかな体を縮こまらせて、視線を揺らした。

「村人から数件苦情が入っている」

「はい……」

どこから見られていたかわからないが、苦情が入ったということは……そういうことだ。こうなったら、もうビナイに自由はない。作業も済ませてないし、出来ることなら汗を水で流したかったのだが、それすらも叶わないだろう。

神父が、チャリ、と鍵を鳴らす。あの、小屋の鍵だ。

ビナイの背中を、汗が一雫流れていった。まるで、溢すことを許されない涙の代わりのように、すう、と。

村から山奥に位置する小屋までの道すがら、ビナイにいくつもの視線がよこされる。目を伏せていても、肌に刺さるそれは強く感じた。

「またビナイか」

「あの淫売の子だから」

「なんて浅ましい」

ヒソヒソと囁く声は、過たずすべてビナイの耳に届く。まるで言葉の先に刃物が仕込まれているような鋭さだ。そして、言葉よりももっと強く、その視線はビナイを責め立てる。冷たくも熱く絡みつくようなそれに、ビナイの喉はカラカラに干上がった。

死刑台へ進む囚人のような気持ちで、ビナイは歩く。

いや、まさしく、囚人と同じだ。ビナイは何度も、何度も何度も、心を殺されていた。

(俺は、俺は……)

ビナイは無意識のうちに胸元に手をやり、虚しく体の傍に落とす。数年前まで、胸元には母に与えられた「御守り」である首飾りを下げていた。それを握りしめるように手を動かすのが、癖になっているのだ。

動物の骨のようなものに皮でできた紐が括り付けられたそれは、当たり前のようにビナイの側にあった。が、村長に見咎められてからは家の棚の奥に仕舞うようにしている。村長曰く「首飾りで身を飾るなど、いかがわしい」とのことだった。

淫売と罵られようと、ビナイにとって母は母だ。彼女はビナイには優しかった。ビナイはその御守りを、彼女の形見と思っていた。取り上げられていないだけましなのだ、と自分に言い聞かせながら、ビナイは視線をさらに下向ける。

『ビナイ。ビナイ、大丈夫よ』

足元を見ていると、耳の奥に母の声が蘇った。囁くような、けれどしっかりと芯の通った声。

『大丈夫よ、ビナイ。あなたはビナイ、とても強い子』

震えて丸くなるビナイの背を、優しい手が撫でる。

もう顔も思い出せないのに、その手の感触だけは妙にはっきりと覚えていた。温かく、優しく、そして強い。

『何があっても、きっと乗り越える。だってあなたは……』

母が、ビナイの耳元に口を寄せて、そ、と囁くように「秘密」を口にしてくれる。ビナイと母しか知らない、誰にも言えない秘密を。

(俺は)

ふら、と足がふらついてビナイはハッと瞬きをする。どうやら暑さで眩暈に見舞われたようだ。数度、浅く呼吸を繰り返してから、ビナイは羽織の前をさらに強く合わせた。

＊

小屋の中は随分とかび臭い。じめじめと年中日の当たらない山の木陰に建てられているからだ。閉じ込められているΩは他にはいないようだ。ビナイはその小屋に一人で押し込められることになった。

ベッドなんて立派なものはなく、床の上に申し訳程度の布を敷いて寝起きする。窓は手の届かない高い場所にひとつ。あとはしっかりと分厚い木でできた壁に覆われており、娯楽になりそうなものなどひとつもない。

一応料理のできる竈門がひとつあり、Ωはそこで持参した食料を使い自炊する。

干し肉と乾燥させた野草を煮た汁を吸い、ビナイは「ほ」と息を吐く。小屋に閉じ込められるのは辛いものがあるが、しかしまるきり一人という状況は少しだけ安堵できた。

住まいにしている荒屋は壁が薄く、そこかしこ穴が空いていてビナイが何をしているかなんてすぐにわかってしまう。しかしこの山小屋には、おいそれと村人も近付いてこない。ここは「穢れ」の象徴だからだ。

「ん」

ただでさえ日の差さない山奥に建っている小屋は、暗くなるのが早い。日没を待たずにどんよりとした闇に包まれた小屋の中で、ビナイはしっかりと体を伸ばした。伏せの体勢で力を抜き、く、と腰を持ち上げるように反(そ)らす。

身に纏(まと)っていた羽織が床に落ち、ビナイの体が「自由」になる。ゆるゆると首を振ってから、ビナイは「んぁ」と声をあげた。そして慌てて口を閉じる。

無言のまま、何度か確かめるように右脚左脚を交互に動かし、その場で何度か飛び跳ねる。体は軽く、気分も悪くない。暗闇の中、しばし体を動かしてから「ふ」と息を吐く。動きを止めると途端に静寂が戻ってきた。次いで、山の中の音も。耳を澄ませば、どこかで梟(ふくろう)が鳴いているのがわかる。

その場で少しうろうろと彷徨(さまよ)ってから、ビナイは羽織に身を埋めるようにして丸まった。寒い季節なら辛いが、この時期なら何も問題ない。

明日から少なくとも五日ほどはこの小屋の中で過ごさなければならない。ビナイは「うるる」と喉を鳴らしてから目を閉じた。

二

小屋に入れられて、二日。

することもなく、ただひたすら地面に座って高い位置にある格子窓を眺めたり、鈍(なま)らないように体を動かしたりして許しの時を待った。それがΩと診断されてから何度も繰り返してきたことだった。

それでも、ビナイは規則正しい生活を続ける。今は胸にないけれど、小さな御守りがビナイの心を支えてくれていた。

（大丈夫。俺は大丈夫。だって俺は……）

母が囁いてくれた言葉を祈りのように繰り返す。その言葉を胸に抱いてるうちは、俯かずにすんだからだ。きっと外に出れば、真面目に仕事に励めば、Ωとして貞淑に過ごせば、いつかはビナイも人間になれるかもしれない。番を得ることができるかもしれない。

そんな希望を抱きながら粛々と小屋の中での日々を過ごすビナイを、思いがけない人物が訪ねてきた。

「ビナイ、出なさい」

聞き覚えのある、甲高い皺がれ声……村長だ。外からしか開けることが叶わない扉が、ぎ、と押される。どうやら村長が鍵を開けたらしい。ビナイは慌てて壁に掛けていた羽織を纏った。

「さぁ、早く」

やはり、扉の向こうにいたのは村長だった。ビナイは恐る恐る、窺うように扉の向こうへと顔を出す。

（何故？）

小屋に入ったら、最低五日は出られない。それがどうしてこんなに早く出ることになるのか。しかも村長自ら迎えに来るなんて、初めてのことだ。

紅玉のような赤い瞳を瞬かせるビナイに対し、村長はその樽のようにでかい腹を揺すりながら笑って見せた。いやに上機嫌で、目を爛々と光らせている。ぎょろぎょろと忙しなく動くその眼球が生物じみて妙に恐ろしく、ビナイはそっと視線を逸らした。

「あの……」

話しかけることは許されないとわかっていながら、それでもビナイは視線を下げたまま声を上げてしまった。状況が、全くわからなかったからだ。いつもより早くこの小屋から出されることも、村長が自分を迎えに来ることも、妙に上機嫌なことも、何もかも。

「何をもたもたしているんだ。村に戻るぞ」

「は、はい」

動きの鈍いビナイに、村長がわずかに苛立ったように語気を強める。ビナイが自分に従うのは当たり前だと思っているのだ。村長にとってビナイなど、物や家畜と変わらない。

ビナイは鞭打たれたように体を跳ねさせると、おずおずと足を進めた。

「思えば、ビナイは働き者だったな」

前を歩く村長の脈絡のない言葉に、ビナイは足を踏み外しそうになった。が、どうにか堪えて、肉付きの良い背中をマジマジと見つめた。

「母の罪を償おうと精一杯働いて、村の為に尽くして……。Ωにしては、孝行者だった」

(何を……?)

村長の口から出た台詞だとは、にわかには信じがたい言葉が続く。

村長がビナイを労ったことなど、これまで一度もない。ビナイがどんなに村の規律に従おうと、身を粉にして働こうと、言われたとおり小屋に閉じこもろうと、一度も「よくやったな」とは言わなかった。

（なんだろう。何か、何かが……）

じわ、と胸のうちに感じた違和感を、ビナイは瞬きすることで逃す。

褒めるような発言ももちろんおかしい。しかしそれとは別に、何かが引っかかるのだ。村長が話せば話す程、その違和感は無視できない程に心の中に広がっていく。

「お前はいい子だったよ」

そう言われて、ようやくビナイは違和感の正体に気が付いた。

村長は、まるでビナイの献身を「過去のもの」のように語っていた。「働き者だった」「いい子だった」……まるで、過去にいた人物の、思い出話を語るような。

（どうして）

ようやく辿り着いた村の中心。村長の屋敷の前に目をやると、見たこともないような大きくて立派な馬車が停まっていた。四頭立ての、本当に、驚くほど豪奢な馬車だ。

思わず足を止めたビナイを、村長が振り返る。その顔は、気味が悪い程に、ぐにゃりと嬉しそうに歪んでいた。堪えきれない愉悦を隠そうとして隠せていない、そんな顔だ。

「これからも、村の為に尽くしてくれるな?」

「村長……?」

「ビナイ、お前の『運命の番』が現れたんだよ」

村長の言葉があまりにも衝撃的過ぎて、ビナイは眼球を取り零してしまいそうな程に、目を見開いた。

「え……？」

相変わらず、刺すような陽射しが、脳天をじりじりと焼く。眩暈がするのは、その熱のせいか、村長の言葉のせいか、はたまたそこら中から感じる、じろじろと探るような視線のせいか……。

頭がくらくらする感覚に、ビナイは、一度だけギュッと強く目を閉じた。

＊

「番」とは、αとΩの間に結ばれる特別なパートナー関係だ。αが、Ωのフェロモン分泌腺であるうなじを噛むことで、その契約は結ばれる。それによって、Ωのフェロモンは番であるαにしか作用しなくなる。

通常、相手が誰であれ、αとΩという関係でさえあれば、番になることができる。

しかし「運命の番」とは、αとΩが結ぶ番関係の中でも、特別で特殊なものだ。

通常の番関係と違い、「運命の番」は誰でもいいという訳ではない。天に選ばれし唯一無二の一対の存在。この世にたった一人しかいない、まさしく「運命」の相手だ。

Ωにとって「運命の番」と出会えること以上の幸福はない、と言われている。体、心、自分に足りなかった全てを補われたかのような充足感を得ることが出来るのだと。それこそ、欠けた魂がひとつになるかのように、満ち足りるのだと。

ビナイも、「運命の番」という言葉自体は知っていたが、まるきり「おとぎ話」の一種だと思っていた。

現実に存在などする筈ないと。

　なぜなら、運命の相手がどこにいるかなんてそう簡単にはわかるはずがない。「出会えばわかる」「一目で察せる」「匂いでわかる」などと言われているらしいが、少なくともビナイには覚えがない。どうして自分が「運命の番」だとわかったのだろうか。この広い世界でたった一人を見つけるなんて、砂浜で一粒の砂金を探すようなものなのに。


（でも、まさか、本当に……？）

　村長の屋敷の豪華な客間。ビナイは初めて座る柔らかな椅子の上で、落ち着かずに視線を彷徨わせるしかない。どうしても、ビナイの目の前で穏やかに微笑む精悍な男たちを、直視することが出来なかった。

　村の誰より、そう、ビナイの横に座る村長よりも立派な服を着た二人組の彼等は、仕草のひとつひとつまで、とても優雅だ。

　一人はまるで貴族のような服を着た（しかし上等なそれは使用人の服だという）生真面目な雰囲気の男、そしてもう一人は腰に剣を携えた「武人」といった装いの男。趣の違う二人はしかし、同じような優しい瞳をビナイに向けてくれていた。

「ビナイ様のお仕度が済んだらすぐにでも出発させていただきたいのですが」

「ええ。ええ。いつでもどうぞ」

　揉み手をせんばかりの村長の姿に違和感を覚えながら、ビナイは膝の上に置いた手を見下ろす。突然のこと過ぎて、全く理解が追いつかない。

目の前に座る彼等は、ビナイの「運命の番」の遣いなのだという。彼等のような、見るからに身分の高そうな服に身を包んだ者を遣いに出来るなんて、一体「運命の番」はどんな人物なのか。当たり前だが、とても気になる。が、そこに関しては「申し訳ございませんが、ここでは……」と黙して教えてくれなかった。どうやら、口外出来ない理由があるらしい。

いっそ人買いか何かが騙しに来たのだ、と言われたほうがしっくりとくる。むしろそうとしか考えられないのだが……、わざわざビナイ一人を拐うためにこんな手の込んだ仕掛けをするだろうか。

何にしても、ビナイはただ村長と彼等の間で交わされる話を聞くことしか出来ない。

Ωであるビナイに、口を挟む権利はない。

「突然私たちがビナイ様の『運命の番』の使者と言われても、信用なりませんか？」

「えっ……」

心の中を見透かされたのかと思って、ビナイはきょどきょどと視線を彷徨わせる。すると、二人のうち一人（生真面目そうな雰囲気の男）が、穏やかに微笑んだ。

「こちらをご覧ください」

男は、胸元から掌サイズの石を取り出した。その石は爛々と赤く光り、そこから伸びた細い光がビナイに向かって真っすぐ伸びていた。

「なんですかな、これは」

ビナイが問う前に、隣で様子を窺っていた村長が不審気な声を出す。しかし男はそんな村長に目をくれることもなく、ビナイに向かって「これは」と話を続けた。

「『運命の番』の場所を指し示す力が込められた鉱石です。近付けば近付くほどに光は赤く、強くなっていきます。この光の先がまさしく、ビナイ様なのです」

「光？　鉱石……？」

なんのことかよくわからなかったが、村の外にはとても便利な道具が存在するらしい。ちら、と隣を見ると村長が「怪しげな」と嫌そうな顔をして光り輝く鉱石を見下ろしている。どうやら村長にしてみれば怪しい品らしいが、ビナイは……。

机の上に置かれたその石に、そ、と手をかざしてみる。

（温かい……）

じわ、と掌に熱が伝わり、それは瞬く間に全身に広がっていく。その強く温かな光が何故か愛おしく感じて、ビナイは「そうか」と唐突に理解した。

（これが、この温かくて、優しい熱が……『運命の番』なのかな）

理屈ではなく本能で理解した、というのだろうか。ビナイはいまだほかほかと温かい手をもう片方の手で包み込んで「ほ」と安堵の息を吐いた。きっと間違いない。本当に、「運命の番」がビナイを探し当ててくれたのだ。

「ビナイ様。ご理解いただけましたか？」

胸の内からじんわりと湧いてくる嬉しさを噛みしめるビナイに、鉱石を胸元にしまった男が穏やかに話しかけてくる。ビナイは背を正して「はい」と頷いた。少し声が震えてしまったが、男は気にした様子もなくにっこりと微笑んでくれる。

「ビナイ様、お仕度はいかがですか？　お荷物は？　一度で馬車に乗る量でないようでしたら、また後日改めて荷物を引き取りに参りましょう」

ビナイは彼の言葉に逡巡してから、「あ……」と口を開きかけて、そっと村長に視線をやった。勝手に喋ったら怒られるかもしれない。ビナイの視線を追って、彼等の目も村長に向けられる。三人分の視線を物ともせず、村長は尊大に頷いてみせた。

「荷物？　これの持ち物はとくにありません。どうぞいつでも連れて行ってください」

「荷物が、ない？　何も？」

ちらりとビナイを見て、村長を見て、彼等は互いに視線を交わす。

「仕度は……。あぁ、ビナイ。井戸で水でも浴びてきなさい。そんな匂いをさせていては先方にご迷惑だろう」

臭う、と言わんばかりに鼻をつまんだ村長の態度にも、ビナイは「はい」と頷く。真夏だというのに、汗も洗い流せないまま小屋に閉じ込められていたから匂っても当然だ。

目の前の彼等は驚いたような顔をした後、眉を寄せて不快感を露わにした表情を浮かべた。もしかしたら既に、ビナイが臭くてたまらなかったのかもしれない。申し訳なさに、ビナイはさらに身を縮める。すぐにでも井戸に向かいたいが、勝手に立ち上がっていいものだろうか。

「あの、先ほどから思っておりましたが、貴方のビナイ様に対する態度は何ですか」

「はぁ？」

先ほど鉱石を見せてくれた男が、ビナイ……ではなく、村長を咎めるように声をあげた。村長は素っ頓狂な声を出して、おろ、とビナイを見やった。

「態度？　何か問題でもありましたか？」

「問題がないとでも？　まるでビナイ様を物のように扱って……」

「物？」

シパシパと瞬きを繰り返してから、村長は得心がいったように「ふん」と鼻を鳴らした。

「物ではありませんが、これはΩですから」

その物言いはへりくだっているようでありながらも至極不遜で、客人二人が鼻白んだのが、ビナイにもわかった。が、村長は気が付いていないらしい。馬鹿にするようにへらりと笑って顎を撫でた。

「しかもこれはご覧の通り外国の血が混じっています。あ――……実はその、そちらの『運命の番』様には申し訳ないですが、これの母はそれはもう淫らな女でしてねぇ。神の教えに背いて村人を誘惑しておりました。その血を引いたこれも何かと村の若い衆に色目を……」

「もう結構」

客人は、不愉快そうに村長の話を遮った。村長は「あぁ！　つまらん売女の話を……すみません」と頭をかきながら謝っている。

確かに自分の主人の「運命の番」が淫売の子だと知って、嬉しくはないだろう。ビナイは申し訳なさといたたまれなさから、頭を下げた。そういえば、急な迎えだったので、羽織の前をしっかり留めていない。ビナイはこれ以上客人達を不快にさせないよう、羽織の前をこっそりと閉じた。

「で、でもきっとお役に立てます。若いから体力もありますのでどんな野良仕事も出来ますし、文句ひとつ言わせないようちゃんと躾けております、それに……」

「もう結構、と申し上げた筈ですが」

ビナイを使えない奴だと思われたら困るからであろう。村長はしきりにビナイがいかに「使える道具」であるかを言い募る。が、その言葉は、素気無く遮られた。

「ビナイ様、お住まいは何処ですか？　必要な物だけ持って、直ぐにでも出立させていただきます」

客人はそう言うと、村長の返事を聞かず立ち上がり、ビナイを促す。

「あ、はい。ご案内しま……」

「ご不快な気持ちにさせてしまいまして、すみません！　ですがどうか、あの金は……」

立ち上がったビナイを押すようにして立ちはだかり、村長が客人に縋る。

(あの金……？)

「あれはもう差し上げたものです。今さら取り上げたりしませんので、どうぞお好きになさってください」

蔑んだ目を隠しもせず、客人は村長をちらりと見据えて、あっさりと視線を外した。

ビナイは彼等に促されるように、村長の屋敷を後にした。

＊

「ビナイ様、御身を金で買い取るような真似をしてすみません」

「……え？」

村長の家を出てすぐ。ビナイの「運命の番」が寄越したという遣い二人組に頭を下げられて、ビナイは飛び上がった。

「あ、あの……」

やめてください、と言いたいが、果たしてそんな命令じみたことを自分が言ってもいいものだろうか。いや、しかしこのままにしておく訳にはいかない。

「あ、頭を、上げてください」

おずおずとそう言って、ビナイは額に浮かんだ汗を拭った。そして、二人のうち、生真面目そうな色白の男に問うてみる。

「金……は、村長が言っていた、あの金、……のことですか？」

村長が最後に言っていた「あの金」という単語を思い出す。恐らく、それのことで間違いないだろう。

「ええ。我らが主人の『運命の番』でいらっしゃるビナイ様を育てられた礼として準備したつもりでしたが……この村の長がよもやあんな人物とは」

ギリ、と薄い唇を噛み締め口元を歪めてから、彼は「ふぅ」と細い溜め息を吐いた。

「信じる神にまでとやかく言うつもりはありません。ただ、この村はあまりにも……」

「ハティ殿」

何事か言い募ろうとした生真面目そうな男（どうやらハティというらしい）を、隣に立つ武人風の男が諫める。そちらは、立派な顎髭を生やした中年の男だ。剣を携えているだけあって、武術か何か心得があるのだろう。腕といい胸といい、体のそこかしこに、張りの良い筋肉が付いている。何というか、改めて見てみると、とても対照的な二人組だ。

髭の男に止められ、ハティは「……すみません」と不承不承といった顔で謝罪の言葉を述べる。そして、改めてビナイに真っ直ぐと視線を向ける。

「ビナイ様、失礼を申し上げました」

「えっ？」

また、頭を下げられてしまった。他人に謝ることはあっても、謝られるなどなかったビナイは、おろおろと視線を彷徨わせる。

そもそも金の件に関しては、ビナイからしてみれば「どうして俺なんかに」という感想しかない。ビナイの方が金を払って番にして貰う（いや、勿論そんな金は持っていないが）ならわかるが、その逆とは……。後になって「金など払わなければ良かった」と思われるのではなかろうか、という不安しかない。

「あ、いいえ、……はい、すみません」

結局、何と答えるべきかわからず、それを誤魔化すように、ビナイの方まで謝ってしまった。体に染み付いた謝り癖のようなものだ。ハティは少し戸惑った顔をしてから、それでも、微かに笑んでくれた。ビナイはホッとして息を吐く。

その話はそれで終いとなり、ビナイは二人を住処に案内した。

三 side ガルラ

薄暗い山道を、馬車が勢いよく駆け抜けていく。

その御者台に腰掛けたハティが、何度目かわからない「あぁ！」という悲痛な声を上げた。

「信じられませんっ」

隣でわなわなと手を震わせるハティにちらりと視線をやって、手綱を握る男……ガルラは「落ち着け」と言いかけた。が、思い直して「そうだな」と短く同意の言葉を返す。

本来なら、どちらかというと激情家のハティを自身が治めるべきなのだろうが、心情的にそれは難しかった。それくらい、今日見たものは衝撃的だった。

「あんな小屋、いいえ、小屋というのもおこがましい、板を合わせただけの空間に、人が住んでいただなんて」

余程驚いたのだろう。ハティの顔はいまだに薄ら青ざめている。色白の顔は白を通り越して、向こう側が透けてしまいそうだ。

だがその驚きや憤りもわからんでもない。何故ならその「板を合わせただけの空間」に住んでいたのは、我らが主人の「運命の番」様だったのだから。ハティでなくとも目眩がするというものだ。

先ほど、村を発つ前に案内された、主人の「運命の番」……ビナイの家は、家とは言えないくらいぼろぼろの荒屋だった。思わず愕然とするガルラとハティの前で、ビナイは申し訳なさそうに頭を下げていた。『すみません、狭いので中に案内も出来ません、すみません』と。

さっ、と引っ込んで、荒屋から何か取り出して来たと思ったらこれまたぼろぼろの袋ひとつ。何かと問えば、服が二組はいっているという。それと、亡き母の形見である御守りのような首飾りがひとつ。大事な物はそれしかない、と言うビナイに、ハティは盛大に顔を歪めていた。決して怒っていた訳ではないのだが、ビナイにはそう見えてしまったようで、しきりに『すみません』と謝っていた。

それはもう、見ていて哀れなほどに。

「性に対する規律が厳しく、フェロモンを発するΩは穢れた存在として扱う……。そういった、Ωを貶めるような信仰をしている地域があることは知っていました。知っていましたが……」

あまりにも、と言葉を濁すハティに、彼よりも世間を知っているガルラは「まぁ」と手綱を握り締めなおす。

「ビナイ様が外国の血を引いているということが、差別を助長させていたんだろう」

ただでさえ閉鎖的な空気の漂う村だ。まずもって見た目の違うビナイを「異質な物」として扱う気持ちもわからないではない。

この地域の人間は皆白い肌に薄い髪色をしている。体も、大柄というか、ずんぐりとした体型が多い。対してビナイは、なめした皮のようになめらかな褐色の肌に、すらりと長い手足をしている。髪は闇夜を映したかのように黒々と輝き、さらさらと絹糸のように首筋まで流れていた。

おそらく食べ物も満足に与えられていなかっただろう、その姿は細く頼りない。が、生気に満ちた若い体は、どこか野生の雄鹿を思わせた。しなやかな体もそうだが、血を一滴落としたかのような紅い瞳が大層印象的で、「村の若い衆を誘惑した」という村長の言葉も、確かにわからないではなかった。いや、ビナイが誘惑したとは思っていない。おそらく若い衆の方が、ビナイに視線を奪われたのだろう。それ程に、ビナイは美しかった。

そんな異質な美しさを持つからこそ、この村では苦労したのだろう。

「それにしても、文明の発展したこの国で、いまだ発情期のΩを閉じ込めているなんて……。抑制剤を知らない訳でもないでしょうに」

「薬という存在を受け入れられないんだろう」

きっと、自然の摂理を捻じ曲げる、と思っているのだろう。「そうなんでしょうね」と苦々しく呻くハティを見ながら、ガルラも遠慮なく溜息を吐く。

この村に着いた時、ビナイの所在を問うたガルラ達に対し、村長から村が所有する山奥にある小屋の存在を聞いた。発情期のΩ、もしくは他の者を誘惑したΩを閉じ込めておくための小屋だと。

主人の「運命の番」であるビナイが他者を誘惑した、と聞いてギョッとしたが、本人を見たらそんな不安は消え去った。彼は、およそそんなことをする人物には見えなかった。

「ビナイ様は？」

「馬車の中でお休みになられていますね……一応」

自身の背後に目をやってから、ハティが頷いて見せる。初めは馬車に乗るのを恐縮したように遠慮していたビナイだったが、乗ってもらわなければ話が進まない。半ば押し込むようにビナイを馬車に詰め込み、ガルラ達は村を後にした。

見送りは、誰も出て来なかった。ただ、村の家々の窓から、ちらちらと野次馬のように覗く目は見えたので、興味がないわけではなかったのだろう。今頃は、村中で噂しているかもしれない。

本来であれば、村で一泊してから出立する予定だったのだが、ガルラもハティもすっかりその意思を失くしていた。何より一刻も早く、かの村から、ビナイを連れ出してしまいたかったのだ。

「しっかり休めているのか？」

「……いえ、多分……あぁ、ちょっと難しいようですね」

言いながら、ハティは御者台の後ろに付いた小窓を覗き、残念そうに肩をすくめる。

「必死で窓枠にしがみついていらっしゃいます」

「初めての馬車と仰られていたからな。道も悪いし、仕方ないか」

ビナイは、馬車に乗るのが初めてだと言っていた。いや、村を出ることすら、物心ついてからは初めてだと。

「おやまぁ、まるで大きな猫のように」

先ほどまでのピリピリした雰囲気を少しだけ緩めて、ハティがくすくすと笑う。ガルラは手綱を握っているのでそれを見ることはできないが、なんとなく想像できた。ビナイはあの特徴的な目を見開いて、まるで置物のように固まっているのだろう。それこそ、借りてきた猫のように。

「気の毒だが、しばらくはこれが続くからな」

いずれにしても、これから休み休みとはいえ十日は乗り続けなければならないのだ。慣れてもらうしかない。

ハティは「ふふ」と笑みを溢してから、ふ、と真顔になった。

「ルーシャン様は、受け入れてくださるでしょうか」

「……」

溜息の後、静かに呟かれたハティの言葉に、ガルラは何も答えられない。しばし、ガタガタと馬車の揺れる音だけが響いた。

「『運命の番』であればきっと……、と思いたくもありますが、ルーシャン様が『運命』などに靡いてくださるかどうか」

元々ガルラの返事など気にしていなかったのかもしれない。ハティは何も言わないガルラに構わず、一人話を続ける。

「ビナイ様の指導も必要ですね。あのご様子ではまともな教育もなされていないでしょう。たとえ『運命の番』様だとて第三王子の妃には到底……」

「ハティ殿」

少し強めの呼びかけに、ハティが口を噤む。言い過ぎたこと、そしておいそれと口に出してはならないことまで言ってしまったことに気が付いたのだろう。「すみません」と頭を下げた。

もうすぐ日が暮れる。その前にどこかの町に寄って宿を取らねばならない。

ガルラは傾く夕日を眺めながら、十日後に起こりうるであろう事態に思いを馳せた。

四

人生で初めて、見上げなければならない程大きな建物を見た。

ビナイは顎を反らして上を向きながら、きょろきょろと首を巡らせる。

「ビナイ様」

「はいっ」

思わず「ほぉー……」と声を出して周りを眺めていたビナイは、横から呼びかけられて飛び上がった。

「大丈夫ですか？　ご気分はいかがですか？」

「あ、だ、大丈夫です。飲み物、ありがとうございました」

ビナイは空になったグラスを示す。ハティはにっこりと微笑んで、「それは良かったです」と頷いてみせてくれた。


ここはビナイが住んでいた村が属するヴィラルハンナ王国の王都ヴィーラ……らしい。今目の前にいるハティが「ここが王都ヴィーラです」と先ほど教えてくれたから知っただけで、ビナイが自分で気付いたわけではない。

なにしろビナイは王都に来るなんて初めて、いや、村を出るのだって初めてなのだ。ここが王都かどうかなんて知るはずもない。

村を出て十日。慣れない馬車での旅は、ビナイにはとても過酷なものだった。何しろ、絶え間なく足場が揺れ続けるのだ。踏ん張ろうにも、立ち上がるだけのスペースもないので難しく、横になっても落ち着かなく、結局座ったまま窓枠にしがみつくしかなかった。

夜だけは、町に寄って宿に泊まったが、一日中馬車に乗っていると、なんだか降りてからもガタガタと揺れている感覚が消えず、終いには夢にまで見るようになった。寝不足は慣れているが、それとはまた種類の違う苦痛だった。

そんな過酷な旅を続けるうちに、馬車の窓から見える景色も変わっていった。どんどん緑が減っていき、道が舗装されていき、建物や人が増えた。生まれてこの方、村から一歩も出た事のないビナイにとっては、見るもの全てが新鮮で、とにかく、目が眩む程に刺激的だった。

そしてようやく今朝方辿り着いた王都は、ビナイがこれまで生きてきた世界とは、全くの別世界であった。

——まず、建物の造りが違う。村の家々は基本的に木造りだったし、一階建てが普通だったが、王都の建物は石造り（しかも綺麗な赤茶色や白の石）で、しっかりしていて、意匠も凝らされている。二階三階建てなんてのも、ざらにあった。色硝子もあちこちに使われており、街中が色鮮やかだ。周囲に山もなく天候にも恵まれているからだろう。カラッとした日差しが街全体に燦々と降り注いでいる。それに、そこに住まう人達も、村人達とは全然違う。なんというか、垢抜けているのだ。

女性達は皆色をふんだんに使ったふわりとした生地の服を着ており、髪型ひとつとっても、手が込んでいてお洒落だ。皆しっかりと化粧もしており、ビナイには道行く人全てが美しく見える。絶世の美女として史実に語られているのはこんな女性なんだろうな、なんて考えてしまったくらいだ。

男性も、女性に負けず劣らず洒落た服を着込んでいる者ばかりだ。服のどこにも泥汚れなんて付いていないし、髪も撫でつけられ、髭もきちんと手入れされている。きっと、街自体がとても豊かなのだろう。

（本当に、なんというか、……世界が違う）

一応、ビナイもハティに与えられた上等な服を着ている（村を出てすぐに着替えるように言われ、以降用意された服を毎日身に着けている）が、服に着られている感がどうにも否めない。

ふわふわとした手触りの服に、体が沈みそうなほど柔らかい椅子。どうにもすわりが悪く、ビナイはごそごそと尻を動かした。

王都に着いてすぐ、遣いの一人であるガルラは、馬車と共にどこかに消えてしまった。「少し用事がありまして……すぐに戻って来ますので」とハティは言葉を濁していたが、ビナイにはその行先の見当すらつかない。

残されたビナイは、ハティ曰く「落ち着ける場所」へと移った。

そこはどうやら飲食店のようだが、驚く程にガランとしている。というより、ビナイとハティしか客がいない。不思議な顔をするビナイに気が付いたのだろう、ハティが「人払いをしておりますので、ゆっくり寛いでください」と微笑んでくれた。どうやら、客がいないのはハティが何かしらしてくれたからしい。王都の店はそんなこともできるのか、とビナイは驚いてしまった。村にも食堂はあったが、誰かのために貸切に……なんて見たことない。

テラスの席へと優雅に案内されて、ビナイはそこに腰掛けて、輪切りの果物が浮かんだ水を飲んでいた。「何を飲まれますか」と聞かれて「水を……」と答えた筈なのだが、どうして果物が浮いているのだろうか。この果物は食べるべきなのだろうか食べてはいけないのだろうか。ビナイには、やはりよくわからない。

「おや、ビナイ様」

と、ちらりとビナイの指元を見たハティが、スッと目を眇めた。

(これは、まずい……)

「す、すみませ……っ」

ハティの表情を見て反射的に謝ったビナイに、ハティがひんやりとした声音で告げる。

「何故袖を伸ばすのですか？　見苦しくなりますので、そういったことはなさらないでください」

ビナイは伸ばしていた袖を手首まで戻して、「あ、あ……、すみません」ともう一度謝った。

綺麗なグラスに、指紋を付けるのが申し訳なかったのだ。汚すのが忍びなくて、少し長めの袖を伸ばしてグラスを持ち上げてしまった。しかしそれは無作法なことらしい。

(難しい。あまりハティさんの手を煩わせたくないのだけれど……)

「ビナイ様。何度も申し上げておりますが、ビナイ様が私に謝罪する必要はありません」

「はい、すみませ……、あっ、いや、……はい」

旅の途中から、ハティはちょこちょことビナイの行動を咎めてくることが増えた。馬車の乗り方降り方だったり、物の食べ方だったり、はたまた今のようなちょっとした仕草であったり……。ハティが言うことなので間違いはないのだろうが、あまり物を知らないビナイにはとても難しい。

ハティは決して怒鳴ったりいたずらに虐めたりする様なことはしない。至極真っ当に、ビナイに物を教えてくれる。だがビナイは、何かを言われたり教えて貰ったりする度に、ハティの時間を割いた気がして申し訳なくなってくる。

ビナイは溜め息を噛み殺して、もう何も触らないように、膝の上に手を下ろした。

（咎められて、ただ謝る方が何倍も楽だ）

それは、何も考えなくて済むからだ。何も考えず、ただただ自分の非を認め続ければ、それ以上に責められることはない。

だが、ハティとのやり取りは、自分で答えを見つけなければならない。謝ってそれで終わりではないのだ。

（難しいな）

ビナイはやはり落ち着かない尻を動かし、ハティに見つからないように、「ふう」とこっそり溜息を吐いた。

暫くして、ガルラが戻って来た。ハティが立ち上がり、ビナイから少し離れた所で彼に話しかける。

「どうでした……は、今……に……と？」

「あぁ。今ちょうど………、王………、もしかしたら………だから、急げと」

「……だといいのですが……」

「……だな」

「では、すぐにここを……ましょう」

途切れ途切れに聞こえる言葉だけでは、何のことだかわからない。ただ、どうやらさらに場所を移すような雰囲気は伝わって来た。

(もしかして、もうすぐ『運命の番』様……、に、会うのか?)

ビナイの心臓が、どく、と一度跳ねる。それは、どく、どく、と続き、ビナイの手足をじぃんと熱くした。その熱は「運命の番」を見つけるための鉱石に触れた時の温もりを思い出させてくれる。

(あの時の、胸の奥から込み上げてくる愛しさや、温もり。あれが……)

あれがあったから、ビナイは「運命の番」を信じることができた。そして、あの時はただの直観だったが、この十日間のハティやガルラの言動で、それは確信に変わっていった。彼等は心からビナイに親切にしてくれている。その眼差しは、本当に優しいものだった。

(会える、……会える?)

旅の間もずっとそわそわと落ち着かなかったが、初めての村の外、初めての馬車、知らぬ人との出会いやコミュニケーションでいっぱいいっぱいで、気が紛(まぎ)れていた。

しかし今。ついに「運命の番」に会えるかもしれないとわかって、一気に心臓が跳ね上がった。

番ができること。それはビナイにとって一大事なのである。これまでの人生ががらりと変わるほどの、大事件なのだ。

（お、俺にも、……俺なんかにも、番が）

「番」を持てれば、むやみやたらとフェロモンを振りまかなくなる。ただただ人を堕落させる存在でしかないΩが、人間になれる、唯一の手段。

（俺が、人間になれる……？）

妙な期待はしてはいけない。自分は卑しいΩなのだから、ましてや「秘密」を抱えているのだから……とわかっているのに、心臓はどきどきと高鳴るばかりで、一向に落ち着かない。

じわじわと、喜びとも興奮ともつかない感情が、胸の内に広がる。こんな気持ちになったのは、生まれて初めてだ。

（あぁ、俺が……！）

旅の間に乗っていたのとはまた違う、少し小ぶりの馬車へ案内されてからも、ビナイはどこかふわふわと浮ついたままだった。

＊

「ビナイ様、到着いたしました」

馬車の外から、ハティの声が届く。

「あ……はぁ」

ビナイはのろのろと顔を上げた。脂汗が引かず、ただただ苦しい。外を見る余裕もなかったが、どうやらいつの間にか目的地に到着したらしい。

浮ついていようが何だろうが、やはり馬車には慣れない。湧き上がる吐き気に「うっ」と胸元を押さえながら、くったりと倒していた体をどうにか起こす。

……と、にわかに外が騒がしいことに気が付いた。

「ああっ、ルーシャン様！　お待ちを！」

「ルーシャン様！」

（ルー、シャン？）

ハティの、叫ぶような声が聞こえる。

必死で誰かを引き止めているようだが、「ルーシャン」というそれが誰の名前か、ビナイにはわからない。

「あぁ、ハティか。久しぶりだな」

ぞわっ。

その声が聞こえた瞬間。ビナイの背中に電流のような痺(しび)れが走り、首筋の産毛(うぶげ)がぶわっと逆立った。

しかしそれは気持ち悪いものではない。逆だ。あの鉱石に触れた瞬間の温もりや愛しさや、その他すべての感情がぐちゃぐちゃにかき混ぜられて、いっぺんに吹き出したような……そんな感覚だ。溢れ出るそれを抑えきれず、ビナイは「え?」「あ?」とかさかさに掠(かす)れた声を絞り出す。

「だがゆっくりと話している時間はない。悪いけど、私はもう行くよ」

低く耳に心地いい、ビロードの布地のような声だった。その声をいつまでも聞いていたくて、その声を出す喉に触れて、「もっと」とねだりたくなって、ビナイは混乱する。

先ほど水を飲んだ筈なのに、何故か喉がカラカラに乾いて、どうにか生唾を飲み下した。

（なんだこれ、なに、なに……っ？）

「まっ、ルーシャン様！」

「ハティ、私は研究に戻らねばならない。お前の小言はまたいつか聞かせておくれ」

「ルーシャン様っ！『運命の番』様を……っ、『運命の番』様をお連れしたのです！」

バタンッ、と勢いよく馬車の扉が開き、太い腕がビナイの手を引く。腕の持ち主は、ガルラだ。

ほとんど引きずり出されるように外に出たビナイは、よろよろと二、三歩よろけてから、顔を上げた。

「『運命の番』？」

ビナイの視線の先、白い光が煌めいた。その後を追うように、菫色の目がビナイを射抜く。

ひゅっ、と無意識の内に、ビナイの喉が空気を吸い込む。

「彼」は、まるで絹の束のように美しい銀の髪を、風に靡かせていた。すらりと背の高い彼の、その乱れ流れる髪は、まるでそれ自体が命を持っているようだ。

馬車を出た先は、規則的に並んだ美しい石畳と花が広がる、とても綺麗な場所。佇む彼は、まるで神様のようだった。思わずそこに膝を突いて跪きたくなって、ビナイは、足を震わせる。

そんなビナイからあっさりと視線を外して、彼はハティに顔を向ける。

「あぁそうかそうか！　ハティ良かったな、遂に番を見つけたか。そりゃめでたいおめでとう。祝い

はまた今度送る。ではな！」

「わっ、私っ⁉　いえっ、私ではありませんっ！　そもそも私はβですよ！　お忘れですか？」

ハティが声をひっくり返して首を振る。が、神のような麗人（れいじん）は「ふぅん。そうだったっけ」と鼻を鳴らしただけだった。

「では別の者か。そうかおめでとう誰かわからんが末長く幸せにな！　という訳で今度こそ私は行くぞ」

口早（くちばや）に述べた彼は、片手を上げてさっさと去って行き……そうになったところで、ハティが金切り声を上げて叫んだ。

「違いますっ！　ルーシャン様っ、貴方様の番です！」

「私？」

銀の髪を揺らして、彼が振り返る。ビナイはガルラの腕にすがりながら、彼の視線をもう一度真正面から受け止めた。

夜明け前のような、淡い菫色の瞳が、ビナイを見据える。

「こちらをっ、こちらをご覧ください！　これはルーシャン様の『運命の番』を探すために準備した鉱石です……っ！」

ハティが胸元から取り出したのは、彼がビナイの村で見せてくれたあの鉱石であった。それは眩（まばゆ）いほどに赤く光り、そこから放たれた光は真っ直ぐにビナイを貫いている。

「へぇ」

男はどこか感心したような声を上げ、ハティの手からそれを受け取る。

「君が、私の番？」

が、その目がビナイを捉えたのは、一瞬だった。

「……ふんふん、わかった。了解、わざわざありがとう」

彼は何度か頷いてから背を向けると、今度こそ振り返らず真っ直ぐ向こうへと進んで行く。

「ル、ルーシャン様っ！　『運命の番』ですよ！　貴方のっ！」

この世にたった一人のっ、という悲痛な叫びが届く前に、銀の髪の男は、パッ、と目の前から消えてしまった。文字通り、その場から消え失せてしまったのだ。

「ひっ……！」

驚き、後ろに倒れ込みそうになるビナイを、逞しい腕が支える。

「ひ、人が……消え……？」

まるで、夢のような出来事だった。あまりにも現実感がなさ過ぎて、ビナイの体は意図せずかたかたと震えだす。

「……やはり、駄目か」

ガルラのその苦々しくもはっきりとした声と、ビナイの腕を掴む力強い握力だけが、これが現実であるということを教えてくれていた。

五

ビナイがまだ今より五つほど幼い頃。小屋にこもる前に発情期を迎えてしまった娘がいた。

「なんて恥知らず。これだからΩは……」

「元々あの家の娘は素行が良くなかった。Ωのくせに他の性種の者と話しているのを見たぞ」

「信じられない。そんなのはずっと小屋に閉じ込めておけばいいのよ」

「誰だかに早く番にして貰わないと、あの娘の両親が気の毒だ」

「ここだけの話、アイロニの所の坊主の私物を集めていたらしいぞ」

「なんだと！」

「まぁ呆れた！　まさか、巣作り？　恥ずかしいったらありゃしないわね！」

「神様に見捨てられてしまうがいいわ」

ひそひそと話す大人達の声は、不思議と子どもの耳によく入る。

ビナイはそれを聞きながら、黙々と家畜の糞尿を片付けていた。片付けたら、今度はそれを集めて堆肥にしなければならない。布で鼻から口元まで隠しているから暑くて堪らないが、それも仕事のうちだ。

（発情期は、恥ずべき状態）

（巣作りなんて、もってのほか）

心の中で繰り返しながら、ビナイは手に持ったスコップを糞尿の山に突き刺す。

（Ωは、発情期のΩなんて……）

家畜と同じか、それ以下か。

惨めとはまた違う、「そうか」と納得するような気持ちが胸の内を占めていく。

（恥ずかしいことをするΩは、駄目。神様に見捨てられる）

額に浮いた汗が一筋、ビナイの目元に落ちてくる。じん、と目に染みたそれを、ぎゅっと目蓋を閉じる事で逃す。零れた汗は、まるで涙のように家畜小屋の床へと落ちていった。

＊

ビナイは椅子に座ることもせず、部屋の真ん中に立っていた。

昼間ではあるが、部屋の中はどんよりと薄暗い。備え付けられた大きな窓の向こうには、重たげな雲がかかった空が広がっていた。

ビナイは窓の方に向けていた顔を正面に戻し、「ふー……」と息を吐いて体を前方に折り曲げる。腰を起点にしなやかに曲がった上半身は、ぺたりと床に手をついて止まった。ハティあたりが見れば「まぁ、なんと柔らかな」と驚くであろうが、ビナイは眉間に皺を寄せる。以前よりほんのわずかだが、脚の筋に痛みを感じたからだ。

（体が、鈍ってる）

この屋敷に到着してから十日経った。しかしまだ体は調子を取り戻していない。

どうやら先日の馬車での旅が体に良くない影響を与えているようだ。ずっと体を縮こめていたので、筋肉が凝り固まっているのだろう。

ビナイは体を起こし、数度膝を曲げたり伸ばしたりしてから、ぐっと背を反らした。

「んっ」

ぐぅ、と反らして、反らして……そして床に逆手を突き、片足を大きく振り上げ、その勢いに乗せてもう片足も床から離す。くるりと空中で一回転だ。

姿勢を正すと、今度は靴を脱いだ。そして、とん、とん、とその場で軽く飛んだ後、高く跳躍し、手を使わずに前方向に回る。すとん、すとん、と何度かそれを繰り返し、ビナイは「すぅー……」と、長く息を吐いた。

ビナイが何度か回っても、飛んでも跳ねても、どこにも体はぶつからない。広い、とても広い部屋だ。

(落ち着かない)

とてもじゃないが落ち着かない。ついこの間まで住んでいたビナイの家は、この部屋の十分の一もなかった。部屋にある家具の質も全く違う。

どっしりとした造りの机や椅子や棚。天蓋、という天井や布が付いたベッド。足元の絨毯だって、毛足が長く、綺麗な模様が入っていて、ふんわりと柔らかい。

壁に掛けられた絵も(ビナイには、何が描いてあるのかよくわからなかったが)とても分厚く大きく重たそうで、立派な金色の額までついている。

とにかく、何もかもが上等そうな品が部屋中にごろごろと並んでいる。村長の家にも机や棚はあったが、多分、それとは比べ物にならない高級さだろう。

物の価値を知らないビナイにさえそんなことがわかるくらい、この部屋は豪奢すぎた。

何故、そんな分不相応な部屋にビナイがいるのか。それは……。

――コンコンッ
「ビナイ様、失礼いたします。お茶をお持ちしました」

「あっ」

ビナイは慌てて靴を履こうとするが、間に合わず……。

「ビナイ様」

溜め息混じりの声で名前を呼ばれて、ビナイは首をすくめるしかない。

「……すみません、ハティさん」

部屋に入ってきたのはハティだった。彼が持つ銀の盆の上には、これまた豪華な茶器と見た目にも華やかな焼き菓子が載っている。

裸足のままだらだらと冷や汗を流すビナイを見て何か思う所があったのだろう。ハティはもう一度溜め息を吐いてから、ゆるゆると首を振った。

「使用人である私に謝らないでください。仮にもルーシャン様の『運命の番』ともあられる方が……」

あっさりと許してくれたハティにホッとしつつ、ビナイはこっそり靴を履く。与えられた靴は、見た目はとても良いのだが、硬くて、足を締め付けられて、何となく歩きづらい。

ビナイは、先ほどのハティの言葉を思い出し、「あのぅ」と勇気を出して話しかけてみる。

Ωであるビナイが話しかけてもハティは怒らない。何度も何度も教えられて、さすがのビナイも覚えてしまった。とはいえ、染み付いた習慣はすぐには消えない。話しかける時は大体言葉に詰まってしまう。

「やっぱり俺は、その、ル、ルー……シャン様の『運命の番』じゃない、気がするんですが」

「あぁ、ビナイ様……っ！」

自信なさげに、しかしきっぱりと述べたビナイの言葉を、ハティが申し訳なさそうな顔で遮る。

「そんな悲しいことを言わせてしまって申し訳ありません。……しかしっ、ビナイ様は、ルーシャン様の『運命の番』でいらっしゃいますよ！　えぇもうそれは間違いなく」

ハティの言葉も相変わらずだ。ビナイが疑問を投げかける度に、絶対にそうだ、と全力で肯定してくる。

「『運命の番』探知魔法によって発見されたのです。まず間違いありません。だってこの探知魔法を開発した御方こそ……」

「ルーシャン、様……ですよね」

「その通りです」

ルーシャン様の魔法に間違いは絶対にありませんから、と胸を張るハティは、本心からそう言っているのだろう。ハティはルーシャンの、本当に忠実な使用人だ。

「俺は、その……魔法というものにあまり馴染みがなく……」

ビナイはまだそんな風に盲目的に信用出来る程ルーシャンのことを知らない。それに、魔法というもの自体よくわかっていない。

「いいえ、何も心配はありません。なにしろ国随一の魔力を有されている第三王子……失礼、元第三王子であられるルーシャン様の魔法なのですから」

今にも反り返ってしまうのではないか、というほど大きく胸を張って、ハティが誇らしげに宣う。

ビナイは「はぁ」と首を傾けるようにして頷くしかない。

「まぁ、今回はその探知魔法の込められた鉱石を用い、私とガルラでビナイ様発見に至ったのですが」

「……それって」

ルーシャンの「運命の番」探しに、彼の意志はまったくなかった。ということなのではないだろうか。

そう問おうと口を開くも、先んじてハティが「しかし、ご安心ください」と声を張り上げた。

「ビナイ様がルーシャン様の『運命の番』であられることに間違いはありませんから」

自信満々に頷いてみせるハティと対照的に、ビナイは自信なく眉尻を下げた。

「しかし、その……ルーシャン様とは、初めて会った日以来一度もお会いしていませんが……」

ぼそぼそと呟くビナイを見て、ハティは「むむ」と口元を歪める。

「ルーシャン様はお仕事が忙しく、中々屋敷に戻ることも出来ないのです」

ハティから返ってきたのは、いつもと同じ返事だった。ビナイはそっと目を伏せてから「はい、わかりました」と、これまたいつもと同じように、頷いて返す。

ルーシャンのことを問うと、いつもこれだ。ルーシャンは忙しい、ルーシャンは屋敷を出ている。

ではビナイがここにいる意味とは、一体何なのだろうか。

(俺が、ここにいてもいい理由……)

いつもならこれでやりとりは終わり、なのだが、ここでビナイは「あの」と、おずおずと手を上げた。

「ハティさん……俺、何か出来ることないですか?」

「出来ること、ですか?」

「はい」

到着してから十日、ルーシャンと会えないまま、豪奢な部屋の中で食事や茶や菓子など与えられるだけの日々だった。一応、食事とともに本を差し入れられたりもした。村では本に触れることもない生活だったので興味深く、ぱらぱらと絵を眺めるのは楽しかった。が、何もせずにただ与えられることに、ビナイはどうしても落ち着かない気持ちになってしまう。

「村で……、あ、あ、村というのは、俺の生まれ育ったあの村のことなんですけど、その……」

初っ端(しょぱな)からしどろもどろになってしまった。そんなビナイに、ハティは「わかっています。大丈夫です、わかっていますよ」と励ますように答えてくれた。それに勇気を貰い、ビナイは拳を握り締めた。

「あの、む、村で暮らしている時、『Ωは罪深い存在だから絶えず働き続けなければならない』と教えられました。怠惰(たいだ)なΩなど余計に価値がないと」

暗く狭い教会。つんと辛い香の匂い、祭壇の上にぽつんと置かれた神の像を思い出す。散々言い聞かされた言葉は、今も耳の内でぐるぐる回っていた。

「そんなことはありません。それに、ビナイ様はルーシャン様の『運命の番』という役目があります」

「でも、俺っ……！」

優しげなハティの口調に、ビナイは思わず声を張ってしまう。そして声量を間違えたことに気が付き、こほ、と咳払いして、話を続けた。

「でも、お、俺は今、『運命の番』の役目を果たすわけでもなく、ただただこの部屋で過ごしているだけです。それも、事実です……。事実、ですよね？」

自分の言葉を確かめるように、何度も繰り返す。主張することが下手なビナイは、それでも懸命に、彼なりの言葉を紡いだ。

「俺、それじゃ駄目じゃないか、って。そんなの、い、生きている価値がないのでは、ないかと……思いまして」

視線を落としたハティは、ビナイの手が震えていることに気が付いたのだろう。ハッとしたように、開いていた口を閉じ、眉間の皺を揉み解すように右手の親指と人差し指で挟んだ。

そして短く息を吐くと、すぅ、と目を開いてビナイを見据えた。

「まず、働かないΩに生きる価値がないとは、私はまったく思っておりません」

「え？」

あまりにもきっぱりとハティが言い切るので、ビナイは思わずきょとんとしてしまった。

「生きる価値はあります。Ωに限らず、どんな性の人間も。もちろんビナイ様も」

「Ωも、……俺も？」

不審な声が出てしまって、慌てて口元を押さえる。が、ハティは気にした様子もない。

そのタイミングで、窓から光が差し込んだ。重たそうな雲がほんの少し途切れ、合間から明るい光が一筋射す。その眩しさに目を細めながら、ビナイはハティを見やる。

「ビナイ様は、これまでずっと……雨の日も、風の日も、たとえどんなに体調が優れない日であろうと、働き続けてこられたのでしょう」

「え、は、はい。だって、それが当然だから……」

どうしてそんな当たり前のことを言うのか、と戸惑いながら顔を上げると、どうしてかハティもまた困ったような顔をしていた。ビナイはいよいよどうしようもなくなって、口を噤む。

「ビナイ様がどんな環境で生きてこられたのか。私には推測することしかできません」

ハティの声は静かだった。静かで、平坦で、だが冷たくはない。ビナイはハティの顔を見つめながら、言葉の続きを待つ。

「働きたい、というビナイ様のお気持ちはわかりました」

「なら……！　な、なんでもします。庭の手入れでも家畜の世話でも、厨房で雑用でも、なんでも……っ！」

ハティがビナイの願いを肯定してくれた。それが嬉しくて、ビナイは拳を握って力説する。なんだってやってきた。どんな汚れ仕事だって厭わない。そんな気概を込めてハティを見上げる……が、彼は穏やかに首を傾けただけだった。

「ビナイ様が強く望まれるのであれば、どんなお仕事でもお譲りします」

「……。ゆ、譲る？」

思いがけない言葉に、ビナイは一瞬考え込んでから、喉を震わせ問いかけた。

「ここは、この国の元王子が住まう屋敷。王位継承権を放棄したとはいえ、その身分が大きく変わる訳ではありません」

「そ……」

そうですね、と軽々しく口を挟める雰囲気ではない。ビナイは声を出さないまま、こくりと頷いた。

「屋敷に勤める者は、料理人から庭師に至るまで、すべて一流の者。ルーシャン様に仕えるために、その技術を磨き、誇りを持って仕事に励んでおります」

そこまで言われて、ビナイはハッとする。ハティの言わんとすることを察したからだ。

「俺が……、俺が仕事がしたいと言えば、その人たちの仕事を、奪うことになりますか？」

ビナイの問いにはっきりと答えることはなく、ハティはやはり困ったように微笑んだだけだった。

その笑みが、答えだった。

(そうか。俺はルーシャン様の……一応、運命の番で。そんな俺が頼めば、みんな仕事を譲ってくれて……)

そして、誇りを持って臨んできた仕事を、失うことになる。

「そんな……」

そんなつもりではなかった。そう、そんなつもりではなかったのだ。

ただ、何もしない自分に耐えられなくて、体と心が苦しくて仕方なかっただけなのだ。だから何か仕事をさせてくれ、と願ったのだが……それは、軽々しく願ってはいけないことだったのだろうか。

がっくりと項垂れるビナイを見てどう思ったのか、ハティが「このような物言いになってしまってすみません」と頭を下げた。

「最初に申し上げたとおり、私は、働かなければ生きる価値がないなんて思いません」

ビナイはゆるゆると顔を持ち上げる。ハティはビナイを責める顔をしておらず、むしろ憐れみにも似た、優しい表情を浮かべていた。

「ですが、ビナイ様のお気持ちもわかりました。働き者のビナイ様をただただお部屋に留めるような形になってしまって申し訳ありません」

胸に手を当て、ハティが頭を下げる。ビナイはまさか自分が謝罪を受けるとは思わず、びっくりして飛び上がった。

「え、あ、いやっ、いや、そんな……」

謝って欲しいなんて、そんなつもりはなかった。だが、ハティがビナイの言葉を真剣に受け止めてくれたのも嬉しい。村にいる頃は、誰もビナイの言葉なんて聞いてくれなかった。ビナイの言葉に聞く価値などないと思われていたのだろう。だがハティは、そんなビナイの言いたいことを理解しようと、受け止めようとしてくれている。その上で「こういう理由なんですよ」と説明してくれている。

「俺はただ、その……」

「わかりますよ。どちらかというと、私も働き者の部類ですので」

「え？」

おどけたような口調に驚いてハティを見ると、彼は少しだけいたずらな顔で笑っていた。ビナイは笑っていいのか、謝るべきなのかわからず、ふにゃ、と笑顔ともなんともつかない表情を返してしまった。

「ビナイ様が心健（すこ）やかに過ごせるよう、なにかしら私も検討してみます」

ハティの優しい言葉に、重く沈んでいた心が軽くなる。

「ビナイ様はルーシャン様の大切な『運命の番』様。ご不便なく過ごしていただきたいのです」

が、次のハティの言葉で、浮かびかけた心がズンッと地中深くまで落っこちていった。

（だから、それは……）

ここで否定をしても、また堂々巡りの始まりだ。ビナイは下唇を嚙みしめて「違うんじゃないですか」という言葉と溜息を呑み込んだ。

（本当に俺が、『運命の番』……ルーシャン様の、いや、この国の……）

たとえ、少し前まで村でただの鼻つまみ者でしかなかった存在だとしても。それでも、今のビナイは「この国の元第三王子の『運命の番』」であるのだと。

ハティの言葉に、ビナイは体の脇にだらりと腕を落として頷いた。

肩を落としながら、ビナイは、初めてルーシャンと邂逅（かいこう）した日のことを、そしてその後に聞かされた話を思い出していた。

六

目の前から、忽然と人が消えた。

呆然とするビナイに「魔法を見たのは初めてですか？」と声をかけてきたのは、未だその腕を掴んでいたガルラだった。

「ま、ほう？」

ただ開いただけの口から、空気のように情けない音が漏れる。ガルラはそれを馬鹿にすることもなく、神妙な顔で頷いてくれた。

「はい、魔法です」

ビナイはガルラをじっと見つめて、そして「彼」が先ほどまで居た場所を眺め、もう一度ガルラを見上げた。

「えっと、あの人は……？」

「すみません。本当はゆっくり説明させていただいてから……と思っていたのですが、こちらの都合でこんなことに」

「え？」

一瞬だけ、苦い顔を見せたガルラは、ふい、と顔を上げると「ハティ殿」と少し先に立ちすくんだままのハティを呼んだ。

「ビナイ様にご説明を」

ハティがビナイ達を振り返る。なんだかとても疲れたような顔をした彼は、「そうですね」と、やはり疲れたように呟いて頭を下げた。

「ビナイ様、まずは屋敷にご案内します」

「屋敷？」

ハティの言葉に、ビナイはハティの視線の先を辿る。

「え……っ？」

ビナイの背後には、綺麗に刈りそろえられた植木や花に左右を飾られた石畳の道が続いており、その先には、見た事もないような立派な屋敷がそびえ立っていた。

馬車から降りてすぐ神様のような男との邂逅で全く周りを意識していなかったが、ビナイが今いる場所は、その屋敷の門の付近だったのだ。


「第三、王子……、……お、王子っ様、ですか？」

「左様でございます。貴方の『運命の番』であるルーシャン様は、正真正銘、この国の第三王子であられます」

「正確には、元、第三王子だがな」

誇らしげに胸を張るハティの言葉を、ガルラが冷静に訂正する。そんなガルラを、ハティが「ガルラ！」と叱咤した。恐ろしくトゲトゲした語調だったが、ガルラは「はいはい」と肩をすくめる程度で、気にした様子もない。ビナイの方が「ひ」と縮み上がってしまった。

「失礼いたしました。まぁはい、一応……元、第三王子であられます」

ハティは律儀に言い直してくれたが、ビナイにとってそんなことは瑣末な問題だ。元であろうと現であろうと、「王子」なんて呼称が付く人と出会うのは生まれて初めてである。

「そ、そんな、嘘……」

「嘘ではありません」

ビナイの村なんて丸ごと入るのではないかというほど広い敷地に建った、とんでもなく大きな屋敷に案内され。目もくらむような眩い美術品が並んだ部屋に通され。ビナイは、絢爛豪華なその屋敷が誰の所有物であるかということを教えられた。さらに、その屋敷の主人こそが、ビナイの「運命の番」であると。

そう、ハティは「ビナイ様の『運命の番』は王子です」なんて、とんでもないことを言い出した。

「ひぃ」とか細い悲鳴をあげすぎて、ビナイはもはや呼吸困難寸前だ。

「ただ、ガルラの言う通り、ルーシャン様は王位継承権を放棄……いえ、王族であることも放棄されておりますので、正確には王子とは言えませんが」

「王族……放棄……？」

ビナイは次から次に繰り出される情報に頭を抱えたくなった。が、ハティはそんなビナイを見て、眉根を寄せる。

「ビナイ様……まさか、ご存知ない？」

自国の王族の話だ。知っていて当然なのかもしれないが、生憎とビナイに、そんなことを教えてくれる人はいなかった。

「あ、は、はい。知らなくて、その……すみません」

申し訳なさそうに冷や汗を拭うビナイをしばし見つめてから、ハティは「いえ」と首を振った。

「とにかく。ルーシャン様は一族でも魔力が大変お強く、それを活かして魔法研究に励まれ……、いえ、励まれ過ぎて……」

「魔法」

ぽつ、と呟いたビナイに、ハティが「あっ」という顔をする。

「失礼しました。魔法についてのご説明がまだでしたね。王室の話が絡むので道中では口に出すのを控えていたのです」

ハティの言葉に、ビナイは「なるほど」と頷く。ハティたちは村に来た時から徹底してルーシャンに関する情報を隠していた。それは彼が「元王子」だったからだ。

「では改めまして。魔法について、そしてルーシャン様についてご説明させていただきますね」

ハティは、こほん、と咳払いをして微笑んだ。

「ビナイ様は、魔法をご覧になられたのは初めてでしたか?」

「は、はいっ」

勢い込んで頷くビナイに、終始固い表情だったハティが、口元を緩める。

「魔法を使える人間は少ないですからね。しかもそのほとんどは中央にいらっしゃいますし……」

「魔法」がこの世に存在することは知っていたが、それがどういう物かは全く知らない。今日、目の前で消えたアレが魔法というなら、魔法とは……とんでもないものだと思う。ビナイの理解の範囲を余裕で超えている。

「……魔力は、血統による遺伝でしか発生しません」

ハティはその場に立ったまま、ふい、と窓の方へ目を向ける。彼が何を見つめているのか、ビナイにはわからなかったが、何か、とても思い詰めたような雰囲気は感じた。

「ルーシャン様の母君は大変強い魔力をお持ちの、優れた魔法使いでいらっしゃいました」

ということは、ルーシャンのあの魔力は母譲りなのだろう。

「王子、王女……母上を同じとするご兄弟が併せて四人いらっしゃいますが、魔力をお持ちなのは、ルーシャン様のみです」

（そうか、ルーシャン様のみ……）

「……えっ？」

ハティの言葉の意味を理解してから、ビナイは目を瞬かせる。

「お一人、だけ？」

「だけ、です」

四人もいてたった一人。全員に平等に引き継がれる訳ではないということだ。

それがどんな意味を持つかはよくわからないが、ハティの表情や様子を見る限り、とても重要なことなのだろう。

「また、魔力を有していない母違いのご兄弟も五人いらっしゃいます」

「そ、うなんですね」

王様には妻が複数人いる……ということだろうか。つまり腹違いの子を含めて、ルーシャンは九人兄弟ということになる。

「先ほど申し上げたとおり、魔力は遺伝によってしか引き継がれません。王位を継ぐ継がないは別としても、ルーシャン様には積極的にその血を遺していただきたい、のですが……」

そこでハティは言葉を切って、自身の額に手を当てて天を仰いだ。

「まっっったく、そういったことに興味を示されないのです！」

はぁあああ、と苦労を窺わせる重い溜め息を吐き嘆くハティに、ビナイは目を丸くする。ハティの勢いは止まらず、息を荒くしながら震えていた。

「王宮にいらっしゃる頃からお仕えしておりますが、幼少のみぎりよりいついかなる時も『魔法』『魔法』『魔法』！　他の事には一切目もくれず、魔法学に打ち込まれてきました。挙句の果てには『魔法研究に集中したいから王室を出る』と仰られて、宣言通り呆気なく王宮を出られっ」

「なる……ほど？」

「王子の身分でありながら、このようなちんけな屋敷に住まわれることになったのです」

（ちんけ、ではないと思うけれど……）

とは思ったものの、口を挟める雰囲気ではない。ビナイはちらりと、部屋の入り口付近に立つガルラを見やった。腕組みしていた彼はビナイの視線に気が付き、「しばらく黙って見守ってください」

といった顔をしている。正確にはどう思ってるかわからないが、多分、当たらずとも遠からずだ。

「番を、結婚を、お世継ぎを、と口を酸っぱくして申し上げても『今はいい』だの『興味が湧かない』だの……。折角αとしてお生まれになったのにもかかわらず……！」

ぐぅっ、と拳を握るハティは、確かにきっと苦労してきたのだろう。なんだか気の毒になってきて、ビナイはせめても、と、姿勢を正して彼の話を聞いた。

「年頃の程良いΩを充てがおうとしても、『そういうのに振り回されるの嫌だから』と！　どんなΩにも見向きもしない！　ご自身で開発された魔法のせいでΩの発情期にも影響されない！　もうどうすればいいか、とルーシャン様のお父上であられる国王共々、我等頭を抱えて悩んでおりました……そんな折！」

国王、という単語にビナイは「ひゅ」と息を呑む。確かに、王子であるルーシャンの父ということは国王だ。この国の王だ。ビナイからは遠すぎるその存在がこんなに簡単に口に出されて、なんというか動揺を通り越して一種の恐怖すら感じた。が、そんなビナイの怯えなどお構いなしに、ハティは芝居がかった仕草で話を続ける。

「ルーシャン様が画期的な魔法を発明されたのです！　それは、『運命の番』を見つける魔法！」

そう言われて、ビナイはあの赤い鉱石を思い出す。「運命の番」を指し示す真っ直ぐな光。

「あの鉱石が、ルーシャン様の発明された……？」

「えぇ、えぇそうです！」

尋ねるというより、独り言のようにぽつりと漏らした言葉を、ハティが拾い上げて強く肯定する。

「あれはまさしく、遠く離れた地点にいるαとΩを結びつける魔法の鉱石。……いや、実のところまだ開発段階であるらしいのですが」

「えっ！」

ではあれは未完成品だったのか。驚くビナイに構わず、ハティはやはり自信たっぷりといった表情で話を続ける。

「なにせ実験体にはちょうどいいからと、ルーシャン様はご自身にその魔法をかけられました。……まぁそれを私たちが拝借して……そして、ビナイ様が発見されたのです！」

「それを私たちが拝借して」の部分がやたら早口に聞こえたのは気のせいではないだろう。

（それはつまり、ルーシャン様は……）

す、と心臓が冷たくなったような感覚に襲われて、ビナイは服の上から胸元を押さえる。と、服の下に下げていた御守りに指先が触れた。慌ててそれを掴み「ほ」と息を吐く。二、三度深呼吸を繰り返してから、ビナイはハティに「あの」と切り出した。

「その魔法がどういったものか、俺にはよくわかりませんが、その……」

「ふむ。この魔法は遺伝子の中に組み込まれたαとΩの結び付きを利用しているとのことです。該当のαが最も反応するΩのフェロモンというのは本能的に決まっているらしく、それを元に……」

「ルー、シャン様は、……お、俺を、求められて、いないのでは？」

——ぴた。

ビナイの言葉に、部屋の中の時が不自然に止まる。

「やっぱり、そうなんですね……」

「いえ、いえいえ。そんなことはありません。なんと言ってもルーシャン様とビナイ様は『運命の番』でいらっしゃいますから。運命です、運命なのです」

ハティの焦ったような駆け足の口調に、ビナイの予想はじわじわと確信へと変わっていく。

先ほど、あっさりと自分に背を向けて消えてしまった銀髪の麗人の姿を思い浮かべて、ビナイは、きゅっ、と唇を噛み締めた。

「もしかして俺は……、ルーシャン様の『運命の番』ではないのでは?」

「ぬぁにを仰いますか!」

そんなことはあり得ないとばかりに首を振るハティは「ルーシャン様の魔法に間違いはありません」と胸を張った。どこまでも、主人を信用しているらしい。

ビナイには、その信頼が、何だか羨ましくもあった。今のビナイが信じられるのは、この手の中の小さな御守りだけだ。

「とにかく！　今日は新しく始められた研究にお熱なようであの調子でしたが、いずれまた機会は巡ってきますので」

「はい……」

押し切られる形ではあったが、ビナイはハティの言葉に素直に頷く。何にしてももう村を出てしまったのだ。ビナイに行く場所などない。彼らの主人の「運命の番」として振る舞うしかない。

たとえ、小指の先ほどの自信すらなかったとしても……。

それからビナイは、屋敷の中に分不相応な程立派な部屋を与えられ、この屋敷の主人であるルーシャンの「運命の番」として扱われながら過ごすこととなった。

何もすることもなく、何も求められず、そして、ただただ無為に時間は過ぎて行き、あっという間に到着から十日経ってしまった。

その間、ルーシャンは、一度も屋敷に帰ってくることはなかった。

七

「ビナイ様。まずは教養を身につけることから始めるのはいかがでしょうか」

そう言われたのは、ビナイが「何かしたい」と言って、ハティが「ビナイ様が心健やかに過ごせるよう、なにかしら私も検討してみます」と応えてくれた翌々日のことだった。部屋の中で体を動かしたり、ぱらぱらと絵本を眺めたりしていたビナイの目の前に、ハティがいささか興奮した様子で現れたのだ。その腕には、これまで持ってきてくれたものとは明らかに分厚さの違う……見るからに重そうな本が何冊も積み重なっている。

「大っ変申し上げにくいのですが、ビナイ様の立ち居振る舞いは到底、洗練されたもの、とは言い難く。挨拶の作法から食事中のマナーに至るまで、まずは一度勉強いたしましょう」

「え……あ……?」

何と答えるべきなのかわからず、もにょもにょと言葉を探していると、ハティがクワッと目を見開いた。

「喜ばしいことに！」

「ひっ」

爛々と輝く瞳に圧倒されて、ビナイは思わず仰け反ってしまう。圧が、とても凄い。

「今朝方ルーシャン様から連絡が入りました。昼食に一度屋敷に戻られるとのことです」

「あっ、あの……」

滔々と話すハティの言葉をどうにか遮ろうとしたのだが、それは叶わなかった。目を白黒させているうちに、ハティはまるで熊蜂の羽音のようにバババババと忙しく話し続ける。

「これまでこんなに短期間で屋敷に戻られることはなかったのですよ？　これはやはり『運命の番』であるビナイ様がいらっしゃるからではないでしょうか。なんと素晴らしい、なんて僥倖。やはり『運命の番』様をお迎えして間違いはなかった……」

悦に入ったようにうんうんと頷くハティに「あの」と話しかけるが、彼はにっこりと微笑んでビナイに本を押し付けてきた。ずっしりと重いそれを腕に抱えさせられて、ビナイはおろおろするしかない。

「さて、私は準備がございますので、申し訳ないのですが昼食までにこちらを確認しておいていただけますでしょうか。何、難しいことはございません。こちらに書かれてあるとおりにルーシャン様に挨拶していただき、手順に則って和やかにお食事を楽しんでいただければ良いのです」

「あの、ハティさん、俺は……」

「わからないことがありましたら遠慮なく聞いてください。暫くしたら一度こちらに寄らせていただきます。あぁ、そちらのベルで私以外の使用人を呼び付けてくださっても構いません」

ハティが、「何かあったらこれを鳴らしてお知らせください」と言っていたベルを指す。ビナイがそちらに視線を送っている間に、「それではまた後ほど」と言って、ハティはさっさと部屋を出て行ってしまった。

「あっ、ハティさん……あのっ」

引き止めようとしたが、時既に遅く。扉を開けて廊下に出た時には、ハティは廊下の向こうの角を曲がってしまっていた。るんるんとステップを踏んでいるのに、物凄い早さである。

「俺は、こういう本は……」

手渡された本、そして机の上に置かれた本を眺めて、ビナイは喉を震わせる。少し窪んだ、本の題名部分に指を這わせ、辿る。……もちろん、撫でるだけでは、それが何の本かはわからない。いや、開いたところで、ビナイにはわからない。そう、わからないのだ。

ビナイは暫し逡巡した後、本を置いてベルを鳴らした。リン、リン、と軽やかな音がする。……が、待てど暮らせど何も起こらない。少し待ってみてから、もう一度、リン、リン、リン、と今度は少し強めに鳴らしてみる。しかし、やはり誰もやって来ない。何度か繰り返したが、それは同じだった。ベルが虚しく鳴るばかりで、誰も現れやしない。

ビナイは困り果てて、本を抱えたまま、立ち上がった。そろそろと部屋の外を窺ってみるが、そこに人影はない。

（困った）

ううん、と項垂れてから、ビナイは顔を上げる。「しろ」と言われたことをしない訳にはいかない。ビナイは立ち上がり本を抱えると、部屋を出ることにした。ハティか、もしくはガルラでも見つかれば話が出来る。他の使用人を見かけたら、ハティに連絡を取ってもらってもいい。とにかく、動かなければ何も出来ない。

これまで必ず部屋の扉を閉めていたハティが、そこを開け放ったままにしている。おそらく、自由にしていいということなのだろう。急に与えられた自由に怯えつつ、ビナイは部屋の外へと一歩踏み出した。

（ハティさんは、屋敷の中。ガルラさんは……外にいるんじゃないかな）

ビナイは持ち前の身軽さを活かして、するすると屋敷の中を進んだ。

「他の性の者とみだりに口をきいてはいけない」というのは、ビナイがまだほんの小さな頃から言い聞かされてきたことだ。ビナイはそれに従って、αどころかβとも、ほとんど話をすることなく生きてきた。

しかし、この屋敷ではそんなこと気にしないでいい、とハティが言ってくれた。屋敷に来て、すぐのことだ。いや、何なら馬車の旅の道すがらから、ハティとガルラはそうやって、何の衒いもなくビナイに話しかけてくれたし、話させようとしてくれた。Ωである、ビナイにだ。

ハティはβ、ガルラはαだという。そんな二人がΩであるビナイに傅き、あまつさえ「もっと普通に話しかけて欲しい」と言う。ビナイは混乱した。確かに、彼等の主人の「運命の番」であるビナイは、ある意味敬うべき存在なのかもしれない。けれど、ビナイはあくまでビナイ、ただのΩでしかないのだ。

（しかも、誰が父親かもわからないような、出自の怪しいΩなのに……）

この屋敷でも、ビナイのような肌の色をした者はいなかった。ハティ曰く「遙か南方の地域にビナイ様と同じような特徴を持った部族が住まわれていた……と文献で読んだことがあります」とのことだったが、果たして母がそちらの出身かどうかというのも、調べようがないし、わからない。

そういった事情もあり、ビナイはいまいち、自分が「元王子様の運命の番」であるということに自信が持てない。自分よりも相応しい人物なんて、いくらでもいると思うからだ。こんな卑しい身分ではなく、きっと、もっと、例えば王都で見かけたような、美しい女性達や、この屋敷の使用人のように、凛と背筋を伸ばした教養のありそうな人が。そんな人の方が、ビナイより余程元王子の番には合っているだろう。

（……だけど）

自分は相応しくない。そうわかっていながらも、時折あの……彼に出会った瞬間に溢れ出た感情の奔流を思い出す。温かくて、愛しくて、切なくてもどかしくて。どうしようもなく彼に触れたくて堪らない、あの感覚を。体に電流が走ったような衝撃を。

（『運命の番』なんだって。頭じゃなくて……心で、体で、理解するような）

そして最近、何かにつけてあの銀色の髪が脳裏をくすぐる。たった一瞬しか見ることのなかった薄紫の瞳が、自分とは似ても似つかない白い肌が、銀糸のようなその髪が、ビナイの心に浮かんでは消え、消えては浮かぶ。

もしも、彼があの薄い唇を開き、自身の名前を呼んでくれたなら……。

そこまで夢想して、ビナイは、ハッと喉を詰まらせる。

(……やめろ！　考えるな！　そんな、ふしだらで、淫らで、そんな……)

ビナイは自身の頭に浮かんだ考えに動揺して、誰もいない階段の踊り場で座り込む。本を膝に抱えたまま、許しを乞うように両手を組み合わせた。

(すみません、すみません……お許しください！　俺は……っなんて恥知らずな……！)

特定のαを頭の中に思い描くなど、あまつさえその人物に自身の名を呼んで欲しいなど。恥知らずもいいところだ。

調子に乗っていたのだ。ハティに、ガルラに、使用人に、優しくされて。Ωなのに、その身分も弁えず、まるで自分が偉くでもなったかのように。

(俺なんて)

震えた膝から、本が滑り落ちる。慌ててそれを拾おうとして、ビナイはそこに書かれた文字の群を、人差し指でなぞった。

「文字も、読めないくせに……」

「文字が読めないの？」

ぽつりと呟いた言葉に返事が返ってきて、ビナイは、文字通りその場で飛び上がった。飛び上がりついでに、ざっ、と体を反転させ振り返る。そして、足場の悪い階段で、複数段利用して構えた。

「おお、身のこなしが軽いね。……いや、軽すぎるな。君、どこの出身？」

「……ぅ、あ」

ビナイは、ぽかんと口を開いて、話しかけてきた人物を見やる。銀色の長い髪を括(くく)って首を傾げる彼は、そう、ビナイの「運命の番」……ルーシャンであった。

（き、聞かれた……？）

そう、ビナイは文字が読めない。たったの一文字すら読めない。そういった教育を一切なされていないからだ。

Ωは村の学校に通えない。親のいるΩであれば、親が教育していたが、ビナイはその親すらいない。任されるのは力仕事野良仕事ばかりだ。誰も、ビナイに知性など求めていなかった。

ハティも、まさかビナイが文字すら読めないとは思わなかったのだろう。だから部屋で暇を持て余したビナイに本の差し入れをしてくれたのだ。しかしビナイは、絵で物語の流れがわかる絵本しか読めなかった。

（文字も読めないなんて恥ずかしくて、言い出すこともできなかったけど）

恥ずかしく、情けなく、惨(みじ)めで。それでも、ルーシャンと食事をするのであれば教えを乞わなければならないと思った。思ってハティを探してたのだが……。まさか、その前にルーシャンに出会ってしまうとは。

ビナイは泣きたい気持ちで、胸元の御守りを握り締めた。

「何この本。『挨拶の基礎』、『食事作法』？　マナー本ばっかりだ」

首を傾げるルーシャンに、ビナイは何も答えることが出来ない。ただ、一、二歩進めば手が届きそうな場所にいる彼を見て、石のように固まるだけだ。体は石のようなのに、その中は溶けた鉄のようにどろどろと熱くなっている。その熱い何かは、今にも頭の天辺から噴き出しそうだ。

「あう、あ、……あう」

「文字が読めないのであれば、この本は難しかっただろう。すごいな」

本をめくっていたルーシャンが、こちらに顔を向ける。銀色の髪がなびいて、薄紫の瞳にビナイの顔が映っているのが見えた。その瞬間。時が止まったような気がして、ビナイは息を吸ったまま固まる。

「あ……」

「見たことない顔だね。新しい使用人？」

ルーシャンの言葉に、ビナイはガンッと頭を殴られたような衝撃を受ける。

（お、覚えて……）

覚えていないのだ。彼は、ルーシャンは、ビナイとの対面を覚えていない。いや、覚えているのかもしれないが、記憶から抹消してしまったのだ。きっと、必要のないこととして。

わなわなと手が震えるせいで、手の中の御守りがカタカタと鳴る。ビナイはもう片方の手も使い、両手でそれを握り込んだ。震えよ止まれ、止まれ、と祈りながら。

「あ、もしかして難しい言葉はわからない？」

「いえ、わかり……ます」

「そっか、良かった。……じゃあ、はい、これ」

ルーシャンは、本をぽんぽんと叩いて綺麗にすると、ビナイに差し出してきた。

「勉強はいいよねぇ、私も大好きだ。頑張ってね」

ボンっ、と音を立てるような勢いで、ビナイの顔が赤に染まる。いや、元が褐色の色をしているので、赤というか、赤黒い、なんとも言えない色だ。

ビナイは震えの止まった手を無意識のままぼんやりと前に出し、本を受け取る。

(だ、大、好き……？　だいすき……、だい……)

ビナイ自身に向けられた言葉でもないのに、何故かグラグラと、ビナイの頭と心が煮え立つ。かぁっ、と体が熱くなって、全身から湯気が出そうだ。ただただひたすら、頭の中を「大好き」という言葉が駆け巡っていた。

「……あれ、君、Ω？」

すん、と鼻を鳴らしたルーシャンが、驚いたような顔でビナイを見る。

「んん、抑制剤は飲んでいるんだけど。どうして匂うんだろう」

すんすん、と鼻を鳴らしながら、ルーシャンが腕組みする。考え込むように顎の下に手を当てている姿すら様になって見えて、ビナイはもはや泣き出したいような気持ちで唇を噛んで俯いた。

「もしかして、発情期？」

ルーシャンの言葉に、ビナイの体が、ザッと総毛立つ。どっ、と冷や汗が溢れて背中が冷たくなった。

「ちっ、違います！　違いますっ、違います！」

「わっ、ちょっ」

　突然の大声に驚いたのだろう、ルーシャンが大きく目を見開いた。

「えっと……君？」

「違いますっ！　発情期に出歩いたりしませんっ！　違いますっ！」

　ビナイは右に左に眼球を彷徨わせる。まるで、肉食獣に狙われて、逃げ場を探す草食動物のような
その必死な姿に、さすがにルーシャンも心配になったのだろう。眉根を寄せて首を傾げている。が、
今のビナイにはそんな様子も目に入らない。

「俺はっ、そんなっ、ふしだらなっ……！」

「ふしだらって……、ねぇ君、落ち着いて。大丈夫だよ。私はαだけど、君を襲ったりしないよ」

「……え？」

　ビナイの恐怖をどう受け取ったのか。ルーシャンは両手のひらを見せるように、頭の横に掲げる。

君に手出しはしない、と見せつけるように。

「私はそういった事に全く興味はないから。どんなΩも襲うつもりはないし、抑制剤も飲んでいるか
ら大丈夫だよ」

　ビナイはようやく、視線を定める。ぶれていた映像が固定され、穏やかに微笑む男の顔が、しかと
目に入った。

「たとえ『運命の番』が発情した所で効きはしないような、極めて強力な薬だよ」

　だから平気さ、と自信満々に笑う男の顔が、ぐにゃりと歪む。

「運命の番」を引き合いに出したのは、きっとビナイを安心させるためだ。「運命の番」のフェロモンすら自分には意味がないのだから、普通のΩのフェロモンなら尚更だ、と。だがそれは、「運命の番」であるビナイには、違う意味で、強く刺さった。

「『運命の番』、すら?」

「うん、そうだよ」

「貴方には……発情期は、番は……、必要ない?」

ぼやけた視界の中、「うーん」と考える素振りを見せた男が、それは美しく微笑んだ。

「うん、ないね。あぁでも、何かしら研究のために協力はして欲しいかな。『運命の番』でないと出来ない実験もあるし」

男の笑顔には、悪意の欠片もない。そこには、ただただ純真無垢な興味だけがきらきらと輝いていた。だからこそ、ビナイの心はずたずたに引き裂かれる。

「……やっぱり。俺は、……俺は、じゃあ……なんのために」

じり、と、一歩下がろうとして、そこが階段だったことを思い出す。しかし、思い出すのが少し遅かった。

「あっ! 君っ!」

ビナイの体は、面白いほど呆気なく、後ろに……階段の下に向かって倒れていった。

八

ガッ、カッ、と木製の何かがぶつかり合う音が庭に響く。

「そうです。打ち込む時は体重を前に掛けすぎないで」

「ふっ」

ガルラの剣先を見て、ビナイは反射的に後ろに飛び退ろうと足の爪先に力を込めた。

「すぐ飛ばない！」

「……っ！」

鋭い声にビクついてしまったせいで脚の筋肉が収縮して、わずかばかりリズムが狂う。ビナイの持っていた模擬刀の根本が払われ、呆気なく弾け飛んだ。

じぃんと痺れる指先を見下ろし、ビナイは「はっ、はっ」と我慢していた荒い息を吐いた。ぶわっ、と額から汗が噴き出して、一気に顎まで伝う。

「ほら、剣を飛ばされたんですよ？　気を抜かない。次に出来ることを探して」

「す、すみませ……っ」

顎下をぐいっと腕で拭って、ビナイは腰を落として目の前のガルラを見据えた。すぐにでも飛び掛かれるように指先を折り曲げ、目を突かれないよう眼前に腕を構える。

ふー……っ、と長い息を吐いて呼吸を整えるビナイを見ながら、ガルラがニヤリと微笑んだ。

「いいですね。ビナイ様は筋が良い。身のこなしが獣のようだ」

獣、という言葉にビナイはビクッと身をすくめる。が、ガルラは気にした様子もなく「さて」と構えていた模擬刀を下ろした。

「一旦ここまでにしましょう」

「……っはい。ありがとうございました」

ビナイは左足を下げ、右腕を胸の前に置き、少し膝を曲げて礼を取る。それを見たガルラは、おや、という顔をする。

「それは目上の人に対する礼ですよ？」

「ガルラさんは、俺に剣を教えてくださってます。教えられる立場が俺だから……、だから、その……」

仕草の理由を伝えたいのだが、上手い言い回しが出来ない。もどかしく思いながらも言葉を重ねるビナイに、ガルラは先んじて言いたいことを察してくれたらしい。

「なるほど。私のことを剣の師として敬ってくださっているのですね」

「はい！」

こくこくと頷けば、「それは光栄です」と頭を下げたガルラが、次いで感心したように微笑んでくれた。

「それにしても、もう複雑な礼の仕方を覚えたんですね」

「あ、それは、ハティさんのおかげです」

「ビナイ様の努力なしには不可能ですよ。毎日頑張っていらっしゃいますね」

重ねて褒められて、ビナイの口元がふにふにと緩む。が、それもなんだか恥ずかしい気がして口に力を入れる。

「ビナイ様は……」

ざり、と顎髭を撫でながら「ふっ」と吹き出したガルラは、横を向いて咳払いした。

急に咳き込んだガルラを心配してじっと見ていると、彼は誤魔化すように笑って見せた。

「ビナイ様は身のこなしが独特ですね。本当に、身体能力が高い」

「あ、そう……ですかね」

特別体を鍛えたという記憶はないが、ビナイは元々運動神経が良かった。おかげで村では体を使った雑務を任されることが多かったが、特段困った事態に陥(おちい)ったことはない。頭を使う作業より、余程楽だった。

「何かしていた訳じゃないんですが……」

「でしょうね。訓練を受けた動きではない、野生の獣のような動きですから。持って生まれた体の特性、かな。何にしてもとても反射神経が良い」

これは、褒められているのだろうか。わからないなりに曖昧に微笑んでいると、ガルラが得心(とくしん)がいったように頷く。

「その身のこなしだからこそ、階段から落ちた時も平気だったんでしょうね」

階段、その単語は現在ビナイの中では特別な意味を持っている。

「あ、あぁ、はい……」

途端にしょんぼりしてしまったビナイを見て、その気持ちを察したのだろう。

「さぁ、汗を拭きに屋敷に上がりましょう。多分、ハティ殿がビナイ様のお戻りを今か今かと待っていますよ」

外で体を動かすことをいまいち気に入っていないらしいハティは、ビナイが「訓練」に出る度少し不満そうな顔をする。戻ると、茶や菓子をわんさと準備して「ほら、屋敷の中の方がいいでしょう」と言わんばかりにもてなしてくれる。むしろもてなされることに慣れないビナイからしてみれば、そういうことをされればされるほど恐縮してしまうのだが……。

何にしても「大事にしてもらっている」というのは伝わってくるので、基本的には、ありがたい、自分には勿体ない、としか思わないが。

「ふぅ……」

汗を拭うついでにふと見おろした手首に付いた、小さな痣。だいぶ薄くなったそれは、先日階段から落ちた際についたものだ。

ビナイはその痣を指先で、ふに、と押してみる。痛みを感じたのは一瞬だけ。しかしそのぴりりとした痛みは、銀色の髪をした麗人を思い出させてくれた。

＊

先日、ビナイは階段から落ちた。

ルーシャンと話している途中のことだ。彼に「番は必要ない」と言われた直後に。比喩でも何でもなく、文字通り、転がり落ちたのだ。しかも二段や三段ではなく、上から下まで、十数段の高さを。

しかし、ビナイはほとんど怪我をしなかった。落ちた瞬間、階段を蹴って、宙で身を捻りくるくると回転すると、すとん、と着地してみせた。その途中、手すりに手首をかすったが、それだけだ。頭をぶつけもしなかったし、足首をひねりもしなかった。

それを見ていたルーシャンは「おお」と声をあげて、無邪気に拍手していた。さらに逃げようとするビナイの腕を摑み、「凄いけど、一応、怪我がないか診てもらった方がいい」と使用人達の部屋に連れていかれた。そして、「彼の怪我を見てやっておくれ」と使用人の一人に言い渡すと、彼は早々にその場を後にしてしまった。

それは、彼なりの親切だったのだろう。しかし結局のところ、ルーシャンは最後まで、ビナイを使用人だと思いこんだままだったのだ。

その後、報せに驚いたハティらが駆けつけて来たが、その頃にはルーシャンは影も形もなく消え失せていた。どうやら、とっくに屋敷を去っていたようだ。元から、「運命の番」と昼を共にするつもりなどなかったのだろう。

申し訳なさ、恥ずかしさ、そして……ほんの少しの寂しさ。諸々色んな感情でいっぱいいっぱいになってしまったビナイは、その夜、熱を出した。それも、とんでもない高熱だ。

ビナイはこれまで、ほとんど体調を崩したことがなかった。寝込んでも、面倒を見てくれる人などいないとわかっていたから、そうならないように気を張っていたし、ある程度なら寝ていなくてもそのうち治っていたのだ。基本的に体が丈夫なのである。

だから、立ち上がれない程の体のだるさに、自分でも驚いてしまった。頭の中で鐘を打ち鳴らされているのかと思うほどに痛む頭も、力の入らない腕も足も、締め付けられたように狭まる喉も……、そんな苦しみ、初めてだった。

いつも真っ直ぐに伸ばしている背を丸め、ぐんにゃりとベッドに崩れ落ちたビナイを見て顔を青くしたのは、ハティら使用人だ。

ビナイの額に手を当て、あまりの熱の高さに泡を食ったハティ達は、「このまま、主人の唯一である『運命の番』様が儚くなってしまうのでは……」と思ったようで、慌ててルーシャンへと連絡を入れたらしい。「ルーシャン様の『運命の番』様が生死の境を彷徨ってらっしゃる！」と。そう思われても仕方ないくらいの熱と、ビナイの萎れようだった、らしい。なにしろビナイは寝込んでいたので、あまり覚えていない。

ただ、ルーシャンが屋敷へ帰ってきてくれたのは覚えている。

彼はベッドに寝込んでうんうんと唸るビナイを見て……。

「あれ？　君が『運命の番』だったの？」

と言った。朦朧とする意識の中それを聞いたビナイは、申し訳なさと居た堪れなさで、ホロホロと泣いた。「ごめんなさい」と何度も謝った気がするが、それも定かではない。

冷たい指がビナイの額に翳され、ルーシャンが何事か囁いた。それ以降、ビナイの記憶はない。

ただ、霞がかった記憶の中でほんの少し、少しだけ、誰かに頬を撫でられたような覚えがある。ひんやりとしているのに不思議と温かい指先。あの赤い鉱石に触れた時のことを思い出させてくれるような、そんな……。いや、もしかするとそれ自体夢だったのかもしれないが。

次に目覚めたとき、ビナイの熱は下がっていた。まるで熱なんて最初からなかったかのように、体も軽かった。

＊

（あれは、魔法だったのかな）

「訓練」を終えて屋敷に戻り、清潔なタオルでしっかりと汗を拭いながら、ビナイはふと思い至る。

高熱にうなされた次の日の朝、死ぬ程痛み弱っていたはずの体は、嘘のように元気になっていた。むしろ、熱を出す前より気力に満ちていた。寝台からおりてすぐ、その場でぐるぐると飛んで回れそうなくらいだった。

それこそまさに、魔法をかけられたかのように。

（あれが魔法だとしたら、あの人は……どんな気持ちで……）

どんな気持ちで魔法をかけてくれたのだろうか。

字も読めない間抜けな使用人だと思っていた「運命の番」に、一体どんなつもりで。

（まぁでも、おかげで少し……暮らしやすくなったけれど）

ハティも、まさかルーシャンがビナイの顔すら覚えていないとは思っていなかったらしく、愕然（がくぜん）とした表情を見せていた。そしてそれ以来、ルーシャンとビナイを無理に会わせるようなことはしなくなった。もしかすると、ルーシャンのあまりの興味のなさに、少し勢いを削（そ）がれたのかもしれない。

その代わりなのか何なのか、ビナイの待遇はどんどん良くなっていった。金を与えたり、物を与えたりする訳ではない。ただ、ビナイのしたいようにさせてくれるようになった。

たとえば「体を動かすような何かがしたい」と願ったビナイに、「仕事は与えることは出来ませんが……」と前置いて、勉強の他に、外で体を動かすことも許可してくれた。

「運命の番」として招きながら、ルーシャンに全く相手にされない（顔さえ覚えられていない）ビナイを哀れに思ったのかもしれない。

たとえそれが罪滅ぼしの一種だとしても、ビナイには、ただただありがたい。

体を動かすことの一環として、ビナイは現在毎日、元軍人であるというガルラに「訓練」として剣術を習っている。

初めは少し運動をする程度だったのだが、ビナイの筋の良さを見たガルラが「ビナイ様は剣術を学んだ方が良い」とハティに進言してくれたのだ。ハティは「ええ？」と不満そうではあったが、ビナイからも控えめに「お、お願いします」と主張してみたら、「……仕方ないですねぇ」と、溜め息まじりに認めてくれた。

この屋敷での暮らしに、不満はない。村で暮らしていた頃に比べ、十分すぎるほど贅沢な暮らしだ。働いてもいないのにご飯を食べさせて貰えるだけで、服を与えて貰えるだけで、それだけでも申し訳ないくらいありがたいのに、その上優しく扱って貰って。

「運命の番」でありながら、その役目も果たせないのに面倒を見てもらっている心苦しさは感じるし、「ルーシャン」という存在が、時折、刺のように胸を刺してくるが……。それでもビナイは、本当に穏やかな日々を過ごしていた。

九

「え、と……ヴィラルハンナ王国において魔法とは、と、尊きものとされている」

文字を指で辿り、ビナイはふんふんと頷きながら読み上げていく。まだ辿々しくしか読めないし、意味のわからない単語も多いが、それでもある程度詰まらずに文章を読めるようになってきた。

「ヴィラルハンナの始祖であるヴィーラはその類稀なる膨大な魔力によって国を建て……あ、始祖と王都は同じ名前なんだ」

なるほど、と思いながらビナイは続きを指で追う。

今日は午前中に体を動かす訓練、午後からはハティが礼儀作法を教えてくれた。これから夕飯までは自由時間である。

以前のビナイであれば体を動かすことに専念していたが、最近はこうやって自主的に勉強する時間も増えた。今はハティに与えられた『ヴィラルハンナと魔法』という本を読んでいた。

国随一の魔法使いであるルーシャンの番になるのならば、魔法の知識もあって然るべしということだろう。

しばし音読を続けていると、「様々な国の魔法」という章に突き当たった。先日ハティにこの世界の地図を見せてもらったばかりでまだすべてが頭に入っているわけではないが、ヴィラルハンナは世界の真ん中より少し南寄りの、温暖な気候の国であると教えてもらった。

「えっと……魔法というのは国によって形態が異なる。北の地域では精霊と契約を結び魔力を得る方法を魔法と呼んでいる。南の国でも魔法とは呼ばれ、呼ば……あ……、ん？　あ、あー……」

読めない単語に、ビナイは首を傾げる。そして「こういう時は辞書を使うのだ」ということを思い出し、机の脇に置いていたそれに手を伸ばそうとした。

（……ん？）

その時、ふ、と何かしらの気配を背後に感じてビナイは顔を上げる。落ち葉が一枚落ちたような、雫が滴ったような、そんな……小さな変化を感じたのだ。

「呼ばれていないが、明らかにそれと思しき力が存在したと伝わっている。それは獣人が持つ力を根源とするものであり、一般的な魔法とは異なるものだ。ただそれも魔力によるものであることは間違いないだろう」

　突然、ころりと鈴を転がしたような涼しげな声が背後からかけられた。ビナイは驚いて、その場でピョンと飛び上がる。

「わっ！　っあ……あ、ルー……」

「詳しいことは解明されていないが、南の一部の地域では今も獣人が存在すると信じられている……だってさ」

「……シャン、様」

　言葉を区切りながら、ビナイは突然背後から現れた人を見上げる。そこに立っていたのは銀髪の麗人……ルーシャンであった。扉が開いた音もしないのに現れたということは、魔法か何かを使ったのだろうか。

「君は気配に聡いね。私が移動魔法で現れた瞬間に気付いたでしょ？」

　先ほど感じた小さな違和感は、それだったらしい。

　ビナイは「い、いえ」と言葉を濁しながら、自分が椅子の上で妙な体勢を取っていたことに気付き慌てて姿勢を正す。

「すみません、その……驚いてしまって」

「驚かせようとしたんだから何も問題ないよ。ありがとう、しっかり驚いてくれて」

「？　はぁ……」

　ルーシャンの言うことは、冗談なのか本気なのかよくわからない。

「面白い本を読んでいるね」

いまだ戸惑いを拭いきれないビナイに構わず、ルーシャンがビナイの向かっていた机を覗き込む。

「勉強？」

「あ、はい。ハティさんにお借りして」

ルーシャンは「ふぅん」と言いながら、ぱらぱらと指先で本をめくる。すぐ側に、銀糸のような髪が垂れていて、ビナイはなんとなくぎくしゃくしてしまう。ふんわりと香ってくる良い匂いは、ルーシャンのものだろう。その匂いを嗅いでいるだけで、なんだか胸がドキドキと高鳴る。

「君は、文字が読めなかったんじゃなかったかな？」

ルーシャンの言葉に一瞬、きょと、と目を丸くしてから、ビナイは「あ」と思い出す。そういえばあの階段でのやり取りで、その話をしたのだった。

「あ……はい。あれから、文字の勉強をするようになって……」

「それでもうこんな本を読めるようになったの？」

ルーシャンは驚いたようにビナイに顔を向けた。その薄紫の目に捉えられ、ビナイの喉は急に狭まったように苦しくなる。

「あの……少しずつ、勉強して。ハティさんも教えてくださいます、から」

しどろもどろでそう返すと、ルーシャンは何故かにっこりと微笑んだ。

「勉強というのは、本人に学ぼうという意欲がなければ意味がない」

ルーシャンはそう言いながら、ビナイの読んでいた本を持ち上げた。それはまるで重さなどないようにくるくると回って、すとん、と彼の手の中に収まる。

「教える方がどんなに躍起になって情報を投げても、教わる側にそれを受け取る意思がなければ成立しない」

「受け取る意思？」

「君が学びを求めているから、こんなに短期間で文字を覚えることができたんだよ、ってことさ」

ルーシャンの言葉は決して難しいものではない。が、ビナイはその言葉を噛み砕くように何度も心の中で繰り返し、そして「なるほど」と頷いた。

「は、はい。俺は、勉強することが好きです」

ビナイは少しだけ素直な気持ちで、自分の心のうちを伝えた。

ビナイは「教育」とは無縁の生活だったが、それでもこうやって文字を知り、本を読み、知識を増やすことを「楽しい」と思えた。

「俺は、世界がどんな形をしているのかすら知らなかった、です。けど、勉強して初めてそれを知りました」

世界というのは途方もなく広いものだと思っていたが、国には境があり、世界にも果てがあった。初めて見た世界地図は小さくもあり、そして大きくもあった。

「知らないことを知るのは、楽しいです。自分が……自分以上のものになれたような気持ちになれます」

そこまで言って、ビナイはハッとする。話しすぎだ。自分の話をこんな風にされても、ルーシャンだって迷惑だろう。

背中に冷や汗をかきながら「あ、あの」ととりあえず謝罪を口にしようとした時……。

「素晴らしいね！」

パッと弾けるような明るい声に圧倒されて、ビナイは「あ」の形に口を開いたまま固まることになってしまった。

「目に見える外見の成長ではなく、内なる成長。そうだね、学ぶ前の君と学んだ後の君はまったく違う存在だ」

ふむ、と何度も頷きながらルーシャンが目を輝かせる。

「君は今いくつだい？」

「え、っと……十九になります」

急に歳を聞かれて、ビナイは忙しなく瞬きしながらも正直に答える。

「十九になれば身体的な成長は緩やかなものになる。が、頭の中はいくらだって無限に成長していける」

ルーシャンは穏やかにそう言って、にこりと笑った。

「私も成長は好きだ。知らないことはいくらでも学びたいと思っている。魔法に関することなら、特に」

手に持った本に触れながら、ルーシャンは楽しそうに頷く。そして「ところで」と話を切り替えるように、ポン、と本の表紙を叩いた。

「一般的に、男性の体力は十七歳頃に最大値に達する。その後は緩やかに下降していく。ま、十九歳ならまだ最大値付近だ」

いきなり切り替わった話についていけず、ビナイは頭の上に疑問符を浮かべながら「はい」と頷く。

「しかしね、どんなに体力のある年代であろうと、性差の壁は超えられない」

「性差……」

というのはつまり、性別の違いということだろう。先ほどルーシャンは「男性」と言ったので、第一性ではなく、第二性……α、β、Ωのことだ。

「ビナイくんは先日ものすごい跳躍を見せてくれたよね」

「は、い」

「ハティに聞いたけど、ガルラと訓練もしているんだって？　よくあの化け物じみた体力を持つ男の特訓についていけるねぇ」

「……」

じわじわと、少しずつ蝕(むしば)むような……着地点の見えない物言いに、ビナイは視線を左右に彷徨わせる。

「まぁ個体差といえばそれまでだけど、それでは済まないような、何か特別なものを感じるのは私だけかな。君はどう思う？」

しん、と部屋の中が不自然に静かになる。

（なにを……）

何を言いたいのだろうか。ビナイは言葉に詰まって何も言えなくなる。ただ、しきりに視線を彷徨わせることしかできない。

先ほどまで柔らかく見えた淡い紫の目が恐ろしく感じるのは……気のせいだろうか。何もかもを見透かされたような心地になって、ビナイは胸元で手を組む。

「んんー、自分ではわからないかな」

もごもごと口ごもるビナイをどう思ったのか、ルーシャンは豊かな銀髪を揺らして笑うと「ありがとう」と本を差し出してきた。しかしそれは受け取る前に目の前から忽然と消えてしまう。

どこに行ったのかとキョロキョロしていると、背にしていた机の上に本が戻っていた。そしてひとりでにぱらぱらとページが進み、ぴたりと止まる。開かれたのは、先ほどビナイが読んでいたページだ。鮮やかに披露されたそれも、きっと魔法なのだろう。

ルーシャンは息をするように魔法を使う。

「私が君にこういったことを聞くのは、単なる好奇心だ。それによって君を害そうという意図はない」

気にせずゆっくり過ごしておくれ、と言って、ルーシャンはポンとビナイの腕を叩いた。服越しに感じたルーシャンの手の感触に、ビナイの体が硬直する。

「君はいつもこの時間に勉強しているのかい？」

「え、あ、はい」

一日の予定は、午前中に訓練、午後からハティと勉強。そして夕方から夕食までは自主勉強の時間だ。たしかに自室でこうやって本を読んでいることが多い。

素直にこくりと頷くと、ルーシャンはどこか満足そうに「そうかそうか」と頷いた。

「じゃあ、また来るから」

「へ？　また……って。あっ」

また、という言い方に引っ掛かりを覚えて顔を上げた時には、すでにルーシャンはその場にいなかった。

まるで、そこには最初から誰もいなかったかのように忽然と姿を消してしまったのだ。初めて出会った時、そして先ほど急に現れた時と同じように。

(魔法……)

ビナイは何もなくなった空間をしばしぼんやりと眺めてから、ゆっくりと椅子に腰掛けた。

そして、目の前に置かれた本に視線を落とす。

「南の国にも魔法とは呼ばれていないが、明らかにそれと思しき力が存在したと伝わっている。それは獣人が持つ力を根源とするものであり、一般的な魔法とは異なるものだ。ただそれも魔力によるものであることは間違いないだろう……」

ルーシャンに教えてもらった言葉を参考に、読み上げてみる。ビナイは少しだけ思い悩むように唇に手を当ててから「はぁ」と溜め息を吐いた。

＊

以降しばらく会うこともないだろうと思っていたルーシャンだったが、その思惑は見事に外れることになった。何故かルーシャンは、ビナイが勉強しているタイミングを見計らうかのように、ビナイの部屋を度々訪れるようになったのだ。十日に一、二回程度、多い時は三回ほど。

それまでは顔を合わせないことが当たり前だったので、ビナイは大いに緊張してしまった。が、ルーシャンの方にそういった戸惑いや気まずさは皆無らしい。突然現れては「やぁ」とけろりとした様子で挨拶して、「体調に変化は？」「何か変わったことは？」「よかったら体調管理のために身体測定をしても？」なんて言ってくるほどだ。

どうやら「また来るから」というのは本気だったらしい。聞き間違いかと思ったが……いや、聞き間違いだったらどんなによかったか。

ルーシャンは、ひょい、と現れてはあっという間に消える、を繰り返していた。おかげでハティに来訪を報告する暇もない。

「お知らせしたら、その、喜ばれるかと思うのですが」

三度目の訪問の時にそう言ってみると、ルーシャンは「んー」と呑気な表情で首を傾げた。

「ハティのねぇ、その『喜び』の圧がねぇ」

頭の中で、ルーシャンがビナイの部屋に来たと知ったハティが「さすが運命！　これはもう番になるしかありませんね！」と歌うように騒ぐ様子が浮かんで、ビナイは「あ、あぁ」と同意のような返事をしてしまった。

そういった事情もあり、ビナイとルーシャンの逢瀬……ともいえない不思議な密会は、誰に知られることもなくひっそりと数を重ねていった。

（ルーシャン様は、不思議な人）

夜。自室の豪華すぎる寝台の上で身を横たえたまま、ビナイはぼんやりと天井を眺めた。

今日もまたルーシャンはふらりとビナイのもとに現れた。いつもどおり「体の調子は？」なんて聞いてきて、そしてビナイの勉強を少しだけ手助けしてくれて。

彼を目の前にすると、ビナイはいつも上手く言葉が紡げなくなる。ルーシャンの銀髪が視界に入るだけで、その柔く甘い香りに鼻をくすぐられるだけで、キュッと喉が詰まったような感覚に陥るのだ。

特にルーシャンが笑った時などは……。

（このあたりが、もぞもぞする）

ビナイは自分の胸にそっと手を当てた。

……と、指に何かが引っ掛かる。母のくれた御守りだ。

ビナイは襟を寛げてそれを取り出す。

（……ルーシャン様が見たら、興味を示してくれるだろうか）

母はそれを「ビナイを守ってくれる御守り」と言った。不思議な力が宿っている、大切な御守りなのだと。ルーシャンはそういったものが大層好きなようだ。これを見たら「おぉ、実に珍しいね。なんだろうねこれは、不思議な力とは魔力のことだろうか」なんて言って、あの薄紫の目をきらきらと輝かせるかもしれない。まるで朝焼けの空のように……。

『秘密は誰にも話しちゃ駄目よ』

ルーシャンの笑顔を思い浮かべて緩みかけた唇を、ビナイはハッと引き結ぶ。

そして「何を考えているんだ」と自分を責めた。

（ルーシャン様に御守りを見せる？　どうして、そんな……興味を引くような真似を）

自分の持ち物でαを喜ばせようなど、それこそふしだらなΩにありがちな考えだ。ビナイは震える手で御守りを胸元にしまいこみ、そしてきつく襟を締めた。

「なんてことを」

自分で自分が信用できない。

ビナイはゆっくりと身を起こすと、物音を立てないようにそろりと寝台から這い出た。

窓辺に向かうと、煌々と明かりが差し込んでいるのがわかる。窓枠の向こうに見える夜空にはほとんど丸に近い月が浮かんでいた。もうすぐ満月だ。

（この屋敷に来て、何回目の満月だ？）

親指、人差し指、中指……指折り数えた手を止めて、ビナイはもう一度空を見上げる。

「……発情期だ」

声が震えてしまったのは、純然たる恐怖からだ。

ビナイはパッと踵を返して、寝台の中に潜り込む。寝台は何も言わず、ただビナイを包み込んでくれる。最初の頃は柔らかすぎて恐ろしかったそこが、今はなんだか安心する。

（もうすぐ）

掛け布の中で丸まって、胸元の御守りを握りしめる。

ビナイはきつく目を閉じて、祈るように両手を擦り合わせた。

十一 side ハティ

それはいつもと変わりない、ある朝のことだった。

「ビナイ様。今日のご予定はいかがいたしますか？ まさかまたガルラの訓練から始められるなんて言いませんよね。今日こそ私めとテーブルマナーを朝の爽(さわ)やかな陽気の中で……」

最近、ビナイの部屋を訪れてすぐに確認するのは、彼の一日の予定だ。

するとハティに対し、ビナイが何度か躊躇(ためら)う素振りを見せながら、「あの……」と声をかけてきた。

「はい、どうされましたか？」

ハティは、ビナイの紅い目を見ながら穏やかに首を傾げる。

ハティの唯一の主人であるルーシャン、の「運命の番」であるビナイは、えらく控えめな性格のΩであった。自己主張が強すぎるルーシャンとは対極に存在するような。

今日もまた俯き「あの」と繰り返すビナイに、ハティは「やれやれ」と思いながらもその言葉の続きをゆっくりと待つ。

「ビナイ様？」

ハティはできるだけ気さくに聞こえるよう、朗らかに名前を呼ぶ。

今日のビナイは、何故かハティから距離を取るように窓辺に立ち尽くしていた。どことなく思い詰めたような顔をした彼は、見るからに乾いた唇に歯を立て、軽く舐めるように潤してから、「あの……」と同じ言葉を繰り返す。

「どうかされましたか？」

ハティは、胸の前で手を組んで視線を彷徨わせるビナイに近付くと首を傾げて見せた。

主人の「運命の番」が、とても口下手で控えめなことは、すでに十分理解している。彼のこれまでの生い立ちを考えれば、今すぐちゃんと喋れるようになりなさい、とは思わない。

主人であるルーシャンと番って貰おう、と熱くはやる気持ちも少し落ち着いた。何しろ当のルーシャンにその気がなさ過ぎるのだ。

（これはもう、長期戦だ）

色んな意味で、と思いながらハティはビナイの艶やかな黒髪を見下ろした。

今や王族ではなくなったルーシャンには、結婚を強制することも出来ない。しかしハティは、どうしてもその血を遺して貰いたかった。

何しろ、ルーシャンはとびきり優秀なのだ。

ルーシャンが生まれた時から専属の侍従として仕えているハティは、その血が途絶えるのが悔しくて仕方なかった。

幼少のみぎりから聡明でどこか浮世離れした、とてつもない魔力と可能性を秘めたルーシャン。王子としての彼ではなく、ルーシャン個人に仕えるため、数年前、ハティは数人の使用人（その中には、ガルラも含まれる）とともにこの屋敷にやって来た。王宮仕えという身分をなげうってでも、彼の使用人として生きて行きたかったのだ。

　性格的に王に向かないことはわかっているが、ルーシャンほど優秀であれば次の王として立っても良いのではないだろうか。いや、実際に「そうなって欲しい」とハティは思っていた。王太子に対する不敬とはわかっていたが、心の中で思うだけなら、誰も裁けはしないだろう。まぁ色々と事情もあり表立っては決して口にできないが、ハティ以外にもそう思っている者は多いだろう。

　ルーシャンは魔法の研究にばかり没頭しているが、実のところその成果で何度も国を救ってきた。たとえば長年敵対関係にあった隣国から軍事侵攻をされそうになった時には、国境沿いに巨大な障壁を張り、物理的にそれを阻止した。また日照り続きで食糧難に陥った際には、魔法により品種改良を行い、最小限の水で育つ野菜を開発した。それ以外にも、大なり小なり国の色々な分野でルーシャンの研究が役立てられている。ルーシャン自身に「国を救った」という意識はないかもしれない（なにしろ彼は興味のあることをただただ研究し続けているだけなのだ）が、実際に彼はこのヴィラルハンナ国の発展に誰より貢献している英雄なのだ。

　何にしても、ルーシャンの血をここで途切らせるなど、この国にとっても大きな損失になる。「魔力を持つ」というのは、それだけで大いなる価値を持つのだ。

　これまで、様々なΩを充てがうようなこともしてきた。が、誰もルーシャンの心を動かすことは適わなかった。なにしろ発情期のΩを前にしても「やぁ大変そうだね。この薬を飲みなさい」とケロッとした顔で抑制剤を渡せるような人物なのだ。もはや研究に対する欲以外は存在しないのではないかとすら思ったりもした。

そんなルーシャンでも、相手が「運命の番」であればどうだろう……と一縷の望みを持って、遥々辺境の地まで赴いて連れて来たのが、ビナイだ。

しかし結局は、その努力も徒労に終わっている。少なくとも、今のところは。

それでもいつか、という気がなくもなかった、……が、先日ルーシャンとビナイの二度目の邂逅の様子を見せつけられて、それが本当に小さな希望であるということに気が付かされた。

実験とはいえ、ルーシャンの魔法で見つけた「運命の番」だ。出会えばたちまち恋に堕ちたり、そうでなくても愛着が湧いて番として受け入れるのではないかと期待していた。が、実際のところ、ルーシャンはビナイの顔すら覚えていなかったのだ。これには、さすがのハティも頭を抱えた。あわよくば番に、なんて甘かった。ルーシャンは本当の本当に、「運命の番」に興味がなかったのだ。

期待していたぶんガックリきた、と同時に、申し訳なく思った。誰にかというと、ビナイに対してだ。

生まれ育った村を出てまでついて来て貰ったのに、優しく受け入れてくれるはずの「運命の番」は、全く見向きもしない。まぁ、あの村自体決してビナイにとって「良い環境」とは言えなかっただろうが。

いずれにせよ、彼をこの屋敷に招いたハティの気持ちは、もう、「申し訳ない」の一言に尽きた。

ビナイは、少し……いや、かなり哀れなΩだ。村での扱いは、本当に酷いものだった。ほんの少ししか見ていないハティでさえ、そうと確信したほどに。ビナイは、毎日、毎日、不当な扱いをされていたのだろう。侮られ、貶され、板で建てたボロ小屋に住まわされて。

そして、そんな環境から抜け出した先では、「運命の番」に顔さえ覚えて貰えずに……。それでも、文句ひとつ言うことなく粛々と現実を受け入れるビナイを見て、主人第一のハティも、さすがに心が痛んだ。

ビナイが熱を出した件以降、ハティは無理に二人を番わせようとすることを控えるようになった。あくまで、諦めてはいない、いや、諦められるものか。ルーシャンに番、そして子孫を、というのはハティの積年の願いだ。

しかし今は、急くことをやめた。それはビナイのためであり、ひいてはルーシャンのためにもなると思ったからだ。

最近、屋敷の庭で「訓練」を行うようになったビナイは、以前より生き生きして見える。おそらく、体を動かすことが性に合っているのだろう。特に、直接剣を指導してくれるガルラには「懐いている」といっても良いほどの態度を見せるようになっていた。ハティに対しても、徐々に、徐々にではあるが、打ち解けてきている。

まぁ、「αやβであるガルラとハティは、そもそも自分とは違う人間である」とすら思っている節のあるビナイなので、その歩み寄りは遅々たるものではあったが。

それでも、微かな信頼のような何かが、確かに芽生え始めていた。

（それに、ビナイ様は何故か妙に庇護欲をかき立てられるというか）

なんというか、ビナイは妙に目を引く。ただそこにぼんやりと立っているだけで、つい目で追ってない。


しまうのだ。Ωのフェロモンに惹かれているのか、というとまた違う気がする。

しかしどうにも……寒さに震え、怯える小動物を手助けしてあげたくなるような、そんな気持ちになるのだ。ビナイが、どこか野生動物のような雰囲気を醸し出していることも原因のひとつかもしれない。

出会った当初こそ、言葉が出てくるのが遅いビナイに「遠慮などせず早く喋ればいいのに」と思っていたが、今では懸命に話そうとする彼に「あぁ、焦らずもっとゆっくりでいいんですよ」なんて言いたくなる。ビナイもその気配を感じているのか、言葉に詰まることがかなり減ってきた。

もしかすると村であれほど虐げられていたのは、ビナイのこの「魅力」のせいもあるのかもしれないと思うこともある。気にかけてしまう、目で追ってしまう、触れたくなる。そういった感情の裏返し……彼らの侮るΩに惹かれてしまう自分をどうにかしたいという無意識の行動から、却って辛く当たっていたのではないか、と。その湧き上がってくる気持ちのすべてを、ビナイのせいにして……。

（恐ろしいことだ）

そんな理由であれだけの目に遭ってきたビナイを思うと、胸がキリキリと痛くなる。はぁ、と溜め息を吐くと、自分に対する呆れだと勘違いしたのであろうビナイが「あ」と気まずげに目を伏せた。

「あ、いえいえ。今の溜め息はビナイ様に向けたものではございませんからね。どうぞお気になさらず」

「はい……」

ハティの言葉に、ビナイが安心したように、しかしやはりしょんぼりとした様子で肩をすくめる。

最近は吃ることなく言葉を交わせるようになってきたビナイだが、今日はいやに緊張した面持ちだ。

褐色の肌が、心なし土気色に見える。

「ビナイ様、どうかされたのですか？　何かご不安なことが？」

さすがにこれは只事ではなさそうだ。ハティは待つのをやめて、少し踏み込んで問うてみた。ビナイは自分に不都合なことがあっても、極力黙っている。黙って耐えて、我慢するのだ。自分の中で飲み込んでしまえば、それでいいと思っている。ハティはそれが、少し悲しい。出来ることなら、もっとのびのびと、心安らかに過ごして欲しい。

「その、俺、あと三日ほどで……でして……」

「はい？」

ハティは耳をビナイの方に傾ける。嫌味ではなく、本当に聞こえなかったのだ。よりにもよって一番肝心であろう部分が。

「あ……だから、あの……は、つじょぅ、期…でして……」

「あぁ、発情期ですか？」

「すっ、すみません……すみません……！」

ぼそぼそと、顔を青くさせて言い終えたビナイは、申し訳なさそうに数度頭を下げた。まるで発情期自体が、物凄く悪いことのように。よく見れば、胸元に揃えられた両手はぶるぶると震えている。彼はよく首から下げた御守りを握り締めているが、今もきっとそれを掌に収めているのだろう。

その様子がなんだか頼りない子どものように見えて、ハティの心の内から「あらあらまぁまぁ」と世話焼きの性分がひょっこり顔を出す。

「発情期が近くご不安なんですね？　でしたらお薬……」

「ほ、本当は一人で身を隠せれば良かったのですが、どこにどう閉じ籠ればいいか勝手がわからず……すみません」

「……は？　あ、いや、ちょっと待ってください」

「いっそ、ろ、牢屋にでも入れていただけたら……！　ガルラさんが地下にあると仰っていたのを聞きま……」

「牢屋っ⁉」

ビナイの言葉を遮り、ハティは金切り声をあげた。ゾゾゾっと全身の毛が逆立……ちはしなかったものの、そうなってもおかしくないくらい驚いたし、衝撃的だった。

「滅多なことを言われないでください。私にビナイ様を牢屋に押し込めと仰るのですかっ？」

少し語気が強めになってしまった。ビナイは怯えたように身をすくませ、更に重ねて「すみません、すみません」と謝ってきた。

ハティは「はぁ」と重い溜め息を吐いて、首を振った。

「……いえ、私こそ失礼致しました。ビナイ様が謝られる必要はありません」

ビナイは少し考え込むような素振りを見せた後、自信なさげに睫毛を震わせて、伏せた。

「すみません。でも、俺……ハティさんを、不快にさせてしまったかと、思って……」

どっ、とハティの体から力が抜ける。ビナイは本気でそう思っているのだ。自分がハティを不快にしたのだから謝らなければならないと、許しを乞わなければならないと。

そうやって生きてきたのだろう、そうしないと生きていけなかったのだろう。

「ビナイ様」

なんだか胸の中に重たい石を投げ込まれたような気分になって、ハティは眉尻を下げる。

「は、はい」

「発情期だから、どこかに閉じ籠る必要があると思われたのですね？」

「はい……っ」

そうなんです、と言わんばかりにビナイがわずかに顔を輝かせる。その顔を見て、ハティは唇を噛み締めた。

そんなことで、嬉しそうにしないで欲しい。そんな必要は、閉じ籠る必要は、どこにもないのだ。Ωを人とも思わぬようなそんな行為、ハティも、ガルラも、他の使用人も、誰も強要しない。もちろん、ルーシャンだって。

「ビナイ様」

「はい」

「ビナイ様はどこに行かれなくてもいいのです。いつも通りに過ごされてください」

「……は、い？」

ビナイが、切れ長の目を見開く。息を呑んだ音が、ハティの耳にまで届いた。

「この屋敷に勤める者は皆、抑制剤を服用しております。ビナイ様にも本日からお食事の際に薬を
……」

「く、すり？　いや、そうではなく……俺は……、発情期のΩは、外に出ては駄目です」

混乱したように首を振るビナイに、ハティの方も首を振って見せる。

「外に出ていいのです。好きなように過ごしていいのです。Ωが……貴方が何かを我慢する必要はありません」

ビナイは眉尻を下げて、困惑した表情を浮かべた。何度か口を開いて閉じて、何かを言いたそうに言葉を探している。

「卑しい、俺が、そんな、発情期に……。薬なんて、飲んじゃ駄目です」

おろおろと混乱したように単語を漏らすビナイの「薬なんて」という言葉に、ハティはクッと眉根を寄せて目尻を吊り上げる。きっと、村でそうやって教えられてきたのだろう。

ある意味予想通りではあったが、実際にビナイの口からそれを聞くと、胸が締めつけられる。

「なんと言われても、ビナイ様を閉じ籠めたりしません。どこにも、絶対に」

「でも、ハティさん、俺は……俺は……」

「……まずは、ルーシャン様に相談させていただきます。この屋敷に来て初めての発情期ですし、もしかすると戻って来られるかもしれません」

そう言った途端、ビナイの顔色が目に見えて悪くなった。そして、ハティに縋るように膝を突く。

「はっ、発情期だなんて、お、お、教えないでください！」

「ビナイ様、膝を……」

「そんな、誘うような、恥知らずな……！」

ビナイを起こそうと腕に手を添える。が、それに構わずビナイは青い顔をして手を組み合わせている。その目には、薄らと涙すら浮かんでいた。

「一人静かにしていますっ。迷惑をかけませんっ。一週間もすれば治まりますっ、だから……っ」

（そんなにも……）

そんなにも、発情期を恥じているのか。と、ハティは困惑して、そして、悲しくなった。

Ωの発情期は、本人の意思とは関係なく訪れるものだ。発情期を迎えたΩは、そのフェロモンでαを誘い、その精を受けることで子を生(な)す。子孫を残すために、必要なことだ。自然の摂理であり、決して恥ずべきことではない。

「一度、ちゃんとお話しましょう。ビナイ様、第二の性について、正しく、きちんと学びましょう」

膝を突いたビナイは、身をかがめるハティに向かって戸惑った顔を見せる。見開いた目から、涙が一雫流れていく。

「ええ。そうですね、発情期が近いのであれば今日から『訓練』はやめておきましょう。しばらくお部屋でゆっくりされてください。そして、第二の性、α、β、Ωについて……、特に、Ωについて学ぶのです」

「正しい、……正しいとは、なんでしょうか」

まるで、知らない国の言葉を聞いたかのようにぽかんとしながら、ビナイが目を瞬かせる。

「ビナイ様は、ご自身の性についても、ちゃんと学ばれる必要があるようです」

ハティは、安心させるように、柔らかく微笑んでみせた。

（そう、知らないなら学んでいただければいい）

そして薬を服用し、発情期の期間も苦しまずに過ごせることを知って欲しい。もっと穏やかに過ごす方法があるのだと。

「自分について、学ぶ」

ビナイは少しだけ迷うように視線を落とした。どうやらハティの言葉を受け入れようという意思はあるらしい。

「でも、それだけじゃなく、俺は……俺は」

（ん？）

先ほどの恐慌状態とはまた違う、どこか後ろめたそうな態度でビナイが目を伏せた。目を閉じて感情を読ませないようにするその態度は、何か「隠したいこと」があるように見えた。

「ビナイ様？」

「あ、いえ……学ぶこと、そしてそれを受け入れようとする気持ちは大事……なのですよね」

「はい。はい、その通りです」

思いがけないビナイの柔軟さに、ハティは驚きつつも何度も頷く。

ビナイは控えめだが臆病なだけというわけではなく、とにかく素直で何事にも真剣なのだ。

（なんていい子でしょう）

じぃん、と感動を噛み締めながら、ハティは今日以降のビナイの予定を頭の中で組み直した。三日後までに、早急にΩの発情期がなんたるかを学んで貰わねばならない。「牢屋に閉じ込めて欲しい」

だなんて、そんな悲しいことを願わなくてもいいように。

だが、ハティの目論見は脆くも崩れ去ってしまう。ビナイが発情期の件をハティに相談したその日の夕方、まさに、発情期が訪れてしまったのだ。

おそらく、「運命の番」に出会ったことで、ビナイのホルモンバランスが崩れたのだろう。本人が自覚していた周期よりも早く訪れたそれは、今までのものとは大きく違っていて、ビナイを混乱の渦に陥れた。

怯えて、部屋に閉じ籠り、薬を飲むことすら出来ないビナイをどう宥めようかと頭を抱えるハティに、さらに思いがけない知らせが入った。

「運命の番」の発情を知ったルーシャンが、屋敷に戻って来たというのだ。

十二

「はい、どうぞ」

目の前にドサドサと服が投げられる。

綺麗に洗濯され整えられたそれには、どんなに洗っても落ちない「匂い」が残っている。その微かな香りが、ビナイを苦しめて仕方ない。

目の前に山と積み上げられた服に震える手を伸ばしかけて、ビナイはもう片方の手でそれを押さえつけた。

「うー……っ、うぅ……」

獣のように唸りながら立ち上がろう……としたが、それは叶わない。何しろ今いる場所は、目の前の洋服どころではなく、匂いが溢れかえっている。

くらくらと目眩がする。ここを離れたくないと本能が告げている。

「どう？　これで巣作りできそう？」

目の前に人が立つ。霞みがかった視界の中でも、光で縁取ったようにはっきりと見えるその人は、ビナイの「運命の番」だ。ビナイはわなわなと唇を震わせて、彼を見上げた。

そう、ここはルーシャンの部屋である。

「大丈夫かい？」

気遣うような物言いだが、彼は興味津々な顔でビナイを見下ろしていた。まるで、実験対象の動物を見るかのように。

「う、う……」

「あ、そのベッドほとんど使ってないからなぁ。匂いもあんまりない？」

ビナイは今、大きなベッドの上に乗せられている。柔らかすぎるそこに手足を取られながらも、ビナイはどうにか立ち上がり、ベッドを降りようとする。が、やはり膝に力が入らず、すぐにへたり込んでしまう。下半身が、いやという程に重い。

「だめ、だめです……こんな……俺は……」

鼻の前に手の甲を翳し、どうにか匂いを嗅がないようにする。が、そんなこと、無意味だ。鼻だけではない、全身がルーシャンの香りを感じていた。

浅ましく反応する体を隠したい。のに、周りに散らばるのはルーシャンの匂いのついた私物ばかり。

爪先がひくひくと跳ねる。前屈みになって腿をすり合わせ、痛いほど反応している股間を隠す。すると、股の間で、ぐちゅ、と湿った音がした。ビナイから出た、体液のせいだ。惨めで、恥ずかしくて堪らない。

「うっ、うぅ……」

ついに、呻くように泣き出してしまった。そんなビナイの目の前に、すっ、と綺麗な布が差し出される。

「はい、どうぞ」

ルーシャンが、懐から出したハンカチだ。強烈な程に彼の香りが染み付いたそれを、ビナイは見つめる。どうしても、どうしてもそれから目が離せない。

(はしたない、汚らわしい、……恥ずかしい)

「こ、んなの……、だめ……」

無意識のうちに、舌を伸ばしてしまう。顔の前に差し出されたそれに、濡れて震える舌が……。

「俺は……、あ……、だめ……ぇ」

「駄目だ」とわかっているのに。気がついたら、ハンカチを舌で手繰り寄せ、あむ、と口を閉じて嚙み付いていた。

じゅ、じゅ……、と吸い付いただけで、股間の辺りが、さらに、じゅわ、と湿り気を帯びたのがわかった。

＊

ハティに発情期の件を相談したその日、昼過ぎから妙な火照りに襲われた。

覚えのある感覚に嫌な汗をかきながら、ビナイはしどろもどろで「どうか一人にして欲しい」と、ハティ含め使用人達に懸命に頼んだ。まだわからない、発情期ではないかもしれない、と心の中で言い聞かせながら。午前中はαであるガルラにも会った（しばらく訓練を休むことを謝罪するために）が、彼は特になんの反応も示さなかったし、ビナイもまた何も感じなかった。

実際、これまで発情期の周期がズレたことなど一度もなかった。発情期の時期が来たら、いや来る前に自主的に小屋の中に籠もった。そしてたった一人、粛々とどうしようもない熱が過ぎ去るのを待つのだ。

幼いうちは、気が狂いそうなくらい苦しくて仕方なかった。が、今はだいぶ慣れた。慣れた、というのはもちろん、発情期が辛くなくなった訳ではない。「苦しむこと」に慣れたのだ。そしてまた、ビナイにとって発情期はある種の「解放」でもあった。他者がいる時は叶わないが、一人であれば……。

とにかく、その慣れた発情期の周期を間違える筈なかったのだ。しかし実際、発情期らしき症状が体に出始めている。ビナイは「とにかく一人になりたい」とハティに請うた。

——今朝、ハティは「発情期は恥ずかしいものではない」ということを言っていた。これまでビナイが当たり前と思っていたものは、決して当たり前ではないのだと。

しかしビナイはこれまで「発情期は恥ずかしいもの」そして「フェロモンで以って他の種を誘うΩも、また恥ずべき存在」と教え込まれてきた。今さら「それは間違っている」と言われても「そうなんですね」と簡単には頷けるはずもない。

だから学びたいと思った。そうやってハティ達から学んだことと、今自分の中にある知識、それを比べて、自分自身で「正しい」を判断出来たら、なんてことを考えていた。

しかし、その「何か」を学ぶ前に、発情期が来てしまった。どうすればいいのかわからなかったビナイは、湧き上がった恐怖のままに、部屋に閉じこもるしかない。

（どうしよう、どうしよう）

ビナイの様子から何か察したのだろう、ハティが「薬を服用されては？」と扉越しに提案してくれた。しかしビナイは「いやっ、その……大丈夫です」と咄嗟に拒否していた。頭の中で神父の、村長の、村人達の声がこだましていた。

『薬？　あんなもの、自然の摂理をねじ曲げる、おぞましき物です』

『ヤンの所、娘可愛さに街から「薬」を買ってきて与えたらしいぞ。あぁ恐ろしい。神を冒瀆する行為だ』

『恥知らずの発情期に加えて、薬まで……。嫌だ嫌だ。Ωってのは本当に卑しいもんだね』

「薬」は良くないものだ、という考えが、どうしても消えない。そして母の声も響く。

『秘密よ。絶対に秘密を守るの。それがあなたを守ることに繋がるから』

(薬、だめ。秘密、守る)

そんなことを考えながら寝台の上で丸まっているうちに、いよいよ本格的に体と頭が熱を帯びてきた。そう、発情が始まったのだ。

ハティはかなり渋ったものの、最終的には「発情期が終わったら、きちんと勉強しましょうね」と約束を取り付けた上で、ビナイが部屋に閉じこもることを許可してくれた。時期のズレた発情期を迎えて混乱するビナイを見て可哀想に思ったのかもしれない。

必要な物があれば遠慮なく言って欲しい、と言って去っていったハティが慌てた様子でビナイの部屋を再訪したのは、その日の夜更けであった。


一人熱を抱えてどうにか眠りにつこうとしていたビナイは、扉越しの彼の「ビナイ様、今からルーシャン様がお越しになります」という言葉に飛び起きた。

何故、どうして、とハティに問うても、彼もまた「わ、わかりません」と戸惑った言葉しか返してくれない。しかもどうやら「ビナイが発情期である」ということを知った上で訪れるらしい。ビナイは、恐怖でどうにかなってしまうかと思った。

部屋の鍵をかけて、掛け布を被り、ガタガタと震え、どうにかルーシャンの来訪を妨げられないかとハティに訴えた。が、ハティも何がなにやらわかっていないらしく、「わ、私には出来ません」と躊躇ったような答えしかくれない。

　どうしようかどうしようか、と部屋の隅に蹲って震えているうちに、鍵のかかった扉などものともせずに、ルーシャンが部屋に現れた。

「やっ、やっ！　駄目ですっ、駄目！」

　ぶわっ、と、自身の体からフェロモンが溢れ出たのがわかった。昼間にガルラと会ったが、あの時はこんな風にならなかった。理性が本能を押し留めていた。だけど、ルーシャンの前では理性など紙細工のようにくしゃくしゃになって崩壊する。

　ルーシャンの自身に対する態度があまりにもあっさりとしているので「もしかしたらルーシャン様は俺の『運命の番』ではないのかもしれない」と。そんなことを考えたこともあった。

　しかし、今またルーシャンがそうであることを強く自覚した、いや、自覚させられた。

（今までの発情期と、全然、違う……、これ、こんなの、初めて……！）

「運命の番」であるルーシャンを誘惑するために、彼を自身へと引き寄せるために。どろっ……と、ビナイの心も体も溶かすように滴る蜜のようなフェロモン。ビナイ自身濃いそれに充てられて、くらくらと眩暈さえ起こしてしまう。

「凄いね。抑制剤を服用しててもわかる。濃厚なフェロモンだ」

　ルーシャンにまでそんなことを言われて。ビナイの頬が羞恥でカッと熱くなる。

　恥ずかしくて、情けなくて、申し訳なくて。ビナイは泣きじゃくりながら逃げ惑ったが、そんなことなどお構いなしに、ルーシャンはビナイの腕を優しく摑まえた。

そして、とんでもないことを言い出した。

「発情期の間、一緒に過ごそう」

——と。

ビナイは掛け布を被ったまま、ただ呆然とすることしかできなかった。ルーシャンが何を言っているのかわからなかった……いや、言葉の意味はわかっても、その意図がまったくわからなかったからだ。

「大丈夫。私が飲んでいる抑制剤は特別製さ。どんなフェロモンにも反応しなくなる強力な魔力が込められているんだ」

だから安心していい、と笑うルーシャンはいつもどおり麗しい。けれど、今はその美しさすら恐ろしい。

いやです、だめです、と弱々しく拒否するビナイに「頼むよ」「お願い」「このとおり」と軽い調子の願いを繰り返し、最後には抱きかかえるようにして、ルーシャンはビナイを部屋から連れ出した。

ルーシャンの腕の中、まるで拐（さら）われる生娘（きむすめ）のように、ビナイは悲鳴を上げていた。終始「ごめんなさい、ごめんなさい」と誰ともなしに謝りながら。途中ちらりと、青ざめたハティの顔が見えたような気がしたが、それも一瞬だった。

そしてビナイは、ルーシャンの自室へと連れ込まれたのだ。

＊

「はいどうぞ。よければ好きに巣作りしてくれてもいいよ」

部屋に連れ込まれてベッドの上に優しく下ろされてから、ルーシャンはビナイにそう囁いた。

（す、づくり？）

発情期が近い、もしくは発情期に入ったΩは「巣作り」という、本能に基づいた行為をしばしば行う。

巣作りとはまさにその名の通り「巣」を作ることである。鳥が、自身にとって安全で安心な場所である「巣」を作り上げるように、Ωも、自分にとって最も安らげる場所を作るのだ。

その材料は木の枝や藁ではない。巣作りの主な材料は、「番であるαの匂いが染み付いた私物」。番のαの香り、それは、Ωにとって何よりの精神安定剤となる。

ビナイとルーシャンは、正式な番ではない。αが発情期中のΩのうなじを噛むことによって、番の契約は成されるが……ビナイは、ルーシャンにうなじを噛まれてはいない。

番ではない。なのに、それでも……ビナイはルーシャンの匂いを求めてしまうし、その匂いが染みついたものをかき集めたくなってしまう。それで身を包んでしまいたくなる。

「フェロモンというのは、匂いではない。フェロモンという物質そのものなんだ。だけどΩはαのそれを匂いで感じ取ると言われている。だから私物が必要なんだ。でもそれが本当に匂いによるものなのか、はっきりと解明されてはいない。そもそも基本的にフェロモンを放出するのはΩでありαがそれを感じ取るのが基本であるのに、こと巣作りに関してはそれとは逆に……」

ルーシャンの声がどこか遠くから、そして近くから聞こえる。ぼやぼやと揺れて、真っ直ぐになって、鮮明になって不明瞭になって。

ただでさえ発情期で頭がぼんやりしているのに、フェロモンだの何だの、難しいことを楽しそうに話されても頭に入ってきやしない。

「そのハンカチ、気に入った？」

はっ、と気が付くと、口に含んだハンカチは、じゅくじゅくに湿っていた。ビナイは慌てて噛み締めていた歯を離し、理性を失った自分の行動に怯えたように「ひっ」と短い悲鳴を上げて、後ずさった。後ろ手についた腕はぶるぶると震えていた。

「君、抑制剤は飲んでないんだよね」

「……っ、……っ」

確信している言い方だった。

ビナイはふらふらと視線を彷徨わせてから、肯定も否定もせず、どうにか逃げ場を探そうとした。

「これじゃあ苦しいでしょ？　きっと、巣作りした方がまだ楽になるよ」

「ひっ……ひ……」

「大丈夫。私は君にひどいことをするつもりはない。ただ君の発情期に興味があるだけなんだ」

「ひどい、こと……？」

今されているこれは、「酷いこと」ではないのだろうか。ビナイにはわからない。わからないが、彼が諦めるつもりがないことはわかった。

「恥、知らずな……俺は、こんな俺は……」

「恥？　何も恥ずかしいことはないよ。ここには私しかいないんだし」

ルーシャンが腕を広げてみせる。

忙しなく瞳を動かして見渡してみる、が、確かに誰もいないし、ルーシャンの背後にある扉はきっちりと閉まっている。だが、ここには、ルーシャンがいる。白い絹のような髪を揺らす彼は、まるで天の使いのように美しく、魔の使いのように恐ろしい。

「す、巣作りなんて……巣、づくり……、卑しい……淫売の……」

「淫売？」

「神様が……」

ルーシャンの美しい美貌が歪む。ぐにゃぐにゃとぼやける。いや、ぼやけたのはルーシャンじゃなく、ビナイの視界だ。

「うっ……うぅー……」

堰を切ったように、涙がぽろぽろと頬を転がり落ちていく。呻きながら、それでも目の前に山のように積まれた洋服に、手が、どうしても、ぶるぶると震える手が、伸びてしまう。

「そんなに泣かなくてもいいじゃない。普通のことだよ？　いたって、普通の行動だ」

ルーシャンが、膜の向こうで何か言っている。しかし、ビナイの耳にはもはやはっきりとは聞こえない。目の前の布を摑んで、被って、包まれて、丸まってしまいたいという欲望で、心は満たされている。

「うっ、うっ、ご……ごめんなさい……」

「いやいや、そんな悲壮な」

「ごっ、ごめ、なさぃ」

しゃくり上げながら、それでもビナイは積み上げられた服の中から一枚のシャツを摑んでそしてそれを、ぎゅう、と抱き締めた。ひっ、ひっ、と何度も苦しい息を吸いながら。

ルーシャンは少し視線を彷徨わせてから、困ったように髪をかき上げた。

「んー、あまり状態がよろしくないようだね。苦しいのであればやっぱり抑制剤を……」

「お、俺……薬、いらない……っ、いらないから。ひっ、一人にして、一人がいい……」

いやいや、と泣いて首を振りながら、ベッドの上に転がる。そして、まるで唯一の宝物のように、ルーシャンのシャツを胸の中に仕舞い込んだ。

「うぅー……」

たくさんある洋服、私物、本人を目の前にして、ビナイはそのシャツだけを、申し訳なさで潰れそうな、くしゃくしゃの顔をして、抱き締めたのだ。

「きみ……?」

ルーシャンは驚いたように目を見張り、素早く瞬きを繰り返した。

十三 side ルーシャン

目の前のΩが、なんという名前なのか、ルーシャンは知らない。だが「運命の番」だ、ということは知っている。

自分のために用意された、天が決めた運命の相手。それだけわかっていれば十分だった。

十分だったはずなのだが……。

「えー……っ、と、きみ？」

今、無性に、名前を呼んでみたくて堪らない。どうしてかはわからない。しかし、顔を歪めて子どものように泣きながら、それでも下半身だけは一人前の男として、ルーシャンのシャツに擦り付ける動きを見せる彼が、……彼から、どうしても目が離せない。

「なにを」と言いかけて、ルーシャンはハッと息を呑んだ。

「もしかして、これが、君の巣作りなのかい？」

目の前の彼は答えない。答えられないのだろう。しかし、ルーシャンが言葉を発する度に、ひく、と耳の辺りが動き、かぁ、と赤く染まっている。聞こえてはいるのか、と思いながら彼に近付こうとベッドに手をかけた。

ギッ、とベッドが軋む音を発した瞬間、彼が、がばっと顔を上げた。

（……あ）

真っ赤な目に、その瞳が溶けてしまいそうな程の水分の膜を張って、必死にルーシャンを睨んでいる。いや、睨んでいるなんていえないほどの弱々しい視線ではあったが、その目は確かにルーシャンを拒否していた。まるで手負いの獣だ。

ルーシャンは先ほどの自分の発言、「ひどいことはしない」という言葉を思い出し、天を仰いでから、ベッドから離れた。途端に、ほ、と息を吐き、それでも胸の中のシャツにすりすりと頬を寄せる彼の様子を見て、ルーシャンの胸の中に、言い知れぬ痛みが走る。

「？」

ルーシャンは胸元を撫でたり擦ったり押さえたりしてから、部屋の奥に置かれていた椅子を引きずってきた。ベッドから数歩離れた所に椅子を据えて、巣作り（らしきことを）する彼を観察する。

「はー……、はっ」

苦しげな息を吐きながらルーシャンのシャツ一枚だけを大事そうに抱えて、くんくんと匂いを嗅ぐ。そして、わずかに満たされたような顔をする彼を眺めて、ルーシャンは首をひねる。

（自慰はしないんだろうか？）

彼は発情期を抑える薬を服用していない、とハティが言っていた。であれば、いくらか精を吐き出さないと辛いだろう。実際、彼の陰茎が痛い程張り詰めていることは、服越しでも十分に見て取れた。

「は……ふ……」

ルーシャンが何も言わず、離れた場所から見ているだけだからだろう。彼は段々とぼんやりとしてきたようだ。ルーシャンの匂いを嗅ぎすぎて、酩酊状態に入ったのかもしれない。それでも、彼は下半身に手を伸ばさない。ひたすらに、シャツを抱き締めている。

（そのシャツは、そんなにいいかい？）

何故、そんなことを思ったのかわからない。

他にいくらでも服はある。シャツもズボンも、なんなら下履きだって置いてあるし、……本人だって目の前にいる。

巣作りは普通、ありったけの番の私物を使って行う筈だ。そう、Ωにとっての「巣」作りなのだ。シャツ一枚では、雨風ひとつ凌げないだろう。

理性を失ったΩも、何度か見たことがある。今日、巣作りを見る過程で、「運命の番」から襲われることも想定していた。のし掛かられた所で、体格的に劣る彼に押し負けることはないと思っていたし、ルーシャンには魔法があるので、万一の事態は起きないと思っていたが。

（しかし……。これは、予想外だな）

ルーシャンの目の前で、彼は、鼻先をぐりぐりとシャツに押し付ける……と思えば、恥ずかしそうに離し、おずおずと濡れた舌を見せながら、シャツの襟ぐりを咥えたりする。至極、控えめに。

（こんなつもりじゃなかったんだけどな）

ルーシャンは、彼の発情期が来るのを今か今かと待っていた。それは、どうしても「気になること」があったからだ。だからこそちょこちょこと彼の様子を伺いに家に帰ってくるようにしていたし、体調も気にかけていた。

ルーシャンの予想が正しければ、彼はおそらく「秘密」を抱えている。隠しているつもりなのだろうが、こういう時のルーシャンの勘は当たる。

（発情期は、Ωが一番無防備な時だから）

だから暴くなら今日だと思った。興味のあることへの好奇心は、ルーシャンを動かす何よりの原動力なのだ。

そんな軽い気持ちで、むしろ浮かれた気分でいそいそと帰ってきたのだが……。

何となく喉の渇きを覚え、ルーシャンは視線で水差しを探した。……と、彼がベッドの上で大きく身動ぐ。彼の着ていた薄手の上着が捲れて、薄い脇腹が見えた。見慣れない褐色の肌がじんわりと汗ばんでいるのが、薄暗い部屋の中でも、しっかりと見えた。

（妙に喉が渇くな。心拍数が上がっているし、脈も速くなった）

自身の体の変化を確認しながらルーシャンは足を組み替えかけて、ふと、下半身の変化に気が付いた。

（兆しかけている）

下半身の中心、陰茎部分の布がゆるく張り詰めかけていた。わずかに主張するそこを眺めてから、ルーシャンはもう一度彼を眺めた。

「……んっ、……は」

タイミング良く、彼が腰を跳ねさせた。顎を突き上げ、微かに臀部を震わせる。吐精は……していないようだ。もしかすると精液を出さずに達したのかもしれない。「ふぅ……う」と詰めていた息を吐き出して、薄目を開いて、まだシャツを抱き締めていることを確認して。そして、彼が薄らと微笑んだ。

「……っ！」

ルーシャンは、思わず口元を押さえた。

そうしないと、何か、物凄く益(やく)のないことを言ってしまいそうだったのだ。そして、とろんとした顔をして、心底愛おしそうにシャツに頬を寄せる彼に、手を伸ばしてしまいそうで……。

そこまで考えて、ルーシャンは首を振った。

(何故？　そんなこと不必要だ)

巣作りはΩによる行為。そこにαの干渉は必要ない。そんなこと、今さら確認せずとも十分にわかっている。

今日はビナイを観察するのだ。彼が隠している秘密を暴いて、自身の知識欲求を満たしたいだけだ。

「……めん、なさい……」

ふと、彼が苦しげな顔をしだした。嬉しそうだった筈の顔は青ざめ、眉根を寄せて、震えている。

「ん、なんだい？」

よく聞こえなかったので、聞き返してみた。この段階において、会話などする必要もないのに。

「どうしたの？」

「……っん、……ごめんなさい…ごめん、なさい……」

シャツを掴んでいる手を、ぶるぶると震わせながら、彼はそれを離そうとする。シャツにしがみつく右手の指、一本一本を、さらに震える左手で剝(は)がしている。

「なんで？　いいんだよ、それは君の……君の番の物だ」

なんで「番」なんて言ってしまったかわからない。うなじなんて噛んでいないのに。噛むつもりもないのに。

「だめ……だめだ……。ご、ごめんなさい……し、神父様」

「え？」

えぐ、えぐ、としゃくり上げながら、彼はぼんやりと虚空を眺めて謝っている。ルーシャンが見えているようで見えていない。でも本能で求めている。多分、本能と理性が、ぶつかり合っている。葛藤が強すぎるのだろう、顔色はとても悪い。

「ゆるして、やめて……閉じ込めないで……神様……神様……かみさま……」

「神？」

支離滅裂な彼の発言に、ルーシャンはどうしたらいいのかわからない。魔法をかければいいのだろうか、慰めれば、抱き締めれば、巣作りをやめさせれば。

何をしたらいいかわからない、けれど咄嗟に、ルーシャンは彼の腕からシャツを取り上げようとした。観察の途中だということを忘れていた訳ではない。一旦、とりあえず一旦落ち着かせようと思ったのだ。

「わかったわかった、巣作りをやめたいんだね。とりあえず、これを離して……」

ベッドに乗り上げないように、近づき過ぎないように注意しながら、彼の握るシャツの端を掴む。

……と、シャツが、ぴん、と張った。

彼が、ルーシャンの引っ張る力に逆らうように、シャツを引いたのだ。

「きみ……」

「や」

ふるふると首を振るたびに、黒髪が、ぱさ、ぱさ、とシーツに擦れて、音を立てる。

「……お、俺の」

これ、おれの……と震える声で呟いて、彼はほらはらと涙を流した。潤んだ紅玉の瞳がルーシャンの姿を映している。不意にその紅玉を自身の手中に収めたくなって、ルーシャンは「何を、考えている？」と自身の思考に戸惑うしかない。結局何も言えなくなって、ルーシャンはシャツの裾を、ゆっくりと離した。

彼はそれをかき寄せるように自分の腹の下にしまい込んで、そのまま丸くなった。先ほどまでどこか妖艶(ようえん)ささえ漂わせていたのに、今はもう無防備な……幼い子どものようだ。

（……仕方ない）

ルーシャンは数歩下がって、先ほどまで腰掛けていた椅子へと戻った。蹲った彼から微かな……啜(すす)り泣きのような声が聞こえてくる。

（「俺の」か）

小さくも、しかしはっきりと主張した声が、繰り返し、耳の中で響いていた。たったひと言、それがどうして嬉しいのかわからず、ルーシャンは考え込む。

と、その時。

目の前で丸くなった彼の体がふるりと頼りなく震えたのがわかった。どうかしたのか、と腰を上げかけて……ルーシャンは彼の体が徐々に縮んでいることに気が付いた。

「……！」

いや、縮んでいるというより「変態」している。

羽織ったシャツが緩くなり、手足が細く締まっていく。キュッと持ち上がった尻からずるりと下履きが脱げ……そこから、ふさ、とした尻尾が出てきた。いや、尻尾だけではない。手足も、首筋も、その顔にも……彼の髪と同じ、黒と茶の混じった艶やかな毛が生えている。髪とそれとの境目がなくなって、顔はキュッと小ぶりになって、耳が……頭の脇からピンと飛び出してきた。

「は……」

ルーシャンは叫び出しそうになった口を押さえる。が、彼がもはや服としての意味をなくした布の中から、もそ……と顔を出して、そしてルーシャンのシャツを「はむ」と咥えた瞬間……。

「半獣！」

と結局部屋が吹き飛びそうなほどの大声を出してしまった。彼……獣はビクッと体をすくませて、怯えたように寝台の上を後退(あとずさ)りした。それでも口からシャツを離さないのがいじましい。

「あぁいやごめん、君……君は、やっぱり半獣だったんだね」

彼はそう言われて、きょと、と首を傾げるような仕草を見せた。……が、その後ハッとしたように飛び上がった。そこで、まとっていた服がはらりと落ち、彼の全身が顕(あらわ)になる。

（あぁ……！）

ルーシャンは内心歓喜の声をあげる。

尖った耳に、つり上がり気味の紅い目、口元から覗く牙、黒い長毛に覆われたしなやかな体、しゅるりと揺れる尻尾。

……目の前にいた彼は、猫科の獣になっていた。

「そうじゃあないかと思っていたんだ！　浅黒い肌と紅い目は南の国の住人の特徴。その中でも驚異的な身体能力を有する民族はソルゥムの民……！　険しく切り立った山の合間にある草原に棲むと言われる彼らは姿を見ることすら難しい。あぁ、そんな獣人が今目の前に！　んー……しかしその力を持つ者もかなり少なくなり限られた者どころか、今はたしか……」

「シャアアアッ！」

ルーシャンが唐突に早口で話し出したからか、彼は全身の毛を逆立てて威嚇するように牙を剝いた。

「おっと」

怒らせたかと思って見やると、彼は……彼の耳はぺたりと伏せられて、手足もぶるぶる震えている。怒っているというより、すっかり怯えているようだ。

発情期の上に望まないまま変身までして、本人も混乱しているのだろう。シャアアッと威嚇する声もどんどん小さくなっていって、そのうち自信なさげに髭を下げて、俯いて、小さく「ふしゅ」と空気を漏らすだけになってしまった。

「あぁ、ごめん」

持ち上げていた尻を落とし、おどおどと怯えるように伏せてしまった獣に、ルーシャンは手を差し伸べてみる。こうなったらもう発情状態のまま苦しむ必要もない。

ルーシャンは胸元を探り、彼に飲ませるつもりで薬を取り出した。

「ほら、おいで」

そしてベッドに腰掛け、彼に手を伸ばす。が、怯えた獣は「ゔゔゔ」と顎を引いて唸ってから、パシッとその手を払った。

「あいた」

鋭い痛みが指に走って、思わず小さな声を上げてしまう。指先を見ると、ぴ、と紅い筋がひとつ付いていた。どうやら獣の爪が皮膚を裂いたらしい。

「おぉ」

別に油断していたわけではない。が、彼の反応はルーシャンの想像よりさらに速かった。その超人的な（いや、人ではないのだから超「人」というのもおかしいが）力に、ルーシャンは目を輝かせる。

「すごい速さだね……あれ？」

わくわくしながら彼に声をかけるが……、彼はどこか呆然とした様子でルーシャンの手を見つめながら固まっている。そして、すごすごと後退りして、ぺた、と座り込んでしまった。

「おや、どうしたの？」

獣はルーシャンを見上げて、そして震えながら「みぁ」とか細い声を漏らした。

その声は彼が人間の時に漏らした「ごめんなさい」とよく似ていて。ルーシャンは彼が、自分を傷つけたことを悔いていることを知った。

獣は涙を流したりしない。が、しょんぼりと耳を伏せる彼が、震えながら俯く彼が、それでもルーシャンのシャツを離そうとしない彼が……泣きたい気持ちになっているであろうことは、何故かしっかりと伝わってきた。

「……大丈夫だよ?」

ルーシャンはベッドの上で距離を詰めて、獣の横に寄り添う。彼は、今度はまったく抵抗することなく、どころか、力なさげにしょぼしょぼと項垂れた。

「ほら、傷なんてすぐ治るんだ。私は魔法使いだからね。こんな怪我、なんてことない」

ルーシャンは彼の体に片手を回しながら、ほら、と傷を負った指を見せる。紅い血が流れていた傷はみるみるうちに閉じていって、ぴっ、と血を払うと傷ひとつない綺麗な皮膚が現れた。治癒魔法だ。

「平気だろう? こんなの、痛くも痒(かゆ)くもない」

「…………」

それでも獣は黙りこくったまま、うる、と時折喉を鳴らすだけだった。体温は高く、体は小刻みに震えている。発情期の症状も治まっていないのだから当然だ。

「薬を飲もう」

優しく囁いてみるが、獣は力なく首を振る。

ルーシャンは自分がどうしてそんな優しい声を出すのか、そしてどうして無理にでも薬を飲ませてその体について調べないのか不思議に思いつつ、それでも獣の体を撫でる。さらさらとした毛は指どおりがよく、艶やかなそれはルーシャンの手を柔く包み込んでくれる。

そうして撫で続けていると、獣の体から段々と力が抜けてきて……やがてくたりと蹲ってしまった。

「苦しいんだろう？」

獣が嫌がらないのを確認してから、ルーシャンはその隣に横たわる。ほとんど抱きしめるように腕を回してみるが、獣にはもう抵抗する力も残っていないようだった。体を揺らして荒い息を溢しながら、それでも時折ゆるゆると首を振っている。

ルーシャンは何も言えないまま、ただその体を撫でる。

獣の腕の中には、いまだにルーシャンのシャツが収まっている。キュッとそれを抱きしめる獣を、ルーシャンは自身の腕で包み込む。とくとくとく、と早鐘（はやがね）のように絶え間なく鳴る心音を聞きながらルーシャンは獣を眺めた。

（本当は、今すぐに調べたいこととか、聞きたいことがあるんだけど）

だというのに、腕の中で震える獣を放り出すことができない。はて何故だろう、と内心首を傾げながらルーシャンは彼の首元をソッと撫でる。

うる、うるる。

不思議な音に驚いて獣を見る……前に、彼がルーシャンの方へと頭を押しつけてきた。横たわったルーシャンの、その胸のあたりに。ルーシャンは驚いて「どうしたの？」と言おうと思ったが、やめた。それを口にして彼が離れたら……嫌だな、と思ってしまったからだ。

うる、うるる、るる。

不思議な音は、彼の喉元から響いているようだった。猫化の動物が機嫌の良い時に鳴らす、喉鳴らしだ。

生まれてこの方、動物と触れ合うことがほとんどなかったルーシャンにとって初めて身近で感じる生き物の熱であり、音であった。

「もう、苦しくない？」

返事をもらえないであろうことはわかっていたが、ルーシャンは静かに獣に問いかける。そして、その体を撫でた。

獣の方はもう顔をあげる気力もないらしく、くたりと横たわっている。ただその「うるる」は聞こえ続けているので、現状が辛いというわけではなさそうだ。発情期にも波があるので、これは一旦落ち着いたように見える……小休止のようなものかもしれない。また苦しみだす前に、無理にでも薬を飲ませた方がいいだろう。

……本当は、彼が半獣人であるかどうかを確かめたら、後の始末はハティらに任せて早々に屋敷を去るはずだった。途中の研究もあるし、毛を一本二本いただいて半獣人の調査もしたい。だというのに。

（動けない）

獣は、そのまま浅い眠りに落ちてしまったらしい。相変わらず息は荒いし体は熱いが、かろうじて寝息のようなものが聞こえる。

ぐて、と寄り添うそれを押しのければいいのに、それができない。ルーシャンはしばし迷ってから……しばらくそこにいることにした。

この部屋に来て、数時間。

もうすぐ夜が明けるであろう時間になっても、獣は目覚めなかった。

ただシャツを抱き締めて、その布地に頬を寄せて。時折、もぞもぞと体をくねらせたり震わせたりしているその顔は、幸せそうにも、苦しそうにも見えた。

嬉しそうに微笑んだと思ったら、険しく顔を歪める。獣だというのにやたらと表情豊かだ。

(そういえば)

思い返してみれば、彼はルーシャンと顔を合わせるとよく申し訳なさそうな顔をしていた。目が合うことすら少なかったように感じる。

獣の時の方が、人間の姿の時より色んな表情を見せてくれるというのは……なんというか、妙なものだ。

ふ、と笑ってしまってから、ルーシャンは数度の瞬きで真顔に戻る。

どうして彼はこんなにも本能に抗おうとするのだろうか。それがわからず、ルーシャンは彼を観察する。そしてそのうち観察というより、ただただ彼に見惚れている自分に気が付いた。

いつの間にか握り締めていた手のひらに、じっとりと汗をかいていて、ルーシャンは不思議な気持ちでそれを見つめた。汗をかくなんて、いつ以来だろう。

(何故?)

発情期に当てられたというのが一番妥当な線だろう。「運命の番」という繋がりが、こんなにも強いものだとは思わなかった。

（面白いな。研究所に帰ったら、半獣の研究に加えて「運命の番」間における発情期のフェロモンの調査も行おう。いや、彼が半獣だということももしかすると影響して……）

それまで隣に寄り添っていた獣が、ころん、と倒れてルーシャンから離れた。思わず、じっ、と横を向いて見やすくなった獣の顔を見つめてしまう。

（いるのかも……）

苦しみから解放されたあどけない寝顔を見ていると、何故だか思考が上手くまとまらない。広がって、散り散りになって、霧散していく。

（……）

窓の外が、俄かに明るくなって赤紫色の空が、金色に染まる。夜明けだ。

薄雲の隙間から覗いた暁の光が、褐色の獣を明るく染めていく。宙に舞う小さな塵が、光を反射して、きらきらと、彼に降り注いでいるように見えた。

「美しいな」

ルーシャンは思わずぽつりと感嘆の声を漏らして、「は？」と自分で自分に対し疑問を抱く。今、なんと言ったのだろうか。

思わず口を押さえようと手を持ち上げかけて……それが叶わないこと気付く。彼が、彼の腕がルーシャンの手の上に置かれていた。

もちろん、引き抜こうと思えばすぐに引き抜ける。大柄とはいえ、眠っている猫の腕なんてそう重たいものではない。

「……ま、いいか」

しかしルーシャンはそれを諦めて、ごろんと横になった。彼の顔がよく見えるように。

朝焼けにきらきらと輝く獣の、すぴすぴと音を立てる濡れた鼻先に自身の鼻先を近付ける。その音を聞いているだけで、温もりを感じるだけで、なんだか心が凪いでいく。

(なんとも、不思議な感覚だ)

それは本当に、ただただ不思議な心地だった。

十四

「Ωが社会的に冷遇されていた、というのは確かに事実です。それはどうしてか、わかりますか?」

「わかりますか」と聞かれたのだから、わかる、か、わからない、かを答えなければならないのだろう。ビナイはしどろもどろになりながら、「あの……わからな……」と答えかける。が、横から解答が差し込まれた。

「様々理由はあるけれど、その根幹にあるのは『発情期』だろうね。Ωの発情フェロモンは、いとも容易く人を狂わせる。自分の意思とは関係なしに、本性を曝け出される恐怖、怯え。それこそが、Ωが厭われる所以。……だよね、ビナイくん」

冷や汗をかき、目の前の本を無意味にめくるビナイの斜め後ろから、涼しい声が響く。ビナイは「ひ」と背筋を伸ばしてから、ちらりとそちらを振り返った。

振り返った先、椅子に腰掛けて書物をめくる彼は、ビナイも、そして正面に立つハティすらも見ていない。ただ黙々と本（ビナイが今手に持っている物より、数倍は分厚いし、難しそうだ）を読み込んでいる。

「は、はい……そうです」

「うんうん。ルーシャン様、ビナイ様、正解です」

ハティはにこにこと嬉しそうに微笑んでいる。それはもう、春の陽だまりのように温かい目でビナイとルーシャンを交互に見やっている。

ビナイは、煙になって消え果てたい気持ちで、身を縮めた。

*

人生史上最悪な発情期……といっても過言ではないほど辛い発情期が明けた。

水分という水分を搾り取られた果実のように萎びたビナイを一番に待っていたのは、ハティら使用人達の手厚い世話だった。

風呂に入れ、栄養のある流動食を食べさせ、櫛で髪を梳かして。ビナイはいたたまれない気持ちになった。が、彼らはそうせずにはいられないくらい、ビナイのことを心配してくれていたらしい。

発情期初日、ルーシャンに抱え上げられながらビナイがあげた悲鳴は、何人もの使用人に聞こえていたようで、皆、心から身を案じてくれていたのだ。

屋敷に来てそんなに長い訳ではないが、使用人達は、ビナイをよく気にかけてくれる。

「ビナイ様はルーシャン様の『運命の番』様。もっと傲慢に振るまわれてもいいのに、何も望まれず控えめでいらっしゃる……。そうすると逆に、尽くしたくなるのですよ」

使用人達の優しさに怯えるビナイに、ハティはそんなことを教えてくれた。別に何か考えて何も望まなかった訳ではないし、やはり申し訳なさと心苦しさしかないのだが……。

とにかく、使用人達は発情期明けのビナイの面倒をそれはもう甲斐甲斐しく見てくれた。

そう、発情期「明け」だ。発情期「中」の約一週間、ビナイの面倒を見てくれていたのは……ルーシャンだった。

（ルーシャン様……らしい、のだけど……）

そこに関して、ビナイは少し自信がない。

というのも、実はビナイはルーシャンの部屋に拐われてからのことは……よくは覚えていないのだ。

ハティ曰く……。

「ルーシャン様はそれはもう甲斐甲斐しくビナイ様のお世話をしていらっしゃいましたよ。部屋に誰も入れることなく、水や食料も自分で持ち込み、ビナイ様のお召し替えも何もかも一人で済まされて……。あの、自分の面倒さえよく見れないルーシャン様が……っ、ルーシャン様が！」

とのことだった。その世話を受けている間ずっとぽやぽや状態だったビナイは「そう、なんですね？」と曖昧に頷くことしかできない。

発情期に、他人と共にいたことなど初めてで、しかもその相手がαで、運命の番で……。ビナイの頭は、いくつかの機能を停止してしまったらしい。とにかく、彼と初めて過ごしたひと晩、さらにその先の発情期期間のことは、ぼんやりとしか思い出せない。

（でも、それでも……覚えていることもある）

そう、覚えていることもあるのだ。やたらとルーシャンのシャツに固執したことや、それを離したくなくて泣いてしまったこと。それから……。

（獣姿に、なってしまったこと）

それを思い出すと、ずん、と心が重くなる。

『秘密よ、ビナイ』

母親の言葉が耳の奥に蘇り、ビナイは肩を落とした。

そう、母の言う「秘密」とは、ビナイが獣に変化することができる、ということだった。

物心ついた頃にはすでに、ビナイは獣に変身する能力に目覚めていた。その姿は大きめの猫。毛足が長い、黒と茶のまだらな毛を有している獣だ。

姿形は変わっても、中身はビナイだ。話せないだけで人の言葉は理解できるし、本能に思考を乗っ取られもしない。

猫の姿の時は、何か……解放されたような気分になれた。人間の時より身体能力もぐんと上がって、どこまでも自由に駆けていけるような。そんな気持ちだ。少し獣の本性に引っ張られているのかもしれない。

母はそんなビナイに「あなたが獣の姿に変身できることは、絶対に知られては駄目」と何度も繰り返し言い聞かせてきた。

『あなたのその力は、人に知られてはいけないもの。知られたら……自由を、そして命まで奪われるかもしれない』

血走った目で必死にそう言い聞かせてくる母の鬼気迫る様子に、ビナイは「わかった」と頷くことしかできなかった。母が、冗談で言っているわけではないことだけはちゃんとわかっていた。この力はなんなのか、どうして自分だけ獣の姿になれるのか……、聞きたいことはたくさんあったがその謎は明かされぬまま、母は流行り病に罹り、あっという間に亡き人となってしまった。

村には、獣に変身できる人なんていなかった。つまりそう、ビナイの方が「異端」なのだ。ただでさえΩという性のせいで冷たく扱われているのに、その上変身能力のことまで知られたら何をされるか……。ビナイは母の教えを守ることを、固く誓った。

猫の姿に変身するのは、基本的には自分の意思だ。変身したいと思えばできるし、人間に戻りたいと思えば戻れる。ただ、どうしてもその制御ができにくくなるのが……発情期だ。

村にいた頃は小屋にこもっていたので、猫の姿になっても誰に見られることもなかった。発情期が他のΩと被っていなかったのも幸いした。

いつか番ができたら発情期になっても自分を失うことがなくなる。そうしたら獣の姿に変わることも悩まずにすむ。獣ではなく、自分を律する人間になれる。

そう信じていた……が、現実はこれだ。何もかもがルーシャンの前に露呈されてしまった。

発情期の最中はむしろよかった。自分が何をしでかしてしまったのか、深く考える必要がなかったから。だが、発情期が治まるにつれてようやく自覚した。長年の秘密を、何もかも晒してしまったことを。

発情期を終えて、人間の姿に戻って、人前にも出ることができるようになって……。そして逃げることも隠れることも出来ず、がちがちに固まって俯き冷や汗を流すビナイに、ルーシャンは至極普通に話しかけてきた。

「ねぇ。君、名前は?」

と。訳がわからなかった。「何故、今」と聞きたかった。

頭の上に疑問符を飛ばしまくるビナイの目に、ハティの顔が映った。ルーシャンの後ろに控え、ハラハラと青ざめていたハティの顔が……その顔が……きらきらと輝きだすのが。顔というか、その目がきらりと光った(ように見えた)のが。

「ビナイ様です! ビナイ様ですよ、ルーシャン様!」

目を輝かせたまま、ずいっ、と身を乗り出してきたハティがそう言うと、ルーシャンは「へぇ」と興味があるのかないのかよくわからない返事を返して、頷いた。

「珍しい名前だね」

「そうですね! 珍しい名前ですね!」

ハティはしきりに頷いてみせている。どうやら、ルーシャンがビナイに関心を示したことが、嬉しくて仕方ないらしい。

そんなやり取りを眺めながら、ビナイは、ただひたすら口を噤み続けた。今にもルーシャンがハティに「この子、獣になれるんだよ。恐ろしいね。捕まえてくれない？」なんて言い出すのではないかと、気が気ではなかったのだ。

しかし。ルーシャンはビナイの名前だけを聞くと、あっという間に踵を返し「聞きたかったことは聞けたから。研究に戻るね」とあっけらかんと言い放ち、ぱちん、と弾ける泡のように消えてしまった。

ビナイは一気に力が抜けて、その場にへなへなと座り込んでしまった。

「おや、まだ発情期の疲れが取れていらっしゃらないようですね。今日はお部屋でゆっくりしましょうか」

ハティはにこにこと嬉しそうにしながら、そんなでろでろのビナイを助け起こしてくれた。

それから……それからだ。ルーシャンがやたらとビナイの前に現れるようになったのは。

たとえば、早朝、起き抜けに「ビナイくん、おはよう」なんて部屋の中に現れたり、お茶を飲んでいる最中に現れたり。以前と同じく勉強中に現れることも少なくない。極めつけには深夜、さて寝ようかと寝台に入った途端現れた時には、流石に「わぁ！」と悲鳴を上げてしまった。

毎日ではないのだが、毎日ではないからこそ、決まった時間や決まった場所ではないからこそ、恐ろしい。何というか、意図が全くわからない。

（いつか、俺が獣に変わるのを待っているとか？　研究対象にするため？　屋敷の皆さんを襲わないように見張り？　それとも……、うぅ、わからない）

わからない、わからなすぎて恐ろしい。ビナイは常にびくびくと怯え続ける日々を過ごすことになった。いっそルーシャンに「何を考えているんですか」と聞いてしまいたいが、彼と向き合うと言葉が出てこない。藪を突いて蛇を出すくらいなら知らんふりを貫いた方がいいのか……。

（うぅ、考えるだけで頭が痛い）

元々考えるよりも体を動かすことの方が得意なビナイだというのに、妙に悶々と考えることが増えてしまった。

ビナイが獣の姿なら、しょぼ、とその髭と尻尾と耳を垂れさせていただろう。とにかくもう、いつもいつでも「ははは」とのんきに笑うルーシャンが頭の中をぐるぐると巡っていた。

*

今日も今日とて、ビナイがハティに「第二の性」について学んでいる最中にふと現れて、何故か部屋の中に、ビナイの後ろに腰を落ち着けてしまった。

ビナイは背後が気になって気になって仕方なかったが、そんな頻繁に振り返る訳にもいかず、ひたすら本を見つめることしか出来なかった。

「書けるようになったんだね」

「え、は、……はい？」

ハティが、「少し休憩しましょう」と言い置いて、部屋を出て行ったときのことだ。おそらく、茶を持ってきてくれるつもりなのだろう。つまり、部屋に、ルーシャンと二人きりになってしまった。

それを見計らったかのように、背後から声がかかった。

ビナイは石のように固まったまま、ただひたすら下を向いていた。もういっそ、このまま石になりたかった。石像になれば、冷や汗もかかなくてすむだろう。

「文字だよ。読むことはだいぶんできるようになっていたけど、書くことも随分上手になっている」

ルーシャンがビナイの横に立った。そして、ビナイの目の前に置かれた本と、その内容を書き写している帳面を、とん、と長い指で指す。

ビナイは視線を彷徨わせ、口を何度か開け閉めしてから、毛虫が這う音よりも更に小さい音で「……すこし、だけ」と答えた。答えただけで、更にどっと冷や汗が流れて、ビナイは出来る限り小さい動作でそれを拭った。

「ビナイくん、暑いの？」

「ひっ！」

ビナイの動きを見たのだろうルーシャンに、髪の毛をさらりと撫でられた。ビナイは咄嗟にその手を払ってしまって、ハッとしたように青ざめる。

「あっ、あっ……すみません、すみま……」

「何で謝るの？　突然触ったのは私の方だ」

「あ……いや、すみません」

ルーシャンの言わんとしていることはわかったが、ビナイは謝らずにはいられない。そういう風に、体に染み付いているのだ。Ωである自分が、他の種の人を不快にさせたのだから、率先して謝罪すべきである、と。

「ここ数日。私がどんな時に現れても、君は謝っていたね」

ルーシャンはビナイを見下ろしながら、首を傾げて見せる。長い白髪が、ビナイの目の前にさらりと流れた。

「どんなに朝早く現れても、夜中に現れても、君は私に『すみません』って謝ってきたよね。何故？」

何故と言われても、ビナイは困ってしまう。それが当たり前のことだったからだ。朝起きて、顔を洗うのと一緒だ。考えるまでもない、当然のことだ。

そのはずなのに、目の前に立つ彼は、それを「どうしてか」と聞いてくる。

「なぜ……、というと……」

狼狽えて視線を散らすビナイを前に、ルーシャンは「なるほど」と冷静に頷いた。

「君は今まで、それを疑問に思えるような環境にいなかったのか」

ルーシャンは一人納得したように、そう呟く。と、すっ、と腰を屈めた。

「ねぇ」

座るビナイの目の前に腰を下ろしたルーシャンの顔がきて、視線を合わせる。薄紫の視線が、ビナイの目を射抜いた。

「疑問に思ってごらんよ、何もかも。どんなことにも理由や答えはある。ひとつかもしれないし、たくさんかもしれない。自分の中にあるかもしれないし、外にあるかもしれない。……それを、ちゃんと探してみるといい」

「ちゃんと、探す？」

ルーシャンの言っていることは、ビナイには理解しきれない。別に難しい単語なんて入っていない。なのにビナイには、先ほどのハティの問いより、更に難しく感じる。

「答えを探すのは、とても楽しいよ。私は好きだ」

ルーシャンは、じっとビナイを見つめている。いつもなら絶対に逸らすのに、何故だか目を閉じることも、他に向けることも出来ない。この「何故」にも、理由や答えがあるのだろうか。

たとえば。何もない、ただの卑しいΩのビナイの中にも、答えがあるのだろうか。

（ルーシャン様は、変なことを言う人だ）

ビナイは目の前の人を、初めてそう評した。

今まで、そんな風に他人に思ったことなどなかったのに。自分は、他人を評価出来るような立場ではないとわかっているのに。

それなのに今、何の衒いも躊躇いもなく、ぽつんとそう思った。ルーシャンは、変な人だと。

「私もね、今、どうしても気になることがあって、答えを探している途中なんだ」

「ルーシャン様、も？」

軽く首を傾げたビナイを見て、ルーシャンがパッと表情を明るくした。眉を持ち上げ目を大きく開き、にこ、と口端を持ち上げて。

「珍しく、名前を呼んでくれたね」

なんのことかと考えるより前に、ルーシャンの美しい顔が近付いてきて。ビナイは思わず目を閉じてしまった。

すん、と空気を吸う音が、耳にほど近い場所で聞こえて「ひ！」と息を詰めてしまう。

「うん。ほらね、やっぱり。君の匂いは薬を飲んでいてもわかるんだ。何故？」

目を開くと、首筋のすぐそばにルーシャンの高い鼻先があった。ビナイは身動ぎひとつ出来ず、再び石のように固まってしまう。

「君が猫だから？　フェロモンが特別強いのかな」

「えっ」

さらりと半獣人の話を口にされて、ビナイの胸がドッと高鳴る。ルーシャンはビナイの驚きを気にした様子もなく「んー」と顎に手を当てている。

――ガシャ――ンッ！

陶器が割れる音がした。驚いて振り返れば、そこには口を押さえるハティがいて……。

「しっ、失礼しました！　いや～これは、これはこれは……ほほほほっ」

私なぞお気になさらずどうぞお二人でごゆっくり、と言って、とんでもない速さでひっくり返ったティーセットを片付ける。「お二人で」というのがやたら強調されていた気もするが……勘違いだろうか。

「は、ハティさ？　あ、待って……！」

引き留めようとするも、ハティはこれまた素早く扉の向こうに消えてしまった。一体何をゆっくりすればいいのだろうか。ビナイは、ハティを呼び止めるために空中に残したままの手を握り締めた。

十五

「ビーナイくん」

ビクッ、と体を跳ねさせてしまってから、ビナイは恐る恐る顔を上げる。

一瞬前まで何もなかった空間に、突然ルーシャンが現れていた。相変わらず登場の仕方が唐突すぎる。

「ルーシャン、様……す、すみません」

語尾が尻すぼみになってしまったのは意識したわけじゃない。が、無意識のうちに苦手意識のようなものが前面に出てしまった。

そんなビナイの気持ちを知ってか知らずか、それともわかっていて歯牙にもかけていないのか。ルーシャンは鼻歌を歌うように「あーぁ、また謝って」と笑いながらビナイに近付いてきた。

そういえば先日「謝ってばかりだ」と言われたところだ。それを思い出して、はぷ、と開いたままの口を押さえる。

「元気？　体調は悪くない？」

すみません、の件はルーシャンの方が言い出したことなのだが、彼はビナイの態度を特に気にした様子もなく首を傾げた。

なんだか過剰に反応してしまう自分が馬鹿らしいような気がして、ビナイもそろそろと手を下げる。

「や、あの……」

「具合でも悪いの？　寝台に入っちゃって」

そう、ビナイは寝台の中にいた。寝台の飾り板に身を預けて、膝の上に本を置いて。寝台の側に置いた明かりで本を読んでいた。そこに突然、ルーシャンが現れたのである。

「それは、あの……今は夜なので」

ちら、と目を向けた窓の外は真っ暗だった。

ルーシャンはきらきらと星がきらめく夜空を首を傾げながら見やって、そして「あは」と笑った。

「なるほど、もう夜か。研究所にこもっていたから気付かなかった」

腰に手を当て「あはは」と笑うルーシャンに「そうですか」と頷きつつ、ビナイは掛け布を手繰り寄せた。少しでも、ルーシャンとの間に何かを挟んでおきたかったのだ。

「あの……研究所というのは、日が沈まないのですか？」

ふと疑問に思って問うてみると、一瞬きょとんとした顔をしたルーシャンが「あっはっはっ」と声を出して笑った。

「いや、まさか！　目の前のことに集中していて気が付かないだけだよ。まぁ窓の無い部屋で明かりはずっと灯（とも）しているからね、日が沈まないといえば沈まないかな」

「へぇ」

それでも、日が暮れたことにも気が付かないとはすごい話だ。時計くらいあるだろうし、腹だって減るだろう。

「食事も忘れるしね」

と思いきや、けろりとそんなことを言われて。ビナイは自分の腹に手を当てる。ビナイはどちらかというと我慢強い方ではあるが、食事を抜かれるのは苦手だ。というより、この屋敷に来て気が付いたが……ビナイは食べることがとても好きだ。

屋敷には専属の料理人がいて、毎食手の込んだ料理を作ってくれる。来てすぐの頃は「好きなものはなんですか」と聞かれても何も言えなかったが（なにしろ料理名も、自分が好きな食材も知らなかったのだ）、料理人はビナイの食事の進み具合からそれを把握してくれたらしい。

どうやらビナイは肉が好きだったらしく、料理人はよく肉料理を振る舞ってくれた。特に血の滴る(したた)ようなレアなものが好きで、ビナイは生まれて初めて料理を「美味しい(おい)」と感じるようになった。

だからこそ、この屋敷の主人であるルーシャンが食事を忘れるということが信じられない。

「あ、あんなに美味しいのに、忘れるんですか？」

驚きまじりにおずおずと尋ねてみる。と、ルーシャンはまた楽しそうに笑った。

「忘れちゃうんだなぁ、これが。ハティには怒られてばかりさ」

「それは……」

食事を忘れるルーシャンに「お食事を抜かれるとは何事ですか！　食事は生活の基本。人間の体は食べたもので出来上がっているのですよ？」なんて小言を言うハティの姿がすぐに思い浮かぶ。

なにしろ、ビナイも似たようなことを（食事に限ったことではなく）ハティに何度も言われているからだ。

「目に浮かびます」

こくこくと頷きながらそう言うと、ルーシャンは「だよね」と笑った。

「私ほどハティに怒られた者はいないと思っていたけれど、ビナイくんもなかなかのようだ」

「それはもう、はい……っいや、あの……多分」

すぐさま何度も頷いてしまって、それはさすがに良くないかと言葉を濁す。

ハティのお小言は正しいし筋が通っている。毎度「なるほど」と新しい発見に納得させられていた。多分というか間違いなく、怒られるビナイの方が悪いのだ。

慌てるビナイをくすくすと笑いながら見やって、そしてルーシャンは「ふう」と柔らかな溜め息を落とす。

「私は魔法の研究が趣味でね。それ以外のことを疎かにしがちなんだ」

ルーシャンが静かな声でそう溢して、ビナイの方へと近付いてきた。そのまま寝台の端に腰掛ける。遠慮も何もない態度に、ビナイはびくびくと身をすくめた。が、ルーシャンが身動きするたびに揺れる銀髪や、ふわりと漂ってくる彼の香りを感じるたびに……妙に胸が高鳴る。

（よ、よくわからない状況だけど。おち、落ち着かない）

ルーシャンがここにいて、寝台に腰掛けて、そしてどうしてビナイと話しているのかわからなくて（まぁ行動の意味や意図がわからないのはいつものことだが）恐ろしいが、それはそれとして「魔法研究が趣味」というルーシャンの話は気になる。

「あの……ルーシャン様は、なんでそんなに研究ばっかりされてるんですか？」

「んん？」

寝食を忘れるほど何かに没頭するなんて、ビナイは経験したことがない。体を動かすことは気持ちがいいし、食べることも楽しい。けれどそれは本能に従っているだけで、自分の意思で選択したわけではない気がする。

「魔法に関するありとあらゆる新しい発見を見逃したくないから、かなぁ。できれば全部私が発見したいくらいだよ」

「……？」

「独占欲が強い性質（タチ）なんだよね。すべてを手に入れたいって感覚に近いかも。魔法のすべてを手に入れるなんて不可能だとわかっているのにね」

言葉の意味がわからず「どういう意味ですか」と言いたくなって、ビナイは口を閉じる。

ルーシャンの言っていることは難しく、ビナイにはすぐには理解できない。意味を尋ねれば教えてくれるかもしれないが……。

（疑問に思うことに対して、『答えを探すのは、とても楽しいよ』って、おっしゃってた）

ルーシャンは以前、ビナイにそう教えてくれた。疑問に思ったら答えを探してごらん、と。

ビナイは腕を組んで「んん」と考え込む。普段は使わない頭を一生懸命回転させて。

（魔法のすべてを手に入れたい。でも手に入れられないってわかってる。でも手に入れたい）

ぐるぐるぐる、と同じ言葉を何度も頭の中で巡らせて……ビナイは前屈みになって唸りながら「つまり」と絞り出した。

「ルーシャン様は、魔法がお好きなんですね？」

出てきたのは、やたら子どもじみた解答だった。じみたというか、子どもの解答そのものだ。

（あれ、なんだか、当たり前すぎること言っちゃったような……）

ビナイなりに懸命に頭を振り絞って出した答えだったのだが。

さすがに恥ずかしくなって「すみません」と謝りかけたところで、ルーシャンがやけに嬉しそうな顔をビナイの方へ向けてきた。

「そう思う？」

「あ、はい。好きじゃなければ、そんなに一生懸命にならないんじゃないかな、って……」

多分、とぽそぽそ付け加えるように伝えると、ルーシャンが、にぃと口端を持ち上げた。

「そう。好きなんだよ、好きなんだよね、うん。好きとかそういうのじゃない、って思う時もあるけど……結局は好きな気持ちが一番に立つし」

好きじゃないけど好き、の意味がわからず、ビナイは首を傾げる。ルーシャンは多分、ビナイより複雑なことをたくさん考えているのだ。しかし、それでも……。

（なんだか……嬉しいな）

ビナイの言葉でルーシャンが嬉しそうに笑ってくれたことが、どうしようもなく嬉しい。胸のあたりがほかほかと温かくなって、ビナイはそこに手を当ててこっそり微笑む。

「だからさ、君のこともうちょっと調べさせて欲しいなぁ」

「………おっ、俺のことっ？」

にへら、と笑っていたら、ひゅんっと明後日の方から矢が飛んできた。鋭い矢尻をもった、ルーシャンの言葉だ。

「ビナイくんというか、半獣人のことだね」

さくさくっと立て続けに矢が刺さる。身を縮めたビナイは、掛け布を引っ張って体を隠した。

「え。き……気になるんですか？」

「気になるよぉ！　半獣人だよ？　その昔神と崇められた獣と人が混じり合って生まれたのが半獣人といわれているけど、そこに魔力が働いていたことは間違いないんだ。魔力もなしに獣と人の間に子が生まれるなんて、ましてや変態能力を身につけるなんて絶対にありえないからね。それがどんな魔力なのかはまだはっきりしていないけど、君がいればわかるかもしれない。そんな貴重で素晴らしい存在をまさか生きているうちにこの目で見ることができるなんて……」

「わかっ、わ、わかりました、わかりました」

どぉっ、と流れる滝のように喋り出したルーシャンを、両手を差し出すようにして制止する。

「でも、あの……これは、悪い力ではないんですか？」

なにしろ母に「秘密にしていなさい」ときつく言いつけられていた力だ。貴重だの素晴らしいだの言われても、いまいち信じることができない。

「人が獣に姿を変えるなんて……」

ぽそぽそとそう漏らすと、ルーシャンは「とんでもない！」と言いながらビナイとの距離を縮めてきた。

「ひっ」

「さっきも言ったけれど、君のその力はおそらく神と呼ばれる獣の魔力が根源にある」

急に近付かれて思わず距離を取ると、ルーシャンはその分ずずいと前に出てくる。ビナイは飾り板に阻まれてそれ以上下がれなくなり、ついにはルーシャンと鼻先がぶつかるくらいの距離で顔を突き合わせるはめになった。恐ろしいと同時に、ルーシャンの繊細で美しい顔面が目前に迫って、なんだか心臓がばくばくと騒がしくなってきた。

ビナイは「あわ、あわ」と言葉を失くすが、ルーシャンはまったく、これっぽっちもビナイの動揺など気にしていない……いや、気に留めてもいない。

「私は決して神がすべてとは思わないけれど、少なくともそう思われるほどの力を君の祖先は持っていたんだ。私もまだ調査中だけど、おそらくは土地の人々を救っていたんだろう。そしてその力は長い長い時間紡がれ続け、そして君の中に宿った」

そんな、人々を救うような大層な力を持っているとは思えないが。ルーシャンは確信めいた表情を浮かべて、ビナイの目を見つめている。

「まぁ神の教えというのは、時代の変遷に伴ってその時生きている人間に都合のいいように捻じ曲げられたりもするものだから。何かの原因があって……その力を隠すという選択に至ったのかな」

ビナイは母の必死な顔を思い出して「……はい」と顔を俯ける。彼女はビナイの力が、ルーシャンの言うように神にルーツを持つものだと知っていたのだろうか。

（神の力なのであれば、どうして母さんはそれを教えてくれなかったんだろう）

母が自分のことを愛していなかったとは思わない……が、大事なことを教えてくれなかったのは何故なのか。

母を疑いたくなんてない。しかしルーシャンが嘘をついているようにも見えないし、嘘をつく必要もない。

（母さんは、どう思っていたの……？）

記憶の中の母の顔がおぼろに歪んで、ビナイは少しだけ悲しい気持ちになった。

「というわけで」

「わ」

物思いに耽っている間もなく、ずいっ、とルーシャンがさらに近付いてきた。もう、肌と肌が触れそうなくらいの至近距離だ。目の前できらきらと煌めく薄紫の目を見ていられなくて、ビナイはおろおろと視線を彷徨わせる。

「魔法の発展のためにも、どうか協力をお願いしたいんだが。どうだろう？　君の魔力はきっと素晴らしい発見に繋がると思うんだ」

協力と言われても、魔法も獣化も知識がない自分にいったいどう協力できるのか。皆目見当もつかず、ビナイは顎を引いてルーシャンを見上げる。

「ど、どうすることが協力になるのでしょう？」

「んー、まずは君の体毛が欲しいかな。そこから調査を進めていこう」

「えっ。獣の姿にならなきゃいけないんですか？」

びくびくと怯えながら問うと、ルーシャンは「そりゃあ」と目を輝かせる。

「本当はね、君をまるごと抱えて研究所に連れて行って色々調査したいんだけど」

「えっ、い、それは……っ」

「嫌かい？」

獣姿の自分がルーシャンに両腕で抱え上げられているところを想像して、ビナイはこくこくこくと頷く。その反応を笑顔で見守ってから、ルーシャンが「んー」と顎に手を当てる。

「まぁ君に協力の義務はないし、断ってくれてもいいんだけども」

そうは言いながらも残念そうな、寂しそうな感情を顔に滲ませているのを見るに、本当に魔法の研究が好きなのだろう。魔法が関わっているかもしれないというだけで、ビナイのような得体の知れない半獣人を調べたいというのだから。

しょぼ、と肩を落とすルーシャンを見ていると、なんだかビナイの方が悪いことをしているような気持ちになる。それこそ研究所に無理矢理引っ張られていくでもなし、別に毛の一本や二本くらい与えても何も問題ないんじゃなかろうか。しかし……。

ビナイは胸元に下げている御守りにソッと触れた。

「あの、俺……獣化のことを誰にも知られたくなくて……」

「あ、研究の対象になれば、みんなに知られてしまうんじゃないかってこと？」

不安を言語化してもらって、ビナイは「はい」と素直に頷いた。

どんな理由があって、母が「誰にも知られてはいけない」と言っていたのかはわからないが、それでも彼女の気持ちを無下にすることはできない。ルーシャンには知られてしまったが、これ以上広まることは食い止めたい。

「それなら大丈夫。研究は基本的に私一人でやっているから」

「え？　そ、そうなんですか？」

勝手なイメージだが、何人もの研究者と協力して魔法の研究を進めているのかと思っていた。ルーシャンがよくいるという「研究所」はきっと頭の良い人がたくさんいる所なのだと。

「王立研究所にも顔は出すけど、私個人の研究所にいることが多いかな。そこは私以外誰も入れないから、秘密が漏洩する心配はないよ。あぁ、研究の末に出来た成果物はどこかに提供するかもしれないけど、君のことは言わない」

絶対に、と断言してルーシャンが自身の胸を叩く。ビナイはルーシャンの言葉を何度か頭の中で繰り返してから、こくりと頷いた。そう長い時間を共有したわけではないが、ルーシャンは嘘をつくような人物ではない。それだけは自信を持って信じることができる。

「わかりました。じゃあ……たいもう、くらいなら」

別にいいですよ、と言い終える前に、ルーシャンが「本当かい!?」とぺかぺかの笑顔を見せた。

あまりにも綺麗な笑顔が眩しくて目をしぱしぱと瞬かせていると、ルーシャンが「いやぁ悪いねありがとうじゃあ早速」とビナイが手繰り寄せていた掛け布をパッと払われ腰を抱き上げられた。ビナイは「ふぎゃ！」とそれこそ突然尻尾を摑まれた猫のような声をあげてしまった。……が、ルーシャンの方に動じた様子はない。どころか、鼻歌まで歌っている。

ルーシャンはそのまま「よいしょ」とビナイを寝台のど真ん中に座らせた。

「はい、獣人になってどうぞ？」

ビナイの側に座り込み、まるで観劇する子どものようなわくわく顔で腕を組んだルーシャンは……どうやらとてもご機嫌らしい。

「………」

ビナイは今までルーシャンに文句を言ったこともないし、心から嫌だと思ったこともない。が、さすがにこの時ばかりは鼻の上にキュッと皺を寄せて、ルーシャンに呆れた視線を向けてしまった。

ルーシャンにじろじろと見られているとどうにもその視線が気になって仕方ない。ので、ビナイは掛け布を頭からすっぽりかぶって、その中で獣に変身した。

「ぐる……」

もそ、と掛け布の間から顔を出したビナイに、ルーシャンは大喜びで両手を広げてくれた。

「おぉー、この間ぶりだねぇ。ネコ科の大型種かな」

おいでおいで、とルーシャンに招かれて、ビナイは少しだけ戸惑ってから、ゆっくりと彼に近付いた。動きにあわせてするりと掛け布が落ちて、全身が露わになる。

「膝の上にのれるかな。嫌なら大丈夫、無理はしないで」

ベッドに乗り上げたルーシャンにそう言われて、ビナイはやっぱり少し迷った後に……その膝に前脚をかけた。

てし、と膝にのせられたそれを、ルーシャンが「よしよし、遠慮しなくていいよ」と撫でる。そしてもう片方の前脚も持ち上げて、自分の膝の上にのせた。ビナイの上半身がルーシャンの太腿にのる形になる。

「さぁさ、寛いでくれ」

そう言われて、ビナイはとても困ってしまった。嫌、というわけではないのだ。嫌というよりむしろ……。

——ごろごろごろ。

「ん、何の音だ？　どこから……」

唐突に響いた「音」を聞き、ルーシャンが顔を上げて周りを見渡し、そしてビナイに視線を落とす。

「……ビナイくん？」

ごろごろ、と鳴っているのはビナイの喉だ。ビナイはどうにかそれを止めようとするのだが、どうしても止まらない。

「そうか。そういえば先日も喉を鳴らしていたな」

ルーシャンはそう言って、ビナイの喉をあたりにソッと手を伸ばしてきた。そして、ちょこちょことくすぐるように撫でる。

ビナイはそれを受けて「にぃ」と子猫のような声を出してしまった。

（嫌じゃない、どころか……これは）

撫でられれば撫でられるほど、顎がどんどん持ち上がっていく。くぅ、と首を反らすと、ルーシャンが「ほら」と片手で後脚をまとめてもちあげて、ビナイの体を横倒しにした。さすがにルーシャンの膝に全身のりきることは不可能で、下半身はだらりと寝台の上に投げ出すことになる。

「おや、随分いい子だね」

褒められて嬉しくなってしまうのは、Ωの性なのだろうか。

（き……気持ちいい）

なにしろまず、ルーシャンの「香り」がたまらなく良すぎる。獣の姿になると、人間の時以上に鼻が利くようになる。その状態でルーシャンがこんなに近くにいたら、彼の香りをダイレクトに嗅ぐことになるわけで。

（いい匂い、いい匂い……）

ビナイは鼻を天に向けて、ふんふんと匂いを嗅ぐ。途端に得もいえぬ芳しい香りが鼻腔を満たして、ビナイの体からふにゃふにゃと力が抜けていく。

甘いとも、爽やかとも言いづらい……柔らかく幸福に満ちた香り。嗅いでいるだけで尻尾が揺れるというか、尻を揺らしたくなるというか、喉を鳴らしたくなるというか。とにかく、魅惑の香りだ。

（こんなの初めてだ）

もしかしたら前回の発情期の際にも感じたのかもしれない。いや、その時も喉を鳴らしていた、とルーシャンが言っているのでまず間違いないだろう。

発情期の鮮烈な充足感とは違う、しかし抗えない心地よさ。ビナイは「きゅ」と切なく鼻を鳴らしてからルーシャンの腹に頭を擦り付けた。なにがどうしてかはわからないが、ルーシャンの体にぐりぐりと頭を擦り付けたくて堪らないのだ。

「意外と簡単に毛が採取できるんだね」

脚を折り曲げてぱたぱたと尻尾を揺らしていると、ルーシャンの感心したような声が耳に届いた。は、と彼の手元に目をやるとそこにはこんもりと毛が溜まっている。どうやら当初の目的である体毛の採取は無事済んだらしい。

(あ、それじゃ、えっと……)

これでもうビナイは用無しだ。研究の材料を手に入れたルーシャンはきっと、すぐにでも研究所に戻るだろう。もしかしたら次に瞬きをした後に、目の前から消え失せているかもしれない。

先ほどまであんなに気持ちよかったのに、す、と現実に引き戻されてしまった。そのますごすごとルーシャンの膝の上から下りる……と。

「あぁこらこら」

何故かルーシャンにギュッと抱き込まれてしまった。驚いて手脚をピンと伸ばして、体が硬直してしまう。

「どうしてどこかに行こうとするんだい」

「?」

「もう少しゆっくり楽しめばいい。私の手は気持ちいいんだろう?」

頭の上に「?」と疑問符を浮かべ首を傾げるビナイに構わず、ルーシャンはビナイの背中をもふもふと撫でる。

撫でられると自然と脚が浮いて、体をうねうねと捻りたくなって困る。ビナイはどうにかそれを堪えながら、んな、と意図を尋ねるようにルーシャンに向かって声を上げた。

「前回も思ったけど、会話は……できそうにないね。ちょっと失礼」

口のわきの肉を、むに、と遠慮なく持ち上げられる。覗いた牙を指先で撫でられてビナイはひくひくと耳を跳ねさせる。そのまま、あ、と口を開けるように促されて素直に従う。喉奥を覗き込んだルーシャンは「ふむ」と頷いた。

「口も喉も獣そのものだ。これでは人の言葉は話せない」

もが、もが、と口を閉じようとすると、ルーシャンはあっさりと手を離してくれる。こんな風に他人に顔や口元を触られても、不思議と嫌な感じがしない。

ルーシャンはそのまま手を滑らせて、またビナイの体を撫でてくれた。

(こんな、αに体を触らせるなんて、やめなければいけないのに。もう、研究に必要な「たいもう」の採取は終わってるのに……)

なのに、どうして喉が鳴るのだろうか。自然と体から力が抜けるのだろうか。心が穏やかになるのだろうか。

(どうして……)

「どうしてだろうね」

一瞬、心の中を読まれたのかと思ってビナイは慌てて顔を持ち上げる。が、ルーシャンは片手でビナイを撫で、もう片方の手を自身の顎に当てて難しい顔をしていた。

「研究所に戻るべきなのに、そんな気になれない」

自問するようなその言葉は、ビナイに向けたものではないらしい。

「ビナイくんの手触りが良いからかな？」

悩まし気な表情を浮かべるルーシャンは、本当に不思議に思っているようだ。たしかに、食事を忘れてしまうほど研究に没頭するルーシャンがここでビナイを撫でることを優先すれば……疑問に思うのも当然だろう。

ビナイも「はて」と耳をはためかせる。と、ルーシャンがその耳をちょこちょこと指でくすぐってきた。指をばらばらと動かされると、たまらなく気持ちいい。思わず首を反らして「ふに」と鳴き声を溢してしまう。

すると何故かルーシャンが「あ、今のいいね」と身を乗り出してきた。

「今の、もう一回聞きたい」

もっちもっちと顔面を揉むように両手でこねられて。ビナイは「?」と思いつつ、ふに、ともう一度鳴いてみる。

「うーん、大柄な見た目にそぐわないか細くて高い声。猫は十九年生きると立派なおじいちゃんだけど、ビナイくんは猫化しても人間年齢どおり、十九歳の若い猫、なのかもしれないね」

撫でる速度に合わせるようにぶつぶつと呟くルーシャンは、どことなく楽しそうに見える。

体を撫でられているうちに、なんだか段々とすべてがどうでもよくなってくる。いや、よくないのだが……これは、獣の姿に思考が引っ張られているのであろうか。それとも、Ωの本能がαの愛撫(あいぶ)に逆らえなくしているのか。

ビナイは「くあ」とあくびをして自身の前脚に顎をのせた。ついでに舌でさりさりと前脚の先の方を舐める。

「か……」

ルーシャンが何か言いかけて、口を閉じる。どうしたのかとちらりと見上げると、ルーシャンは何か思い悩むように目を閉じていた。

「この感情も君が『運命の番』だからなのかな？　それとも幼(おさな)い動物を愛らしいと思う本能か」

「？」

この感情とはどの感情なのだろうか。わからないので、こて、と首を傾げるような仕草をしてみせたが、ルーシャンはますます困ったような……というか身悶(もだ)えるような顔をするだけだった。

十六　side ガルラ

「信じている神を捨てさせるには、どうすればいいと思う？」

「……ビナイ様のお話ですか？」

しばしの思案の後、ガルラは思い当たったことを聞いてみる。ルーシャンは「そうそう」とあっさり頷いてから、訓練場横に据えられた椅子に腰掛けて、その長い足を組んだ。

ガルラとビナイは最近、朝の早い時間から訓練に励んでいる。「朝一番に体を動かすと、その日一日調子が良いので……」とビナイ自らが控えめに主張してきたからだ。

今日は何故か訓練を始める前からルーシャンが訓練場に控えていた。最初はおどおどびくびくとしていたビナイだったが、訓練が始まると落ち着きを取り戻し、いつの間にかルーシャンのことも忘れた様子で目の前の剣に集中しきっていた。

打ち込みが終わった後、ルーシャンから拍手を送られると、ハッとしたように顔を上げ、そそくさと「その……着替えて、きます」と、訓練場を後にしてしまった。

そんな調子ではあったが、ガルラは少しだけ「お」と驚いた。立ち去る前にルーシャンに手を振られたビナイが「自分に?」というふうにきょろきょろした後（もちろんビナイ以外に誰もいない）、少しだけ手を持ち上げたのだ。そしてふりふりと控えめに手を振り返した。あのビナイが、だ。

あれだけ頑なに固い態度を崩さなかったビナイが、ルーシャンに手を振るなど。

「何か魔法でも使いました?」

我慢できずルーシャンにそう問うてみたところ、ルーシャンは「いや?」と首を振った。

「今日は移動魔法しか使ってないけど」

そう返されてしまって、ガルラは「はぁ」と曖昧な返事をするしかない。

ルーシャンは「うん」と頷いてから、そしてガルラに質問を投げかけてきたのだった。

「ビナイ様の生まれた村は、まぁその……」

ガルラは言葉を濁しながら、村でのビナイの扱いを思い出し、眉間に皺を寄せる。

「Ωに対して差別的な村、だね。国教ではなく、独自の神を祀り、熱心に信仰している」

「……ですね」

獣のような臭いをさせ、ぼろを纏い、荒屋を「俺の家です」と言っていたビナイ。まるで家畜か何かのようにぞんざいに扱われ、簡単に金で売られて。村長はじめ村人皆、ビナイへの態度は、およそ人間に対するそれではなかった。

それもこれも、すべては「発情期のあるΩが悪い」とするかの村の教義によるものらしいが……。

ガルラからしてみれば、到底理解できない。

「ビナイくんの村のことについては調べたよ。というか、行ってみた」

「行ってみた？　いつですか？」

思いがけない言葉に驚き、ルーシャンを振り仰ぐ。

強大な魔力を持つルーシャンは移動魔法を使えるのでどこにだって行ける……のだが、これがまぁ驚くほどにどこにも行かない。基本的に研究所と屋敷を行ったり来たりしているだけで、親兄弟に会いに行きすらしないのだ。

（あとはまぁ、アルバート殿と出かけられるくらいか）

アルバートとは、ルーシャンの唯一の友人である。近衛騎士団に所属する彼に会いに時々出かけている様子を見たことはあるが。それも数ヶ月に一度あればいい方だ。

そんな出不精のルーシャンが、まさかビナイの住んでいた村に自らの意志で向かうとは。

驚愕の表情を浮かべるガルラに対し、ルーシャンはけろっとした顔をしていた。

「ついこの間、移動魔法を使ってちょっとだけね。ビナイくんが、神だの神父様だの言うから気になってさ」

「……はぁ。あのですね、王子……」

「もう王子じゃないよ、ガルラ」

ガルラは、ルーシャンが王子である頃からの付き合いだ。幼い頃を知っている気安さで、時折こうやって話もする。

わざとらしく額を押さえて見せても、ルーシャンに気にした様子はない。

「発情期のΩを閉じ込める建物なんてねぇ、私も実物は初めて見たよ」

「そんなものまで……」

絶句し、言葉を失くすガルラに、ルーシャンは肩をすくめてみせる。

「彼らにとってはそれが『当然』なんだ。自分たちの行為が差別だと思ってもいない。……まぁでも、それを見下げて捨てさせようとする私のこの考えや行動も、どこかの誰かからしてみれば、間違っていて、前時代的で、野蛮なのかもしれないんだけどね」

難しい問題だね、とルーシャンは笑う。ガルラはその難題への答えを咄嗟には用意できず、手に持っていた模擬刀を仕舞うことで誤魔化した。

「何にしても、ビナイ様……というより、あの村のΩに対する言動は許されるものではないのでは？

α、β、Ω、持って生まれた力に差はあれど、皆等しく人間です。Ωはαやβの『モノ』ではない」

「それは私もそう思うよ。この国の、中央から離れれば離れるほど蔓延っている第二性差別に関しては、多少手荒に梃入れでもして是正していくべきだろうねぇ」

すぅ、と淡い菫色の目を眇めるルーシャンを見て、ガルラは軽く息を呑む。

基本的に、ルーシャンは魔法研究にしか興味がない。他の誰がどうなろうと気にしない。王位継承権を放棄したこと、以降何と言われようと結婚の催促を無視してきたこと、それらの全ては「魔法の研究に没頭したいから」だ。

そんなルーシャンが、まるで一端の王族のごとく、差別を憂えている。その上なにか……なにをどうするつもりかはわからないが、行動を起こそうとしている。

「まるで、真っ当な王族の方のようなことを仰いますね」

思わず、ぽろ、と思った事を口に出してみれば、ルーシャンがその白く豊かな髪を揺らして笑った。

「ガルラ、君ねぇ、私以外の王族にそんなこと言っちゃだめだよ。……ああ、私は王族じゃなかった」

さっき「王子じゃないよ」と言ったばかりでバツが悪かったのだろう。ルーシャンが肩をすくめる。

「ご心配なさらずとも、ルーシャン様以外にこんなこと言えません」

うんそれでいい、と笑うルーシャンは、失礼なガルラの言葉にも苛立った様子はない。むしろ楽しそうに目を細めている。

ひとしきり笑って、はぁ、と息を吐いた後、ルーシャンは徐に立ち上がった。

「『君の信じる神は、間違っている』と言われて『そうですか』とすぐさま頷く者は、まぁいないよね」

「しかし……少なくとも、とんでもない神を信仰していた村にいた頃より、余程良い暮らしができていると思いますが」

「『良い暮らしを与えてやっているのだから、信仰を捨てろ』と言われたら、応じるかい？」

「場合に、よっては……」

「そうか」

どうにか絞り出したようなガルラの答えに、ルーシャンは緩く口端を持ち上げてみせる。

否定も、肯定もしないのがルーシャンらしい。が、いっそ断定的な答えが欲しくもある。何か物事を考えるよりも、体を動かす方がよっぽど性に合っているガルラには、この問答は少々難しい。

ガルラは「今後はどうするおつもりで？」と問いを投げかけた。

「まぁ、まずは色々知ってもらうところからかな。幸い、彼は学ぶことに抵抗がないようだし。知識を得て損することは少ない。ハティも頑張ってくれているしね。あとは……」

「あとは？」

ルーシャンの言葉尻を捉えて繰り返せば、ルーシャンは楽しそうに口端を緩めた。

「『運命の番』とやらの力に頼るかなぁ」

ははっ、と笑うルーシャンを、ガルラは「あぁそうですか」と投げやりに半眼で見やる。

ルーシャンが「運命」なんてものを信じていないのは、十数年来の付き合いであるガルラにはよくわかっていた。

「それは、ビナイ様と『番になる』というお気持ちが、少しはあるということですか？」

「いや、ないけど？」

半ば責めるような物言いに対して返ってきたのは、気の抜けた返事だった。

ガルラの言いたいことを早々に察したのだろう。ルーシャンは溜め息混じりに首を振る。

「ハティといい、お前といい、どうしてすぐそちらに繋げるのかなぁ。ないよ。ないない」

「そうですか」

あっさりとそう言い切ったルーシャンの目には、たしかに、番に恋焦がれているような色は見えない。相変わらず、どこか遠くを眺めている淡い紫色の目があるばかりだ。

「たしかに彼に興味はあるけどね、『興味がある』と『好意』とが等しく結ばれるとは限らないでしょ」

「なるほど」

それにしてはえらく雄弁だな、と思ったことは胸の内に隠し、ガルラは何も否定することなく頷く。

（雄弁だし、それに……他人にこんなに興味を示すこと自体初めてじゃないか？）

「魔法研究以外に興味のなかった貴方が、他者に初めて興味を抱いたのに……ですか？」という言葉は、喉奥に張り付いたまま、ついぞ出てくることはなかった。下手にそこを突いて、ようやく生まれようとしている「何か」の可能性を潰してしまいたくなかったからだ。

そう、ガルラには二人の間に何かが芽生えかけている気がしてならなかった。名前のつけられないそれは、決して悪いものではなさそうだ。

「信じさせる神を捨てさせるには、という問いですが……」

ガルラは表情を読みにくい主人の顔から目を逸らし口を開いた。そして瞬きをひとつして、空を見上げる。

ルーシャンはふんわりと話してはいるが、彼が真剣なのはちゃんとわかっていた。ならばガルラも真剣に返さねばなるまい。

訓練場から見える空は、雲ひとつなく、青く澄み切っていた。

「私は、番を亡くした時に信仰を捨てましたので」

淡々と、感情を込めないように平坦な調子で言葉を紡ぐ。

「命より大事なものを失わせる、というのが自分にとっての神を捨てるに至る答えです」

そこまで言ってから、そしてすかさず「適当な答えを出せず、すみません」と頭を下げる。

それがあまりにも残酷で、そしてビナイに対しては当てはまる答えではないとわかっていたからだ。

「いいや。別に正解がある問いでもないから」

だからお前の答えも間違いじゃない、とルーシャンが答える。

別に慰めるでもなくそう言うルーシャンの普段と変わらぬ態度に、そういえば数年前も救われたのだと思い出す。

(そう、あの時……)

ガルラが、軍人時代自身の副官でもあった最愛の番を亡くした時。

絶望して軍を退き、自暴自棄に陥って。何もかも……自分の命さえどうでもよくなって、前後不覚になるまで酒を飲み続け、何かを求めてふらふらと彷徨っていた。

だから、街中で荒くれ者に絡まれた時も抵抗しなかった。戦場では「向かうところ敵なし」とまで言われていたガルラが、殴られるままに無抵抗で受け入れた。

このまま死んで番のもとに逝ってしまいたい気持ちと、こんな死に方をして彼に顔向けをできるのかという気持ちを抱えたまま、殺される、という寸前。偶然……おそらく偶然、近くを通りかかったルーシャンに「おや、君の顔は見覚えがある。なんだか大変そうだね」と助けられたのだ。

『そのまま野垂れ死にたいなら無理にとは言わないけど、君がここで死んでも何も残らないよ』

移動魔法で攫うようにガルラを助けてくれたルーシャンは、さらりとそんなことを言った。そして「どうせ死ぬなら私の護衛にならないかい？」と勧誘してきて。

今思い返すと笑ってしまうが、当時はそんなルーシャンの言葉に「この人は何を言っているんだ」と驚かされたというか呆れたというか……。だが、毒気を抜かれて絶望の淵から現実に引き戻された。そして、たしかにこのままで死んでも何も残らないと気付かされた。

富も、名声も、栄誉もいらない。そんなもの残しても無意味だと知っている。ただ、最愛の番への愛だけは残したかった。相手がいなくなったから愛が消えるわけではない。自分がその愛を放棄してしまった時に消えるのだと気付いたからだ。そしてガルラは、番への愛を少しでも長く残し続けるために、生きる気力を取り戻した。

ルーシャンの言葉は、ガルラを救おうという意図があったものではないだろう。が、救われたのは事実だ。だからガルラは、この変わり者の王子、いや、元王子に少しでも恩を返したい。

ハティは「ルーシャン様にお世継ぎを、あわよくば王家に戻り王となって欲しい」と考えているようだが、ガルラの意見はまた少し違う。

（ルーシャン様にも、愛を知って欲しい）

ルーシャンは母である妃の腹にいる時から魔力を有していることが判明していた。そのため「魔力のある者を世継ぎに」と望む王から過大に期待されて生まれてきた。

ルーシャンがどんな子であるかより、その魔力が国のためにどれだけ有効的に使えるか、そればかりを重視されて。

そもそも彼の母とて身分は高くなく、高い魔力を見込まれて妃として召し上げられた。もちろん、夫である王との間には愛などほとんど存在していない。

それでも妃は妃なりにルーシャンに対して愛を注いでくれていたが、それは少し……伝わりづらいもので。故にルーシャンは、誰かの愛をまっすぐに受けることを知らないし、誰かを愛することも知らない。

ルーシャンに「愛を知っていますか」と聞けば、きっと辞書に書かれているような正確な答えが返ってくるだろうが、その本質を……本物の愛をルーシャンは知らない。少なくとも、ガルラにはそう見える。

別にルーシャンは自分のことを孤独とは思っていないだろう。溺れるように魔法の研究をして、それだけでとても楽しそうだ。ただ、それでも……。

「村の件ですが……ビナイ様に対して何かしてあげられるといいんじゃないですか？」

「んー……まぁそうだね、考えてみるよ」

すぐさま否定しない事に微かな希望を見出しつつ、ガルラは「ええ、是非に」と短く答えてその話を締めくくった。

と、これで話は終いだ、というように、ルーシャンが「それじゃ」と別れの挨拶を告げる。そして、たった数回の瞬きの間に、まるで煙のように消え失せてしまった。

「さて、どうなることか」

彼が先ほどまでいた場所を眺めてから、ガルラはもう一度空を仰ぎ見る。

やはりそこには、変わらぬ青い空が広がっていた。

十七

(今日はルーシャン様、来てくれるかな)

ふとそんなことを考えて、ビナイはハッとして首を振る。なんだかルーシャンの訪れを待ち侘びているような思考だったからだ。

(この間まで、会うのが恐ろしかったはずなのに)

今日も今日とて訓練と勉強に励んだビナイは、昼下がりの休憩としてハティの淹れてくれた茶を飲んでひと息ついていた。

ハティはハティの仕事があり、時間のある時はおしゃべりに付き合ってくれるし、ない時は「私は仕事に戻ります。ビナイ様はどうぞごゆっくりお過ごしくださいね」と優しく声をかけてから部屋を出ていく。

ビナイの部屋の窓の向こうには、広々としたテラスが広がっている。最近はそこに机や椅子を運んできてお茶を飲むのが楽しみのひとつになっていた。

テラスで香りの良いお茶を飲みながらぼんやりと空を眺めていると、色々なことが頭に浮かんでくる。たとえば訓練や勉強の復習であったり、今日の夕飯の内容であったり、もしくは……ルーシャンのことであったり。

最近、ルーシャンは二日とおかずビナイの前に現れる。ひょっこり現れるのはそれはもう出会った頃からずっとそうで、最近ようやくそれにも慣れてきた。

彼がいない時にこうやって「来ないかな」なんて考える程度には。

(慣れてきた、うん、慣れた……と思う)

こうやってそわそわとしてしまうのは、慣れのせいなのか。


最近、ルーシャンが一番現れるのはビナイの自室だ。就寝前、寝台に入った頃になって突然「やぁビナイくん」と片手をあげて現れる。

そして「調子はどう?」「今日はどんな勉強したの?」「訓練は楽しい?」なんてたわいもない話を振って、おどおどと言葉に詰まりながら懸命に答えるビナイの話を「うん、うん」と機嫌よさそうに聞いてくれるのだ。

一日の終わりに今日あったことを話すと、自分の気持ちの整理になるのだと最近気が付いた。

ビナイは段々と、その時間を心待ちにするようになっていた。

「ハティあたりが知ったら、『いかにルーシャン様といえど夜分にΩであられるビナイ様の寝室に突然現れるなんて許されることではありませんよ。事前にきちんとご連絡を入れ、扉をノックしてから訪問すべきです』……なぁんて言いそうだよね」

ルーシャンがそんなことを言うから（しかもやたらとハティの口真似が上手いのだ）、ビナイはおかしくてくすくす笑ってしまった。「ハティさんなら言いそう」と思えるくらいには、ビナイもこの屋敷にすっかり馴染んでいた。

そして一日の話をした後は決まってルーシャンが寝台に腰掛け「はい」と自身の膝を叩く。それは「ここにおいで」の合図だ。ビナイは少しだけ迷ってから……結局はのっそりとそこにのりあげる。

もちろん、獣の姿になってから。

「よしよし、今日も毛艶は良さそうだ」

背中の曲線に沿って優しく撫でられて、ビナイは遠慮なくごろごろと喉を鳴らす。するとルーシャンは喉のあたりに手をやって「このなんともいえない微振動」と満足そうに頷いた。何が楽しいのかわからないが、ルーシャンはビナイが喉を鳴らしている時にそこに触れるのが好きらしい。

そう、ビナイはルーシャンの前で獣姿になることにすっかり抵抗がなくなっていた。

それというのも、やはりルーシャンのせいだ。初めて彼の前で獣になってからというもの、ルーシャンは「獣姿になって」とやたら軽い調子でねだってくるようになった。まるで「一回やったら二回目、三回目も一緒だよね」と言うように。

最初は「いや、あの、そんなことは」と抵抗していたものの、ルーシャンには不思議と逆らえず……気が付いたら変身して、彼の膝の上で撫でられ、ごろごろと喉を鳴らすようになっていた。

「君の変身はやっぱり魔力が影響していたよ。君には魔法がかかっている。しかし私たちの操る魔法とはまた違う、異質なものだ」

ビナイを撫でながらルーシャンはそんなことを話してくれた。どうやらルーシャンが気にかけていた魔法だの魔力だの云々は本当にビナイの変身に関係していたらしい。

が、関係していたとしてもビナイには「そう、なんですね」としか思えない。

「ビナイくんは魔法を使えないよね？」

ルーシャンの問いに、ビナイは顔を持ち上げて「うな」と鳴く。ビナイの変身に魔法が関わっていようと、ビナイ自身が魔法を使えるわけではない。

「だよね。君に魔法使いのような魔力は感じない。まるで君自身が魔法みたいだ」

意味がわからず「？」と首を傾げると、ルーシャンは「わからなくてもいいよ」と笑った。

「それはこれから私が調べるから」

むにむにと頬を揉まれて、くにーと持ち上げられる。覗いた牙を指先ですりすりと撫でられて、ビナイはぺしぺしと尻尾で寝台を叩いて不満を示した。ルーシャンはそれを見てくすくすと笑ってから、そして自身の口元を隠すように手で覆った。

「最近さ。ビナイくんと一緒にいると、君がとても……」

変なところで言葉が途切れて、ビナイはルーシャンの顔を覗き込む。ルーシャンは薄紫の目を少し細めてから「いや」と首を振った。

「自分でもまだよくわかっていないから、もう少しちゃんと考えてから言葉にするね」

「……にぁ？」

ルーシャンにわからないことがビナイにわかるわけもなく。ビナイは曖昧に声をあげて、そしてルーシャンの膝の上に顎を預けるように身を伏せた。

そうすると、ルーシャンがまた背中を撫でてくれる。

「変身のこともそうだけど、ビナイくんの根源も調べたいね」

ビナイは、とろ、と微睡(まどろ)みかけたところだったので、ぴぴっと耳だけ跳ねさせた。

（俺の、根源？）

「つまり、君の生(お)い立ちだね。君はいつ、どこで生まれたのだろう」

獣化の調査のためにと、先日ルーシャンに出自を尋ねられた。そこでビナイは、自分がどこで生まれたかも、誰が父親であるかも知らないこと。そして、どうして母があの村に流れ着いたのかもまったく知らないことを、すべて正直に話した。どうやらルーシャンはそのことを気にかけてくれていたらしい。

「何があって生まれ故郷を離れ、国すらも越えてあの村に辿り着いたのか。それが知りたい」

君が知りたいんだ、と最後は小さな声でそう言って、ルーシャンはビナイの耳の付け根を優しく撫でる。

（なんで……）

心地よさに目を閉じながら、ビナイは心の中で「なんで」「どうして」を繰り返した。

(なんで、俺自身に興味があるような言い方をするんだろう)

ルーシャンが魔法にしか興味のない変人(というと失礼だが)なのは、ビナイもうよく理解していた。寝食を忘れるほど魔法の研究に没頭し、運命の番であるビナイすらひと目見ただけで放置。ビナイが獣に変身できることを知って初めて興味を持ったような……そんな人だ。

ルーシャンがビナイに構うようになったのは、魔法のため。そんなこと、ビナイだって重々承知している。だというのに……。

「私は、君が自由に駆けている姿を見てみたい」

穏やかな口調でそう言われて、優しく脚を撫でられて。ビナイは困ってしまった。

(だって……これじゃ、ルーシャン様は魔法とは関係なく、俺のことを気にしてくれてる、みたいじゃないか)

そこまで考えて、ビナイはぶるるるっと首を振った。

(違うっ、そんなことありえない……!)

全身の毛がぼわっと逆立って、ルーシャンが「わ」と声を上げる。

「どうしたの？　なんか毛が、ぶわってなったけど」

ぶわっ、と両手を広げるルーシャンに、ビナイはうろうろと視線を彷徨わせてから「なんでもありません」と言うように膝の上に戻る。

「ビナイくん？」

「にぁ」

不思議そうなルーシャンにひと鳴きしてみせてから、「もう眠いんです」と言いたげにその腹に頭を寄せる。そして腕を伸ばして、もみもみと左右の前脚を交互に踏みしめるように動かし、目を閉じる。

「あぁ眠かったの？　あくびのついでに震えた？」

(勘違いするな。この人は俺のことなんて気にしてない)

ルーシャンが大事なのは、魔法の研究なのだ。ビナイはその付属品でしかない。

気にしてない、気にしてない、と何度も何度も心の中で自分にそう言い聞かせて。ビナイは「ふすー……」と鼻を鳴らして耳を伏せる。

そんなビナイの鼻先やら目元やら、耳の付け根やらを、ルーシャンは優しく揉んでくれる。最初はぎこちなかったその手だが、ビナイの反応を見ているうちにどこが気持ちいいのか覚えたのだろう、今では「気持ちいいところ」をしっかり押さえて撫でてくれるようになった。

ふにー……と力を抜いてさらに耳を伏せる。と、ルーシャンがそんな耳をくすぐるように指先で揺らして、そのまま頭を撫でてくれて、むにむにと眉間を押されて……とにかくもう気持ちがいい。

「あぁそういえば君がいた村についてなんだけど」

ルーシャンが思い出したように話し出して、ビナイは彼の膝の上でとろけたまま、耳だけぴくぴくと反応させる。獣姿になるといまいち自制が効かなくなるのが難点だ。が、ルーシャンにそんなビナイの態度を咎(とが)める様子はない。

「私なりにちょっと手を入れてね。今度一緒に様子を見に行かない？」

手を入れたというのがなんのことかさっぱりわからないが、明るい口調から悪いことではないのは伝わってくる。

村にいい思い出はないし、帰りたいという感情ももちろん持っていない。しかし楽しげなルーシャンの声を聞いていると、二人でならそれも悪くないように思えた。

「なぉ」

目を閉じたまま肯定するような鳴き声をあげると、ルーシャンが「うん、うん」と頷きながらビナイの顎下を撫でてくれた。

今度、がいつかはわからないし、もしかしたら来ないかもしれない。けど……ルーシャンと一緒に遠出をする日がくるかもしれないと考えるだけで胸がそわっと高鳴って、ビナイはルーシャンの指先に頬を擦り付けた。

十八

『今度一緒に様子を見に行かない？』というルーシャンの言葉。

別に、本当に守られるとは思わなかったし、そもそも「手を入れる」がなんのことかもわからなかった。

というわけでビナイとしてはルーシャンの気まぐれ程度に受け止めていた……のだが。

「ビナイくん、さぁ出かけようか」

ルーシャンの「今度」からおよそひと月ほど経ったその日。早朝の訓練を終えたビナイは、突然現れたルーシャンにそんな言葉をかけられた。

「はい？」

「村だよ。前に言っていただろう？　様子を見に行こうって」

首を傾げるビナイに、ルーシャンもまた同じ方向に首を傾げてみせる。ビナイは困って、近くにいたガルラに「えっと、あの」と助けを求める。

しかしガルラもまた首を傾げていて、答えを持ち合わせていないことが知れた。……と、ガルラに向けた視線を遮るように、にゅっ、とルーシャンが割り込んできた。

「なぁんでガルラを見るかな。こっちだよ、こっち」

ルーシャンはビナイの手を取ると「さぁ行こう」と引っ張った。ビナイは片手をルーシャンに摑まれたまま、もう片方の手に携えていた模造刀を慌てて腰にさす。そしてルーシャンとガルラをきょときょとと見比べた。

「あの、えっ、ルーシャン様？　俺、俺……この後ハティさんと約束が」

どこかに連れて行かれる、というのはなんとなく察せたので、ビナイはこの後に控えている予定を素直にルーシャンに伝えた。

「約束？　なに？」

「お茶をしてから、食事のお作法を教わる予定で……」

「食事のお作法〜？」

ルーシャンは口を曲げると、短く息を吐いてから「わかった」と頷いた。どうやら今すぐどこかへ連れて行く、というのは思いとどまってくれたらしい。

「ハティに断ればいいんだね」

「へ？　……ぅわっ⁉」

急に、足元が揺らいだ。ぐにゃり、というか、ふわ、というか。突然地面がなくなるような感覚。落とし穴に落とされるのはこんな感覚なのかもしれない。とにかく、こう……臓腑が宙に浮かび上がるような変な感覚だ。しかも、目の前が一気に歪んで暗くなって……あまりの恐ろしさに、ビナイは思わずルーシャンの腕に縋りついた。

「わっ、ああっ！」

「やぁハティ」

怖くて怖くて必死でしがみついていると、ルーシャンの朗らかな声が耳に届いた。つられるように、おそるおそる目を開く……と、ぽかん、と目を丸くしているハティの顔が視界に入ってくる。

「今からビナイくんと出かけてくるから。食事のお作法はまた後日にしてくれるかな？」

「え、えっ、ルーシャン様⁉」

ルーシャンとビナイが立っていたのは、屋敷の中だった。先ほどまで外にいてガルラと訓練していたはずなのに……気が付いたらハティのいる、おそらく給仕室にいた。ハティは綺麗な白磁のティーポットを持ったまま「え？　えぇ？」とわなわな震えている。

「ビナイ様とお出かけにっ？」

「あぁうんそうだよ。じゃ、そういうことで」

よろしくね、と言い置いてルーシャンが「じゃ」と片手をあげる。ビナイはルーシャンの腕にしがみついていたことに気が付いて、ハッと離れようと試みる。が、ルーシャンが「おっと」とビナイの肩を引き寄せる。

「移動するんだから離れちゃ駄目だよ」

「へ？」

「離れると、体が半分ここに残って、半分だけ移動しちゃうかも」

「っ！」

恐ろしい言葉に、咄嗟に先ほどよりもさらに近い距離でぴったりとルーシャンにくっついてしまう。寄り添ったルーシャンの体は、その麗しい見た目に反してがっしりとしていた。ルーシャンはもしかすると、着痩せする方なのかもしれない。

……と、「ひゃっ！」と甲高い悲鳴が響いた。ハティだ。

「あらあらまぁまぁなんて素晴らしい！　どうぞもっと寄り添ってくださいな！　はー……いいですね、いいですねぇ！　私の予定なんぞいくらでもずらしてください、えぇ、いくらでも！　お二人でどちらへ向かわれるのですか？　あ、いえいえ！　別に根掘り葉掘り聞くつもりもございません、詮索いたしません。どうぞお二人で心ゆくまで楽しまれてください、えぇ、えぇ！」

「あ、あの、ハティさん？」

ほぼ息継ぎもなしにまくし立てるハティに、ビナイは「あの、あの」と繰り返す。おそらくだが、これは何か勘違いをしているに違いない。

まずいことになる前に誤解を解かねば、と思ったが、その前にぐいと肩を掴まれる。

「ありがとう。じゃ、よろしく」

ルーシャンだ。彼は「じゃあ行くよ」と軽く宣言すると、片手を持ち上げた。

「ひっ……うわぁーっ！」

あとはもう、先ほどと同じ浮遊感に全身を包まれただけだった。

＊

「はぁ、はぁ、はぁっ」

草むらに座り込んでぜはぜはと荒い呼吸を繰り返していると、後ろから「大丈夫かい？」と声がかかった。

「ごめんね。魔法が与える負荷（ふか）を忘れていた」

「ふ、負荷？」

生理的に浮かんだ涙を目の端にたたえたまま見上げると、ルーシャンがビナイの隣に座り込んで背中を撫でてくれた。

「魔法を使ったり、使われたりすると、負荷がかかるんだ。魔法使いとか、魔力に耐性がある者はいいんだけどね。身の丈に合わない魔法を使うと自分に返ってきて怪我することもあるんだよ」

「えっ……そ、そうなんですね」

そういえば、ハティとガルラがビナイを迎えに来た時も移動魔法ではなく馬車だった。魔法は便利だが、それ相応の対価を払わなければならないらしい。

しかしルーシャンは、そんな負荷のある魔法を平気な顔で何度も使用している。

(ルーシャン様って、本当に凄いんだな)

凄いな、という気持ちを込めてルーシャンを見つめていると、彼は申し訳なさそうに頭をかいた。

「移動に慣れてないビナイくんには余計辛かっただろう……ごめんね」

「あ、いや、大丈夫です。ただ酔ったというか、胸がむかむかするだけで」

どうやら責めていると思われたらしい。ビナイは慌てて首を振る。

「ふむ。ちょっと失礼」

顔に手を当てられ、わずかに下瞼を引っ張られる。抵抗せずそれを受け入れていると、段々と呼吸が楽になっていった。

「あれ……？　気持ち悪いのがどこかに行きました」

「そう、よかった」

おそらくルーシャンの魔法だったのだろう。胸のむかつきはどこかにいってしまって、すっきりとした心地でビナイはシャンと立ち上がる。

「あの、ありがとうございます」

「帰りは酔わないように事前に魔法をかけておくよ」

ルーシャンの言葉に、ビナイはこくこくと何度も頷いて「ぜひ、よろしくお願いします」と頭を下げた。さすがにこれをもう一度味わうのは辛いものがある。


「ビナイくん、こっち。行こう」

ルーシャンに手を引かれて、ビナイは躓(つまず)くように何度か立ち止まりながら「あ、はい」と歩を進めた。自然と足が重たくなってしまうのは、この先にあの村があるとわかっているからだろうか。

ビナイとルーシャンは、村から少し離れた場所に降り立っていた。ほんの数分歩けば、村へ辿り着く。

「ビナイくんは村を出て以来だから、五ヶ月ぶりかな？」

「そうですね」

「ビナイくんと出会ってから五ヶ月も経(た)つのか」

「えっと、はい」

「こうやって話せるようになったのは、最近だけどね」

「それは……そうですね」

五ヶ月の間、色々なことがあった。ルーシャンと出会って、ほとんど会話することもないまま放置されて……と思ったら獣化に興味を持たれてやたらと構ってくるようになって。読み書きができるようになって、歴史を学んで、Ωとは何かを知って。ハティやガルラとも自然と会話できるようになって……。

そういえば、五ヶ月の間に発情期も二度やって来た。一度目は人生で最悪のものになったが、二度目の発情期では、生まれて初めて抑制剤を服用した。抑制剤は驚くほどよく効いて、ビナイはどこにも閉じこもることなく発情期を乗り越えた。あの時の感動は、一生忘れることはないだろう。

二度目の発情期の際にもルーシャンが現れたが、彼はビナイの様子を確認すると「うんうん」と満足そうに頷いてどこかへ消えてしまった。

それを見たハティは「ビナイ様を心配されたのでしょうね」と言っていたが、真相はわからない。

「色々、ありましたね」

過去を振り返りながらそう溢すと、ルーシャンが「ふっ」と吹き出した。

「どうしたのビナイくん、そんなしみじみと」

「あ、いいえ、なんだかこう……色々あったなぁと」

村に住んでいた頃のビナイからしてみれば想像もつかないようなことが沢山起きた。「色々と」なんてありきたりな言葉では言い表せないくらいのことが。

「うん。あったねぇ」

そんなことを話していると、森が途切れなだらかな拓(ひら)けた坂に出た。ここを登ると、ビナイが住んでいた村がある。ビナイはその坂を見上げ、きゅ、と拳(こぶし)を握った。

(あれ……なんだろう。息が、苦しい)

少し前まで楽しい気分だったのに、急に喉を締めつけられたように、空気を吸いづらくなった。

移動魔法で気持ち悪くなった時と似ているけど違う。なんだか泣きたいような気持ちで、ビナイは顔を俯ける。足が止まってしまいそうになった、その時。

「……？」

左手……ルーシャンに掴まれていた手に熱を感じて、ビナイは顔を上げた。

「ビナイくん、手が冷たいね」

温めておこうねぇ、と言われて、手の熱がルーシャンによるものだとわかる。

「怖いならこれを着ておくといいよ」

これ、と目の前に羽織を差し出されてビナイは目を丸くする。

「ね？」

次から次に魔法を披露されて、心が追いつかない。「あの、えっと」と戸惑っているうちに、ふわりと浮いた羽織はふわりとビナイを包み込んだ。頭を隠すような頭巾までついており、目深に被れば目元まで隠してくれる。ビナイの特徴的な肌色も、紅目も、すべてすっぽりと。

羽織の隙間からちらりとルーシャンを覗くと、彼もまたこちらを見ていた。にこ、と笑うその顔に何故か胸が、どき、と跳ねる。

「じゃあ行こう。見せたいものがあるんだ」

ぐい、と手を引かれて、そのまま坂を登っていく。さっきまで重たかった足が軽くなり、息がしやすくなった。

（これも魔法なのかな？）

ルーシャンに聞きたいが、そしたら手を離されてしまうような気がして……ビナイは口を引き結んだ。

十九

（あれ？）

村に入ってすぐ、違和感を覚えたビナイはきょろきょろと辺りを見渡した。なにか、こう……以前住んでいた時とは違う雰囲気が漂っている。

それは肌に感じる空気のようなものだと思っていたが、それだけではなかった。

「あれ……え？」

ビナイは村の真ん中に存在していた建物がなくなっていることに気が付いた。……教会だ。

教会は村の中で一番大きく、村の象徴ともいえる建物だった。すぐに気が付かなかったのは、そこに別の建物が建っていたからだ。

「あれはね、学校だよ」

「えっ？」

ビナイの心中を読んだかのような言葉に、ぎょっとして隣を見る。ルーシャンは感情の読めない笑みを浮かべて、教会……ではなく学校に視線を向けていた。

「教会を壊して、新しく学校を作ったんだ」

「こ、壊して……？」

「そ。村の子どもたち、望めば大人だって通える。村の、全ての人間のための学校さ」

思いがけない言葉に、ビナイは目を瞬かせる。

「もちろん、その中にはΩも含まれるよ」

ひゅ、と息を呑んだのは無意識だ。だって、番のないΩは人間ではないと……この村ではそう決まっていたはずだ。

「この村の、ほとんどの人間が信奉していた宗教は国の介入により撤廃されたよ」

ルーシャンの何の気もなさそうな言葉を、ビナイはただ呆然と聞くことしかできない。

「なにしろ神父と村長が結託して国が固く禁じている犯罪行為を行ったからね」

犯罪、という言葉の鋭さに驚いて、ビナイはびくりと体をすくめる。ルーシャンはそんなビナイにちらりと視線をやってから、そして「んー」と言葉を探すように間延びした声をあげる。

「簡単に言うとまぁ、奴隷取引に手を出したんだよね」

「どれ……？」

「海外から金で奴隷を買おうとしたんだ。Ωのね。どうやら君がいなくなってから不便を感じたらしい」

「……俺？」

まさかそこで自分の話になるとは思わず、ビナイは視線を彷徨わせてから「俺？」ともう一度繰り返した。なんだか妙な渇きが喉にまとわりついて、しっかりとした声が出てこない。

「ビナイくんは村の雑用を一手に引き受けてたんだろう？」

「その、体が丈夫なことが、唯一の取り柄でしたので……あぁなるほど」

そこでようやく話の筋を察して、ビナイは二度頷く。

つまりそう、村長たちは「ビナイの代わり」を見つけようとわざわざ国外のΩを奴隷として買おうとしたのだ。ビナイはこの国の生まれではない、だから体力がある、であればビナイと同じ国の人間を連れてくるのがいい、と。

「まぁビナイくんがどこの国の生まれかなんてわからないから、適当に買い付けようとしていたみたいだけどね。この国の人間でなければ誰でもよかったんだろう」

人を人とも思わぬ行いに、胃の中のものが戻ってきそうな不快感を覚える。

……そこでビナイはふと、自分がすべての人間を「人間」と捉えていることに気が付いた。たとえ国外の人間でも、それがΩでも、人は人だと。自然とそう考えていた。

(俺……、いつの間に？)

いつの間にか、当たり前のようにそう思うことができていた自分に驚く。

少し前まで、自分のことを「卑しいΩ」と思っていた。αに触れることも、話すことも、恥だと思っていた。けれど今ビナイの左手はルーシャンの手に包まれている。αと手を繋いだまま村を歩くなど、昔の……この村に住んでいた頃の自分では考えられない。

(そうか……学んだから。学んで、考えたことが、自分の中に根付いたんだ)

この数ヶ月で学んだことが、ビナイの中に「自分の考え」をちゃんと芽吹かせてくれていた。そのことに驚くとともに、どこかホッとして。ビナイはルーシャンと繋いでいない方の手を、自身の胸に当てた。とくとくと手のひらに感じる心音が、ビナイが今ここで生きている「人間」だということを教えてくれる。

「うちの国は、奴隷取引を固く禁じているからね。たとえ国外の人間だろうと例外じゃない」

いつもより低い声でそう言うルーシャンの顔は、ちょうど雲間から差した光の加減でよく見えない。目を細めてよくよく窺うと、ルーシャンはいつも通りにっこりと微笑んでいた。

「まぁ、彼らがそういう行為に及んだ原因のひとつに私が絡んでいたからね、私自身が取り締まったんだ」

「え？」

「彼らが奴隷取引に使った金は、ハティたちが渡したものだったからね」

ビナイは大きく目を見張って、そしてこの村を出る時に村長が受け取っていた「支度金」のことを思い出す。ビナイを育ててくれたお礼にと、ハティが村に対して用意してくれた金だ。つまり……。

「俺の、せい……ですか？」

悪寒にも似た震えが全身を走り、ビナイは体を折り曲げる。が、握られた左手が、体がぐにゃりと前のめりになることを許さない。

「違うよ。悪いのはその金を悪用しようとした人間だ」

きっぱりとそう言い切ったルーシャンは、ビナイの腰に手を当てて半ば無理矢理背筋を伸ばさせる。苦しくて、は、は、と浅い呼吸を繰り返すビナイの背中を、シャンと。

その手はとても優しくて、苦しかった呼吸が段々と落ち着いていった。

「もしその金を善行に使っていたら、その手柄は君のものかい？」

「ち、ちが……」

「そうだろう。悪行のみ自分のせいだなんて、それはおかしな話だよ」

ね、と仕上げのように一度強くぽんっと腰を叩かれて、ビナイは少しだけ冷静に「はい」と答えた。

「被害に遭った子はちゃんと国に戻した。どうやら誘拐された子だったらしくてね、ご家族の方にえらく感謝されたよ」

ぽん、ぽん、と一定の速度で腰を叩かれながら、ビナイは「はい……、はい」と何度も頷く。ルーシャンは魔法にしか興味のない変わり者だが、嘘をついたりはしない。少なくとも、この数ヶ月彼に嘘をつかれたことは一度もない。だからきっと、彼のその言葉も本当なのだろう。

「神父も村長も捕まったからね。神を信じる村人たちにも揺らぎが生じた」

「揺ら、ぎ」

「村長と神父が捕えられてから、どうするかを村民で話し合ってもらってね。とりあえず村の大多数の意見をもとに、教会は取り壊しになった。信仰を続けるひともいるようだけど、まぁ半々ってところかな」

村人全員が信仰を捨てたわけではないが、神父と村長という大きな指標を失って当惑している……ということだろうか。

「で、教会の跡地に新しく学校が設立されることになった」

村の現状について考えていると、ルーシャンがけろりとした口調でそう言った。ビナイは顔を上げ

「でも」と問う。

「学校って、元々村にも……」

「教会にあった、神父による、αとβのための学校のこと?」

ビナイは瞬きして「そう、です」と肯定する。神父のいなくなったこの状況で、学校を作ってどうするのだろうか、と思ったからだ。

「あ、教師は王都から派遣が決まってるよ」

「王都から派遣……」

ルーシャンの言葉を聞いて、ビナイは詰めていた息を「ほ」と吐き出した。ルーシャンが手配してくれるのであればきっと、不安を感じる必要はない。

「さ、せっかくだから入ってみよう」

「え? あっ」

ぐいぐいと、またも手を引かれて。ビナイはほとんど抵抗することなく、ルーシャンのふわふわと揺れる銀髪の後を追った。


「明るい……」

学校の中に入って初めに出てきた感想は、それだった。

ビナイの知る教会はいつも薄暗くて、年中蝋燭(ろうそく)に火が灯っていた。一応窓もあったので光は差し込むはずなのだが……、暗く思ったのはビナイの心理的な問題もあったのかもしれない。

左右の壁際には、大きな窓がいくつも並んでおり、柔らかな日差しが注ぎ込んでいる。その眩しさを全身に浴びながら、ビナイはぐるりと部屋を見渡す。

間仕切りのない広々とした部屋には、長机と長椅子が等間隔で並んでいる。おそらくはそこに子どもたちが掛けて、授業を受けるのだろう。

明るい教室に並んだ子どもたち。前に立つ教師の話を聞き、勉強に励み、笑い声が響いて。αもβもΩも関係なく、みんな楽しそうに……。

そんな姿を想像して、ビナイは少しだけ口端を持ち上げた。知りもしなかった「勉強」の様子をこうやって頭に思い描けるのは、ビナイが勉強をしたからだ。ルーシャンが、ハティが、ガルラが、屋敷の皆がビナイの師となり色々なことを教えてくれた。

「ここで、子どもたちが勉強するんですね」

ルーシャンと繋いでいた手を離して、ビナイは焦茶色の机にソッと触れる。ささくれひとつない乾いた木の感触は心地よく、ビナイの指をさらりと滑らせた。

「この村のΩも……、同じ人間として扱われるようになるんでしょうか」

ぽつ、とそんな言葉を溢してしまったのは、そうであればいい、そうなって欲しい、と思ったからだ。

「すぐには無理だろうね」

しかし、ルーシャンはあっさりとビナイの願いを切り捨てた。

「当たり前のように根付いた差別は、そんなすぐにはなくならない。ましてや村全体の意識をすぐに変えるなんて、神様でも無理な話さ」

「そう……ですよね」

ルーシャンの言葉は至極真っ当だ。Ωを人間と見做さない信仰をなくしたとて、第二性にかかわらず通える学校ができたとて、そう簡単に変わるものではない。

「でも、何もしなければ変わらないままだからね」

視界に自分の足先が入って、俯きかけていたことに気が付く。ビナイはのろのろと顔を持ち上げた。

「そういえば、あの山の奥の小屋。あそこももう失くなったよ」

「え？」

「私が消しちゃった。ここにビナイくんが閉じ込められてたんだ、って思ったら……なんか妙に嫌な気持ちになっちゃってさ」

話の流れから察するに、「小屋」とは発情期の時にこもる小屋のことだろう。たしかにビナイは発情期、いや、そうではない時もよく「罰」としてあの小屋に閉じ込められた。

「えっと……あの、じゃあ村の……Ωのみんなは」

気になったことをおそるおそる聞いてみると、ルーシャンは「ああ」と肩をすくめた。

「番のいないΩは抑制剤を服用しているよ。もちろん、本人たちの意思を尊重した上でね」

「薬を？　でも、村の人が……」

本人もそうだが、周りがそれを許しはしないのではないだろうか。この村で、薬を飲むことは穢れであると何度言い含められたかしれない。

胸の中に石がつっかえたような気持ちで、ビナイは「村の人が」と繰り返す。

本当は「神様が許さないかもしれない」と言いたかったが、言えなかった。自分の中で、その神の存在自体が揺らぎ始めていたからだ。今まで信じていた神が神ではないかもしれないと、心のどこかで思っている。けれどまだそれを口に出す勇気はなかった。

「Ωが抑制剤を使用するのに、他人の許可はいらない。当然の権利だよ」

ルーシャンのきっぱりとした物言いに、ビナイは少しだけ息を呑んで、顎を引く。そんなビナイを見て、ルーシャンは目尻を下げるように目を細めた。

「大丈夫。他の村人に阻害されないようにしばらくは様子を見ている。本当はね、こういった差別をなくすのも王家の仕事だから」

さらりと出てきた「王家」という言葉にギョッとする。ルーシャンは、そう……継承権は放棄したとはいえ元々第三王子という身分の人なのだ。

ルーシャンは「まぁそこは心配しなくてもいい。望むなら村を出る支援もする」とさらりと告げた。

「これから先、第二性の優劣はないと学んだ子どもたちがこの村で育っていく。ま、時間はかかるけどね」

ルーシャンはまっすぐに顔を前に向けていた。

「第二性の研究も進んでいる。今に第二性による身体的な差なんてなくなる世の中がくるさ」

窓から差し込む光が、ルーシャンの顔を照らしている。銀髪が太陽の光をひとつひとつ反射するようにきらきらと輝いていて。ビナイは眩しさに目を眇めながら「ルーシャン様」と細い声で彼を呼んだ。

「もしかして……ルーシャン様は、そのために魔法の研究を?」

そういった目標があるからこそ、ああやって絶え間なく研究に励んでいるのだろうか。どきどきと高鳴る胸を羽織の上から押さえながら、ビナイは首を傾げる。

「ん？　いや、私が研究に励んでいるのは、単に楽しいからだよ」

「あ……、あ、へぇ」

ビナイはその場で、こけ、と少しだけ足をもつれさせる。なんだか肩透かしのようになってしまった。が、そりゃあそうだ。勝手に理想を抱いて、それを押し付けてはいけない。

あは、は、と引きつった笑いを溢すビナイをどう思ったのか、ルーシャンが少しいたずらな表情を浮かべた。

「まぁ、私をこれほど夢中にさせる魔法は、必然的に誰か人の役に立つ力を秘めていると信じているけどね」

そして、こう続ける。

「今は同じくらい、ビナイくんに夢中だけど」

「はは…………はっ⁉」

驚きすぎて、やたらでかい声が出てしまった。広い教室に、ビナイの「は」がうゎんと響く。

「ビナイくんってほんと面白い生態しているからさ。ビナイくんの力を応用すれば、Ωも平均的な身体能力を身につけることが可能なんじゃないかって今研究してるんだ。フェロモンは抑制剤で調整できるし、さらに身体的にも他の第二性に劣らなくなれば、それはもう性による差はなくなるってことかなって思ってさ」

「あ、えっと……そうですね」

ビナイくんに夢中、というのは、ビナイを使った研究に夢中、ということだと理解して。ぺらぺらと話し続けるルーシャンを横目に、ビナイは「なんだ」と拗ねたような言葉を胸の中で転がした。そしてそんな自分の感情に「ん？」と戸惑う。

（なんで、こんな残念な気持ちになるんだ？）

自分の力が研究に活かされるのであれば、それでいいではないか。ルーシャンも楽しそうだし、なんら問題ない。むしろ喜ぶべきことなのに……。

なのにどうして、こんなにも胸がちくちくするのだろう。

（なんだか、それって……）

「ビナイくん」

なにか、ひとつ答えが見つかりそうになったその時。名前を呼ばれたビナイは「は、はいっ」と勢いよく姿勢を正す。

「そろそろ帰ろうか」

ルーシャンの穏やかな言葉に、ビナイは「はい」と頷く。

おいで、と言うように半身を向けて待ってくれているルーシャンの側に、てて、と駆け寄る。……と、その時。

――ギィ。

入り口の重たい扉を押して、誰かが学校の中に入ってきた。

前を行くルーシャンの背中に阻まれてよく見えず、ビナイは「ん？」とその脇から顔を出す。

「……！」

（あの人は……）

それは見覚えのある村人だった。

年嵩のαで、「ビナイに誘惑された」とよく村長に被害を訴えて、ビナイを小屋の中に閉じ込めていた。

そのくせ時折家にやって来ては、妙に居座って……何かとビナイに話しかけて来て。さらには自身の番であるΩにも暴力を振るっているという噂まである……あまり、いやまったく良い印象は抱いたことがない村人だ。

ギロリ、とこちらを睨みつける男の顔を見ていたら、急に胸のあたりがもやもやと苦しくなって。ビナイは視線を逸らして、頭巾をさらに目深に被った。

二十

「おやおやこれは、この村の救世主様ではないですか」

粘ついた、嫌味な口調だった。

どうやらルーシャンたちが学校に入って来るのを見て追いかけてきたらしい。明らかに何か目的のある目をしていた。

救世主、という仰々しい物言いに、ビナイはちらりと目の前のルーシャンの背中を見る。

しかしルーシャンは何も気にした様子はなく、口を開いた。

「おやおやあなたはこの村の住人の……どなただったかな？　興味のない人間の名前を覚えるのが苦手でね」

「なっ……！」

男はチッと盛大に舌打ちをした。思わずビクッと肩をすくめて、ビナイはルーシャンの後ろに隠れて身を縮める。何も恐れることなどないはずなのに、体が……勝手に震えてしまう。

「神父様と村長を謂れのない罪で投獄して、村のものであるΩまで好きにして。挙句こんな建物まで勝手に建てて、あ？　金持ちの慈善事業か？」

柄の悪い口調に、ビナイは眉を顰める。どうやら男はルーシャンの身分も何も知らないらしい。というより、村の誰にも明かしていないのだろう。だから「救世主」なんて曖昧な呼ばれ方をしている。

救世主というくらいだから、大半の村人には感謝されているのだろう。……が、どうやら目の前の男にとっては違うらしい。男は終始憎々しげな口調を崩さない。

「謂れのない罪？　国の法律で奴隷取引は禁じられているけど。この村はヴィラルハンナ国の一員ではなかったかな？」

「だからその罪自体、誰かにでっち上げられて……！」

声を荒げた男を、ルーシャンが「おっと」と片手を出して制する。

「それを判断するのは君じゃない。もちろん私でもない。ヴィラルハンナの然るべき機関だ。ここで君と私で論じても何にもならない」

あっさりとしたルーシャンの言葉に、一瞬呆気に取られたように目を見開いた男は、次いで憎々しげに眉を顰めた。

「他に何かご用でも？　特にないなら失礼するよ、私は忙しいんだ」

ルーシャンの方は男の嫌味な口調も何も気にしていないようだった。けろりとした態度で、さっさと歩き出そうとする。そんなルーシャンを、男が「おい！」と口調も荒く呼び止めた。

「俺のものをどこへやったんだ！」

「君のもの？」

足を止めて「はて」とルーシャンが首を傾げる。

「財産にしろ何にしろ、私は君のものを奪った覚えはないよ」

「しらばっくれるな！　ティナだよ、ティナを返せ！　あれは俺のものだ！」

わぁわぁと喚く男の言葉で、彼の番がティナという名前の女性だったことを思い出す。ビナイは震える手でルーシャンの服の……背中の部分をキュッと摑む。指先が震えて、どうにも治まらなかったからだ。

「あぁ、ティナさん。彼女はある場所で保護されているよ。かわいそうに、今は治療中さ」

そこまで言って言葉を途切らせてから、ルーシャンが男をひたっと見据えた。

「君が長年暴力を振るっていたせいでね」

ビナイは信じられない気持ちでルーシャンの背中を見上げ、そして男に視線を向ける。番に暴力を振るっていたというあの噂は本当のことだったのだ。

しかし男はルーシャンの言葉に悪びれるでもなく「だからなんだ！」と強い憤りを見せた。

「俺が俺のものをどう扱おうと自由だ！　Ωは人間だのなんだのくだらないこと言いやがって、村をめちゃくちゃにして！　何が救世主だ、この疫病神！」

唾を飛ばす勢いでまくし立てる男に、ルーシャンはしかし冷静に「Ωは人間だ」と返した。

「君の信じる神が何と言っているのかはわからないが、Ωが人間であることは事実だ。性別によって人間が人間ではなくなるなんて、そんな馬鹿な話があってたまるか」

ルーシャンの言葉は揺るぎなく、固かった。ビナイは彼を摑んでいた手をそろそろと離して、そして一人でその場に立つ。それから、いまだにわぁわぁと喚く男を見つめた。まだ指先は小刻みに震えていたが、それでも前を向く。

「知るか！　知るか、知るか！　誰がなんと言おうとΩはものだ！　穢らわしい、人間を堕落させるものなんだよっ」

ルーシャンの言葉は男だけではなく、ビナイにも届いていた。

男はそう言うと、ずんずんとルーシャンの方へ近付いてきた。その荒々しい様子に、ビナイは顎を引き、鋭い視線で慎重に男の動きを追う。

その手が背中の方へ回ったのを見て……ビナイの震えが止まった。

「この、っ疫病神がぁ……っ！」

男が、背後に隠していた刃物を振りかざす。大振りのそれは窓から差し込んだ日に照らされて、ギラリと怪しく光った。……が、その刃がルーシャンに届く前に、ビナイは地面を蹴った。

「おや、あれ、ビナイくん？」

自身の後ろから、ダンッという足音と共に空中で身を捻り飛び出して来たビナイに、ルーシャンが驚いたような目を向ける。

ビナイはそちらに答えないまま、腰にさげていた模造刀を一瞬で抜き、刃物を持つ男の手首を下から打ち上げた。

――ガッッッ！

「……っぐぅっっ⁉」

模造刀とはいえ、硬い木で思いきり手首を打たれたら痛いだろう。男はあっという間に刃物を取り落とし、前屈みに膝をつく。しかしビナイはそれを許さず、足の爪先でヒュッと男の顎を蹴り上げた。

「ぅがっ！」

情けない声を出した男はもんどり打って仰向けに倒れる。

ビナイはすかさず獣のように身を低くし、男の四肢を押さえつけるように馬乗りになった。

「ルーシャン様に何をするつもりだ！」

シャアッ！　と歯を剝きながら男を威嚇する。と、男は「ひっ、ひいっ⁉」と悲鳴をあげて身を引こうとする。が、ビナイはさらに男の首を肘で押さえつけた。

「ぐぇ、えっ、うっ」

「ルーシャン様に傷ひとつでもつけてみろ。その身を引き裂いて木に括り、鷲の餌にしてやるからな」

身の内から獰猛な感情が湧き上がってきて治まらない。ビナイは、ぐるるる、と威嚇するように低い声で唸って脅し、ほとんど白目を剝いている男をそれでも睨みつける。

「ありがとう、ビナイくん」

ふいに、優しい声が背後から降ってきた。

そして、声と共にするりと伸びて来た手が、ビナイの顔の横を通り過ぎ、仰向けの男の体に触れる。

……と、次の瞬間。

——パチンッ。

「あっ」

泡が弾けるような音と共に、ビナイが乗り上げていた男の姿が消えた。が、ビナイは倒れることもなく、ふんわりと宙に浮いて、そして柔らかく床に着地した。

「あれ、あの、あれ？」

突然消えた男を探してきょろきょろと辺りを見渡していると、ルーシャンが「大丈夫、大丈夫」と呑気な声を出した。

「あの人ね、番への暴行の罪で近いうちに捕まる予定だったんだ」

「暴行の罪？」

「彼の番、ティナさんが怪我を負っていて、他の村人の証言も取れたからね。でも、ひと足先に憲兵に送っちゃった」

ま、連絡入れておけばいいでしょ、とルーシャンが笑う。ビナイはぱちぱちと目を瞬かせて、ルーシャンの言葉を咀嚼する。

「あ、えっと、今のも移動魔法ですか？」

「そ。といっても一瞬じゃなくて亜空間をのんびり楽しんでもらうよ。まぁ夜までには着くんじゃない？」

「よ、夜までには……？」

移動魔法の際のぐにゃぐにゃと揺れる足元や回る世界を知っているので、ビナイは少しだけゾゾッと背中の毛を逆立てる。あの空間に何時間も放り出されるのは、それなりの罰になるだろう。そしてその後には、憲兵による裁きも待っている。

（けど、そっか……よかった）

ほ、と息を吐く。頭巾は外れて顔も露わになっているが……なんだか清々しい気分だった。自分が座り込んだままだったことに気が付いたビナイは、よいしょ、と立ち上がろうとして……そして、目の前に差し出された手に気付いた。

「ビナイくん、ありがとう」

「え？」

「私を助けてくれて、ありがとう。とっても格好良かったよ」

純粋な礼の言葉に、ビナイは「え、あ」と言葉に詰まる。

「いえ、そんな」

なんだか気恥ずかしくて、投げ出していた模造刀を拾って、腰にさげて、もじもじと髪の毛に触れた。

「いや、俺の助けなんて……そもそも要らなかったかもしれませんが……」

ルーシャンは国一番の魔法使いだ。たとえ暴漢に襲われても、魔法ですぐに解決できる。別に、ビナイが出ていく必要はなかったのだ。ただ、咄嗟に体が動いてしまっただけで。

「そうだね。誰かに守られるなんて、初めての体験だった」

ルーシャンの言葉に、ビナイは「やっぱり」と恥じ入って俯く。だから、ルーシャンがどんな表情をしていたか……どれだけ嬉しそうな笑みを浮かべていたか、気付かなかった。気付かないまま、ビナイはもじもじと続ける。

「それに、俺……」

ルーシャンを守るためとはいえ、ビナイは獣のように男に飛びかかってしまった。歯を剥いて、馬乗りになって、威嚇して。ハティあたりが見ていたら、卒倒していたかもしれない。

「その、行儀が悪くて……すみません」

「行儀?」

きょと、と薄紫の目を見開いたルーシャンが「ははは」と声を上げて笑った。ルーシャンの動きにあわせて銀髪がふわふわと揺れる。ビナイは、ぽかん、とそれを眺めた。

「そんなこと気にしなくていい。君の半身は獣だ。獣は自由であるべきだ」

「自由……?」

なんだかそれは初めて聞いた言葉のように耳に響いて、ビナイは「自由」と口の中で転がすように繰り返した。

「ほら、立って」

差し出された手におそるおそる手を重ねる。と、ルーシャンが思いがけず力強くビナイの体を引き上げてくれた。そしてそのまま、二人並んで学校の外へと歩き出す。

「……いい天気」

先ほどまで雲がかかっていた空はすっかりと晴れやかになり、見上げると青空に目が灼かれてしまうようだった。

光の中、村の様子が目に入る。先ほどまでは頭巾を目深に被っていたので気が付かなかったが、よく見ると以前ビナイが住んでいた荒屋はなくなっていた。更地になったそこを見て、そして村を見渡す。

もしかしたらどこかの家からビナイやルーシャンのことを見ている人がいるかもしれない。いないかもしれない。

（……どちらでもいい、どちらでもいいんだ）

見られてようが、見られてまいが、ビナイがそれを気にしないのであればそれまでだ。

過去のビナイはその視線を気にして、この村のΩらしく振る舞わねばと、自分で自分を縛り付けていた。

「ビナイくん」

背後から名前を呼ばれて、ビナイはゆっくりと振り返る。ビナイを眩しい陽の下に連れ出してくれた銀髪の麗人が、腕を組んでこちらを見ている。

「そろそろ行こうか。あ、まだここにいたい？　小屋の跡地でも見にいく？　見事に何もなくなってるけど」

ルーシャンはのんびりとあくびまじりでそんなことを言う。周りの目を気にしていない……というか、気にかけたことすらなさそうな態度だ。ルーシャンは、ビナイが知る人の中で一番「自由」な人だ。

ビナイはルーシャンをジッと見つめてから、意識してやんわりと口端を持ち上げた。

「いいえ。この村を……出たいです」

以前この村を出た時は、ハティとガルラに連れ出されて……だった。そこに自分の意思はなく、ただ言われるがままに馬車に乗り、まだ見ぬ「運命の番」を思った。

けれど今ビナイは、自分の意思で「この村を出る」ことを望んだ。

「この村を出て、自由に……」

そこまで言って、ビナイは口を閉じる。自由に、なんだろう。自由になったら自分は何をしたいんだろう。

少しだけ考え込んでから、ビナイは先ほどルーシャンが「獣は自由であるべきだ」と言ってくれたことを思い出す。

「自由に駆けたいです。思いきり」

「……ふん、そっか」

ルーシャンは驚くでもなく、そんなビナイの選択を肯定してくれる。そして、ビナイの手を取る。

「それじゃあ行こう」

そう言うと、ルーシャンはビナイの手を摑む手に力を入れて……一瞬後にはくらりと視界が揺れて。それから、足元が消えるような感覚に陥って、移動がはじまる。

「ん……っ」

やはりどうしたって慣れないその感覚に、ビナイはぎゅっと目を閉じた。背中にソッと優しく手が添えられた気がするが、……ビナイの勘違いだったかもしれない。

二十一

「はい、着いたよ」

そう言われて、おそるおそる目を開く。行きよりも「ぐにゃぐにゃ感」が少なかった気がするのは、ルーシャンが軽減する魔法をかけてくれたおかげだろうか。

幸いにして吐き気もなく、ビナイは「ほう」と息を吐いて顔を上げた。

――ザァッ！

「わっ」

途端。思いがけず強い風に煽(あお)られて、思わず顔の前に腕を持ってくる。そして「え？　え？」と周りを見渡した。

「……ど、どこ、ですか？」

てっきりルーシャンの屋敷に戻ったものかと思っていたが、そこはまだ外だった。だだっ広い、平原だ。

褐色の地面に、丈の長い草がところどころに生えている。遠くの方に岩肌が剝き出しの切り立った山が見えるが、それ以外は何もない。広い、広い、平原。

「あの、ここ……」

「ここね、滅多に人が来ない場所」

「え？」

「作物が育ちにくくてね、人が住まわないんだ」

ルーシャンの解説に、ビナイは「へぇ」と頷く。振り返って見やる平原は美しく見える。それは、人の気配がまったくないからこそ、なのかもしれない。

「ここなら、自由に駆けていいよ」

「え？」

「ん？」

疑問符を浮かべてルーシャンを見やると、ルーシャンもまた、きょと、とした顔でビナイを見下ろしてきた。

「だってさっき、自由に駆けたい、って言ってたよね」

そういえば本当についさっき、そう言った。『自由に駆けたいです、思いきり』と。

でもあれは別に今すぐにというわけではなく、しかも比喩的な意味合いでもあったのだが……。

「じゃあ帰る？」

そう聞かれて、ビナイは「あ、いや」と無意識のうちに首を振っていた。そして胸の前でギュッと手を握りしめてから、ルーシャンを見上げた。

「あの、走りたい、です」

言葉に詰まりながら、それでも懸命にそう伝えると、ルーシャンは「どうぞどうぞ」と軽い調子で許可を出してくれた。

「いつも部屋の中ばかりだもんね。思いきり駆けてきてごらんよ」

私はそこに座っているから、とルーシャンが背後を指差す。と、そこに椅子が現れた。ゆったりと横掛けできる、なかなかのサイズだ。

ルーシャンは躊躇いなくそこに腰掛けると、指を鳴らす。するとソファの横に、どさどさっと紙が降ってきた。紙というか、紙の束だ。分厚いそれを手に取って、ルーシャンが黙々と目を通し始める。

「私はここでこれを読んでるから。どうぞ遠慮なく」

「あの……えっと、はい」

ルーシャンにもやることがあるならいいか……、と思って、それが彼なりの気遣いであることに気付く。魔法の研究なら研究所の方がいいに決まってるのに、ここでいいと言う理由。

ビナイは思わず「すみません」と謝りかけて、やめる。今言うべきはその言葉ではないと気付いたからだ。

「ありがとう、ございます」

ビナイはぺこりと頭を下げて、そして数歩平原を進む。何も遮るものがないからか、しっかりと全身で風を感じることができる。

風に弄ばれた髪が流れて、額が露わになる。目を閉じて、風を感じて、そして……ビナイは獣になった。

まとわりつく服を脱ぎ捨てるように、駆け出す。いつも建物の中で隠れるようにして変身していたので、こうやって外で……太陽の光を浴び、風を感じ、土を蹴るのは初めてだった。

(自由だ……これが、自由なんだ)

脚が軽い、体が軽い、心が軽い。小石を蹴り上げ、草むらを飛び越えて、ビナイは牙を剥き出しにして笑う。

「ンァ、オゥ……ッ」

叫び出したくて、抑えきれなくて、思わず鳴き声を漏らしてしまう。一瞬、ハッとして口を噤む。が、そんな必要はないことをすぐに思い出した。

「ンァアアオォー……ゥ!」

顎を上向けて、大きな声で鳴く。風が震えて、ビナイの声は天高く昇っていく。

タッタッタッ、とリズミカルに地面を蹴り、山の向こうの青空に向かって走る。岩に駆け上り、くるりと回って飛び降りて、力強く大地を踏み締める。

どこまで走ったって、どれだけ鳴いたって、ビナイを止める者はいないのだ。

(自由だ!)

いつの間にか、ビナイは泣いていた。泣けないはずの獣が、ほとほとと涙を溢していた。

自分のいるべき場所はあの村の、あの小屋の中で。Ωであるという罪を背負い、獣になれるという秘密を抱えて生きていくものなのだと思っていた。そうあるべきだと、仕方ないのだと。

(世界はこんなに広いのに)

なのに、どこに行くことも知らず。駆けることも鳴くことも知らず。

嬉しい、よかった、ありがたい、楽しい。それと同時に、何故だかどうしようもなく切なくなる。

自分の知らなかった世界を知るのは、楽しくて嬉しくて、不安で寂しい。自分の世界がちっぽけだったと理解する寂しさか、新しい世界に臨む不安か。

わからない。わからないけれど、たくさんの感情が胸の内で渦巻いて、爆発しそうで。その代わりに涙になって迸っている。

(俺、生きてる、生きてるんだ)

きっと、これが「生」の実感なのだろう。ビナイは心で、体で、そのすべてで、生きているということを受け止めていた。

駆けて、どこまでも駆けて、飛んで跳ねて転んで。

体力の限り走り続けたビナイは、日が暮れる頃になってようやくルーシャンのことを思い出した。

そう、ルーシャンだ。最初に走り出した場所に彼を置き去りにしたまま、ビナイは自分勝手に走り続けてしまった。

(どうしよう、どうしよう)

ビナイは慌てて、彼の元へと駆けた。

……が、辿り着いた先。ルーシャンは、最後に見た時とまったく同じ体勢で紙の束をめくっていた。何時間も経過しているのに、彼の周りだけ時が止まっていたかのようだ。唯一の変化は、いつの間にか現れた読書灯が紙の束を明るく照らしていることだ。

「ンナォ」

小さな声でルーシャンを呼ぶと、彼は「ん？」と顔を上げた。

「おや」

長時間待たせた申し訳なさで、自然と耳が伏せってしまう。顎を下げ、上目遣いでルーシャンを見上げると、ルーシャンはパチンッと指を鳴らした。それだけで、椅子と紙の束がどこへともなく消えてしまう。

もじもじと左右の前脚を足踏みするビナイの前に歩いてきたルーシャンは、にこ、と微笑んだ。

「満足に駆けることはできた？」

ぽん、と頭にのった手が、優しくビナイの毛を梳く。ビナイが驚いてルーシャンを見上げると、彼はやはり優しく微笑んでいて。

「よかったね」

自分自身も嬉しそうにそんなことを言うから、ビナイは困ってしまった。るる、と喉を鳴らすと、ルーシャンはますます頭を撫でてくれる。そして、頬も、顎下も、まんべんなく触れて、撫でて。

「じゃ、そろそろ帰ろうか」

帰ろうと、同じ場所に誘ってくれる彼の言葉がじぃんと胸に響く。

優しく細められたその薄紫の目は、優しさを湛えてビナイを見つめている。

（あぁ……）

きゅ、と鼻を鳴らしてルーシャンの手のひらに頬を擦り付けながら、ビナイは切なく引き絞られる胸の痛みの理由を知った。

（俺は、そうか、……俺は、ルーシャン様を好いている）

彼にとって研究の対象でしかないことに胸が痛むのは、それ以上の存在として見て欲しいからだ。

新しい世界があると教えてくれた人、勉強することの大切さを教えてくれた人、獣の自分を優しく撫でてくれた人、自由を教えてくれた人……ルーシャン。

（この美しい人を、心から、好いているんだ）

夕日に照らされた銀の髪は淡く縁取られたように光り、彼をきらきらと眩しく照らす。ビナイの手など届かない、遠い世界の人だと教えてくれるように。

（そんなの知ってる、そんなの）

手の届かない人だと、「運命の番」である自分を必要としていない人だと、ちゃんと理解している。

理解しているけど、それでも……彼のことが好きだと思う。

ビナイはもう一度、きゅう、と鼻を鳴らして、生まれて初めて覚えた感情を胸の中に閉じ込めた。

この思いが外に出てきても、決して幸せなことにはならない。

ただ……。

「このまま帰る？　あ、ハティたちに見つかるかな。きっと帰ったらすぐに詰め寄ってくるぞ、どこで何をしていらっしゃったんですか～？　なんて」

ハティから隠れるのは至難の業だ、と笑うルーシャンを見上げ、ビナイもふにふにと笑う。

（俺は、もう、これだけで十分幸せだ）

橙と、紫と、藍色に染まる美しい夕暮れの中で、愛しい人の側にいられる、触れられる、笑っていられる。それだけで十分だ。

研究対象でも、ただ形だけの「運命の番」だとしても、ビナイは今この瞬間がとても幸せだと思った。とても、とても……。

二十二　side ルーシャン

「最近、ビナイ様と仲が深まっているようで、何よりでございます」

ビナイの部屋で、獣になった彼を寝かしつけた後。ちょうど部屋を出たところを、ハティに見つかってしまった。すぐに研究所に戻ればよかったのに、久しぶりに自室にでも戻るか、なんて思ったのが間違いだった。

「まぁまぁまぁ！　あらあらあら！」

と騒ぐハティを引きずるように連れて移動し、今は彼の淹れた茶をいただいている。

ハティは「こんな夜更けにΩであるビナイ様の部屋を訪問されるのはいかがなものかと思いますが、いずれそういう関係になられるというのであれば大目に見ないこともありません」なんて言いながら、終始ご機嫌な様子だった。

「ん？　ルーシャン様、動物の毛のようなものがお召し物についていますよ」

ハティは思い込みの激しいところもあるが、観察力のある優秀な使用人だ。ルーシャンの服についたビナイの毛をめざとく見つけて首を傾げている。この屋敷で動物は飼っていないので、当然の疑問だろう。

ルーシャンは「あぁ、ちょっと研究でね」と言って誤魔化した。

ビナイが獣に変身できることは、誰にも明かしていない。ビナイがそれを望んでいなかったし、それに……ルーシャン自身が「まだ誰にも知られたくないな」と思っていたからだ。どうしてそう思うかは……考えたことがなかった。

(そういえばそうだな)

はて、と自分で自分に問いかけて、ルーシャンは顎に手を当て、ビナイの姿を思い浮かべる。

先ほどまで自身の膝の上でごろごろと喉を鳴らしていたビナイは、大きな猫のようで、とても……。

「ねぇハティ」

「はい？」

「ビナイくんって可愛いよね」

――ガチャガチャガッシャーンッ！

「わぉ」

ハティがひっくり返した茶器が、見事に砕け飛ぶ。ルーシャンはそれを見て、パチンッと指を鳴らした。床にぶつかって砕け散った陶器が集まり、しゅるしゅると元の姿に戻っていく。

「それ、気に入りの茶器でしょ？　気をつけないと……」

「ビ、ビ、ビナイ様に可愛らしさを感じていらっしゃるのですか？　ルーシャン様が？　可愛いと……？」

「駄目だよ、……って、あぁビナイくん？」

割れて、そして元に戻った茶器に目もくれず、ハティはわなわなと震えている。ルーシャンは「うん」と軽く頷いた。

「可愛いよね。最近彼といると『かわいいなぁ』って言いそうになることが増えてさ」

そう。ビナイは可愛い、可愛らしい。記憶に新しい、つい先ほどのビナイを脳裏に呼び戻す。

ふかふかの黒い毛に宝石のような紅い瞳。今にもこぼれ落ちそうなそれをぱちぱちと瞬かせる様なんて、可愛くて溜め息が出てしまう。ルーシャンの膝の上に顎をのせて寛いでいる姿も可愛いし、時々舌をしまい忘れているのも可愛いし、背中を撫でるとふりふりと左右に揺れる尻尾も可愛い。

時折我慢できないとばかりに、ころんと腹を見せて寝っ転がるのも可愛くてたまらないし、その上照れたように「にぁ」と鳴かれた日には……思う存分腹を撫でてやりたくなる。とにかくもう仕草のひとつ、視線のひとつ、どれをとっても見事に可愛らしいし、愛らしい。

何度か「かわいい」と本人にも言いそうになってしまったが、今のところどうにか口に出さずにすんでいる。

「ひぇ……ルーシャン様が他者に対して『かわいい』と思う日が来るなんて……」

「えぇ？　私だって何かを愛らしいと思う気持ちくらい持っているよ」

妙に失礼なことを言うハティにそう返すと、彼は「いいえ」と力強く首を振った。

「ルーシャン様にお支えして早二十と五年、その間ルーシャン様が人間に対して『可愛い』と仰ったことはないと断言できます」

まぁ「人間」はね、と心の内で呟いてから、お茶をひと口飲む。

（人間以外の動物には可愛いと思ったこともある……、ん、あったっけ？）

そもそも人間を含めて生き物と関わること自体極端に少ないので、動物に対して「可愛い」なんて思ったこともないかもしれない。

「ルーシャン様……それは、あれなのではないですか？」

「あれ？」

自分の「可愛い」に対して、んー……と悩んでいると、ハティがやたら重々しい口調で抽象的なことを言い出した。

「あれって？」

「ビナイ様に、あれ……したんじゃないですか？」

ハティはそこで一度言葉を切ると、ごくり、と側から見てもはっきりとわかるくらい喉を鳴らした。

「恋を、したんじゃないですか？」

「こい」

こい、こい、恋だ。一瞬「こい」が何を指しているかわからず、「恋」と結びつけるのに時間がかかってしまう。

思いもしない方向から石が飛んできたような、そんな気分だ。ルーシャンは、ぽかんと口を開いて……次いで、ふ、ふ、と込み上げてきた笑いを爆発させた。

「ははっ、恋か、うん、恋ねぇ」

あっはっはっ、と大口を開けて笑うと、ハティが「なにを笑ってらっしゃるんですか！」と眉をキリキリつり上げた。

「他者に対して『可愛い』なんて思うのは、相手に好意を抱いている証拠。ましてやルーシャン様とビナイ様は運命の番！　恋の始まりと考えても何もおかしくないでしょう！」

「可愛いと思えば恋になるのであれば、君は茶器に恋していることになるな。よく『可愛い』『愛らしい』『美しい』と褒めそやしているじゃないか」

くっくっ、とどうにか笑いを抑えながら、ハティが手にした茶器を指で示す。

ハティは茶器を集めるのが趣味で、新しいものを手に入れるたびに撫でながら愛でている。ルーシャンが小さな頃から、ずっとそうだ。可愛い可愛いと撫でる様子と、自分がビナイを撫でる様子。何が違うのかわからず、ルーシャンはまた笑ってしまう。

「それはそれ、これはこれです！　そもそも人間と茶器ではまったく違うじゃありませんか！」

「そうかな」

そうです！　とハティは怒っているが、ルーシャンはそれを眺めて頬杖をつきながら「そうかなぁ」

ともう一度小さく溢した。

実際のところ、ルーシャンにとっては、人間も茶器もそう変わらない存在だ。もちろん生き物と無機物という違いを理屈ではわかっているが、ルーシャンにとってそれは同等の価値に感じる。

自分の中に大事なものの優先順位はあるが……ある程度より下のものは人間でも無機物でもほぼ同じ。外聞が良くないというのは重々承知しているので、大っぴらに口にはしないが。

『傍観者でいなさい』

不意に、およそ人らしい温度のない……冷たい声が耳の奥に蘇って、ルーシャンは少しだけ目を伏せた。


『傍観者でいなさい』

それはルーシャンが幼い頃、まだ存命だった母によく聞かされていた言葉だ。

ルーシャンの母は若かりし頃、ヴィラルハンナで一番の魔力を有する人だった。

魔法使いとして軍に務めていた彼女は、強く、気高く、聡明で。その魔力を見込まれて王妃として召し上げられ、子孫を残すためだけに王と交わることになって……それでも毅然と生きていた。

子育てを乳母たちに任せていた彼女は、ほとんど子どもたちと接することはなかった。それは、兄弟の中で唯一強い魔力を持って生まれたルーシャンも例外ではなかった。

ただ、時折顔を合わせた時は必ず「ルーシャン、あなたは常に傍観者でいることを心掛けなさい」と言われた。小さい頃は「どうして会うたびにこの言葉しかくれないんだろう」と思っていたが、大人になるにつれその意味を理解できるようになっていった。

（私が、魔力を持っているから）

強い魔力を持つ者は、持たない者と同じ視線で物を見ることができない。ルーシャンも幼い頃は魔法を使えない者を見て「どうしてこんな簡単なこともできないんだろう」と思っていた。持つ者として、無意識のうちに持たざる者を侮(あなど)ってしまうのだ。

そうならないために、常に俯瞰的(ふかんてき)に物事を捉えなさい、と。きっと母は、そう伝えたかったのだ。

（まぁ、それにしても言葉が少なすぎだけど）

軍人気質の彼女は王妃となっても自分に、そして他者にも厳しい人だった。今でこそわかっているが、幼いルーシャンにそれを理解するのは難しかった。だからこそ「傍観者でいなさい」としか言わない彼女を「冷たい人だ」とも思っていたが……。

何にしても。今のルーシャンは母の言葉の意味もわかっているし、そうあろうと思っている。傍観者でいることは難しいことではない。

けれど……。

（ビナイくんのことは、どうなんだろう）

彼を可愛いと思うのはどういった理由からだろう。

初めて遭遇した半獣だから、フェロモンの相性がいい「運命の番」だから、彼自身の人間性を気に入っているから。まぁ、理由は色々あるだろう。

（恋、ねぇ）

ハティはそれを「恋」だというが、ルーシャンは首を捻らずにはいられない。

恋とは、自分ではない人に強く惹かれること。切ないまでに深く思いを寄せること。その心のことをいうのだと、ルーシャンは知識として知っている。

自分がそこまでの感情をビナイに対して抱いているのかというと、なにか、こう……。

そこまで考えて、ふと、数ヶ月前の記憶が蘇った。強く、心惹かれたビナイの表情。あの時……。

(あの時、私のシャツを必死で摑んでいたな)

ルーシャンのシャツたった一枚を大事そうに胸に抱き込んで、「俺の」と言っていたビナイ。泣きながら、自慰すらできず、それでも必死でそれに縋っていたビナイ。

それから。懸命に勉強に励むビナイ。小さな体で刃物を持った男に向かっていったビナイ。ルーシャンに傷ひとつ付けることは許さないと激高していたビナイ。色々な瞬間のビナイが胸に浮かぶ。

胸の奥で、チリッと小さな火花が飛んだような感覚を覚えて、ルーシャンは「?」とそこを服の上から押さえた。

「立派に恋してらっしゃると思うんですけどねぇ」

いまだぶつぶつと繰り返しているハティを見て、ルーシャンはふと思い立つ。

「そもそも私、恋をよくわかっていないかもしれない」

ルーシャンの言葉に、ハティが「まぁ！」と嬉しそうな声を出す。

「そう、そうですよ、そうそう！」

「恋ねぇ」

「恋、恋について知りたいんじゃないですか？」

知らないものを知りたい、というのはルーシャンの性格だ。良いか悪いかはわからないが、これも「欲」の一種だろう。食欲より、睡眠欲より、性欲より、ルーシャンは知らないことを知りたい。

「だから、もっとビナイ様と……」

「アルバートに声をかけよう」

「一緒に出かけたり、二人の時間をぉっ…………って、何ですって？」

拳を掲げたハティが、言葉の途中で動きを止める。

「なに、え、なに……？　アルバート様？」

「アルバートだよ、覚えていない？　近衛騎士団第三隊隊長のアルバート・イヴラム」

「や、いや、存じておりますとも。ルーシャン様はご友人がたったお一人しかいませんから、唯一であるアルバート様を忘れることなどありません」

ハティの言葉に、ルーシャンは「ハティって私に対して結構辛辣だよね」と微笑む。

「アルバートって世間一般的に見て良い男ってやつでしょう？」

「まぁ、はい、そうですね……それは間違いないですが」

「ビナイくんも恋しちゃうんじゃない？」

「は？」

ハティはぽかん、とした顔で数秒固まってから、ぐにゃぐにゃと表情を崩して両手で頭を抱えた。

「ちょっと理解できないというか理解したくないのですが……」

「うん？」

「ビナイ様とアルバート様が恋仲になればいいな、その様子を近くで観察したら恋についてよくわかるかな、なんて考えてます……か？」

ルーシャンは、きょと、と目を瞬かせてから口元に手を当てた。

「え、駄目？」

「だぁあめですよ！　駄目ですよ！　駄目駄目駄目駄目！　何を考えていらっしゃるんですかっ！」

ハティの、怒涛のような「駄目駄目」攻撃に、さすがのルーシャンもわずかに仰け反る。

「そんな、人の気持ちを操作するような！　人道に反します！」

「操作するつもりはないよ」

無論、ルーシャンに人の心を操るような魔法は使えない。それは法により禁止されているからだ。

「ただ紹介しようってだけだよ。恋仲を取り持つために紹介することってよくあるよね？」

「いや、それとこれとは……っ」

ハティが「別で、だから、その、あれで」と言葉にならない単語を重ねる。とにかく反対、ということらしい。しかしルーシャンからしてみればその反論は通らない。

「ハティ達だって、私と恋仲にするためにビナイくんを連れてきたんだろう？　『運命の番』という繋がりを免罪符にして」

ハティとガルラは、ルーシャンの気持ちを無視して、勝手に「運命の番」であるビナイを探し出し、この屋敷に連れてきた。なんと言い訳しようと、それは覆せない事実だ。

「それだって、人の道に逸れた行いなんじゃないの？」

誰かの介入なく、運命のように出会うことが「正」だとするなら、ルーシャンとビナイの出会いは間違ったもの、ということになる。

「それはっ」

「……というのは冗談だけど」

狼狽えたハティが気の毒で、少しおちゃらけてみせる。

彼が誰のためにそんなことをしたのか、わかっていないわけではないからだ。ハティはいつだってルーシャンのため、そしてこの国のために心を砕いている。それを端から否定する気はないのだ。

「恋仲云々を抜きにしても、ビナイくんとアルバートは気が合うような気がするんだよね」

「はぁ……、そう、ですか？」

ルーシャンの真意を探るような視線を、ハティがじと……と向けてくる。が、それを受け流してルーシャンは微笑んだ。

「ビナイくん、これまで友人の一人もできたことないみたいだからさ。友人候補としてもどうかな〜、って」

悪くないよね？　と半ば有無を言わせぬ態度で問いかける。ハティはもちろん反論できるはずもなく、「いや、まぁ……」と言葉を詰まらせ、かなりしぶしぶといった顔で頷いた。

「じゃ、数日のうちに会えるように計画するから。とりあえずアルバートをこの屋敷に呼ぶね」

「っ……わかりました。しかし、しかしせめてっ。ビナイ様を傷つけるようなことだけはされないでくださいね」

　必死な様子で頼み込んでくるハティは、どうやら本気でビナイのことを慮っているらしい。

　ルーシャンは「おや」という顔でそんなハティを見やった。ルーシャン第一主義のハティがビナイを気遣うとは、意外だったからだ。

「ビナイくんのこと、気に入ってるんだね」

「そりゃあ……、あんなに邪気のない方は珍しいですし。何事にも一生懸命で、応援したくなって……」

　ハティはそう言って、そしてもう一度大きな溜め息を吐いた。

「だからこそルーシャン様と波長が合うといいますか……。ビナイ様はルーシャン様を好いていらっしゃると思うんですけどねぇ」

「ビナイくんが、私を？」

　最近のビナイの様子を思い出す。

　ここしばらくはほとんど毎日のようにビナイに会いに来ている。もちろんそれは、半獣であるビナイの様子を見るためだ。研究は、継続して観察をすることが大事なので、できる限り一日に一回は顔を見ることにしている。

　部屋を訪ねると「ルーシャン様、こんばんは」と笑うビナイ。勉強を教えると嬉しそうにするビナイ、少し恥ずかしそうに獣の姿になるビナイ、膝の上でくつろぐビナイ、背中を撫でると尻尾を揺らすビナイ、……。

「んー、好きとは違うんじゃない？」

野生の猫が懐いた、という方が正しい表現じゃないだろうか。まぁ懐かれて悪い気はしないが。

けろ、とそう返すとハティは「わかってない」と、渓谷もかくやというほどの皺を眉間に刻んだ。

「後で後悔されても知りませんからね」

そう言うと、彼はやれやれと肩をすくめて首を振った。まるで、ルーシャンの方が何か間違ったことをしているかのように。

（なにをどう後悔するっていうんだか）

このままビナイをこの屋敷に住まわせ続けるのもいいが、彼個人の幸せを思うなら良きαと番わせた方が余程良い選択に決まっている。もちろん半獣としてルーシャンの研究に付き合っては欲しいが。

彼がもっと幸せになったら、あの可愛い笑顔を、自由に駆ける姿を、もっと見ることができるだろうか。

ルーシャンは穏やかな気持ちで、茶をひと口飲んだ。

二十三

「今日はさ、庭に出ようか」

なんてルーシャンに誘われて。ビナイは「はい。お供します」と神妙な顔で頷きながら、内心わくわくと心を弾ませていた。

「お供って、ビナイくんは従者じゃないでしょ」

こつ、と頭を小突(こづ)くような真似をされて、ビナイは頭に手をやって「へへ」と笑ってしまった。

ルーシャンへの恋心を自覚してからというもの、「駄目だ」とわかってはいるのに彼の一挙手一投足にそわそわしてしまう。彼が部屋に来てくれれば嬉しくなるし、「撫でてあげようか?」と言われるといそいそと獣になってしまうし、急所である腹まで見せてねだってしまう。

(ルーシャン様は、俺のことを……研究の対象としてしか見ていないのに)

ルーシャンは毎日のように会いに来てはくれるが、でもそれはビナイの体調を確認するためだ。研究対象の動物が体調を崩して、最悪死にでもしたら大事(おおごと)だからだろう。

まぁ確認だけなら、撫でたりする必要はないはずだが……それはルーシャン曰く「習慣になっちゃった」とのことだった。そう、ただ習慣だ。

(だからそう、喜んじゃいけない。喜んじゃ……)

でも今日は庭に誘われた。

ルーシャンの屋敷の庭は、手入れが行き届いていてとても綺麗だ。寸分違(たが)わず切り揃えられた庭木に、色鮮やかな花が並んだ花壇。小さいながら小川も流れており、そこには細かな意匠を施(ほどこ)された石橋もかかっている。

そんな広々とした美しい庭をルーシャンと二人、並んで歩くなんて……。

(なんだか、夢みたいだ)

もしかしたらそこで花を見ながら茶でも飲むのかもしれない。いや、ハティなら間違いなくそういう場を準備してくれているだろう。

机に向かい合い、うふふあははと話しながら微笑み合う自分たちを頭に思い浮かべて……ビナイはぶるるっと首を振った。

(……いや。いや、こんなことばかり考えて、ふしだらな!)

自分の思考の恥ずかしさに、ぽこ、と頭を叩く。

「おや、なにしてるの?」

隣を歩くルーシャンが驚いたように目を丸くして、そしてビナイが今叩いた頭を撫でた。

「わ」

「よしよし、こんないい子をなんで叩くのかな」

自分だってさっき小突くような真似をしたくせに、ルーシャンはまるで宝物のようにビナイの頭に優しく触れてくる。

なでなでと頭のてっぺんを撫でられて、ビナイは「や、あの」と顔を俯ける。多分、耳の端まで赤くなっているはずだ。

「ビナイくんの頭ってとても小さいね。こんな、こう、……これくらいだ」

何に驚いているのか、ルーシャンが自身の両手で「こう」と小さい輪を作った。どうみてもそれは人間の頭の大きさではなく……ティーカップほどしかない。

「そ、そんな小さくないです」

「そう?」

ルーシャンは輪を自分の顔の前に持ってくる。やはり輪は小さくて、ルーシャンの両目がようやく入るくらいのサイズだった。

「……うーん、さすがにこれは小さすぎたか」

「そりゃそうですよ」

思わず心のままに溢して、それがあまりにも乱暴な口調だったと気付く。慌てて両手で口を覆ったが、ルーシャンは気にした様子もなく「このくらいだと思ったんだけどなぁ」としきりに輪を覗き込んでいた。

(……こんな風に話しても、何も言われない)

ほとんど毎日会っているせいか、次第と口調が砕けてきてしまっている。

元王子であり、衣食住……どころか勉強の世話までしてもらっているルーシャンに礼を尽くすのは当たり前のことだというのに。なのに、ルーシャンはビナイの態度が悪くても、何も言わない。ただ自然に受け入れてくれる。

ルーシャンは「それが当たり前」というが、そんなことないのはビナイだってよくわかっている。なにしろビナイは十数年、そうじゃない環境で生きてきた。

当たり前ではないこの幸せを、ビナイは大事にしたい。

庭へと続く回廊(かいろう)を、ルーシャンとビナイは並んで歩く。この廊下の突き当たりに、庭へ出るための扉がある。そこを開ければ、色鮮やかな世界が広がっているのだ。

「この時期はサイネリアの花が綺麗ですよね」

「おや、よく知っているね」

この屋敷には色々な本があるので、ビナイは色々なことを学んでいる。庭に咲く花があまりに見事なので「花の名前が知りたいです」と言ったら、ハティが、綺麗に色が付けられた花の本を貸してくれた。

「ビナイくんの学習意欲は素晴らしいね」

「ありがとうございます」

褒められて、嬉しくて。ビナイの胸の内がほこほこと温かくなる。

「じゃあ今日はビナイくんから花の名前を教えてもらいながらお茶を飲もうかな」

「……はい！」

やはり庭でお茶を飲むのだ。ということは長い時間一緒にいられる。昼間に時間を共にするなんて中々ないのに。

嬉しくなって、ビナイはその場でぴょんぴょんと飛び跳ねそうな勢いで足取り軽く進む。……と、庭へ続く扉に手をかけたルーシャンが「あ」と声をあげた。

「その前に、ビナイくんに紹介したい人がいてね」

「……はい？」

開け放った扉の向こうから、肌寒い風と共に光が差し込んで、全身、明るい日差しに包まれる。眩しさに目を細めて、それに順応する前に……ピリッと肌がひりつくような感覚を覚えた。

「ルーシャン！」

同時に、低く、太い声が届く。ビナイは光の変化に慣れた目で、その声がした方向を睨みつけた。
庭の真ん中に、男が一人立っている。短く刈り上げた黒髪の、大柄な男だ。
その手に持っているものを確認して、ビナイは瞬間的に腰を落とした。
男の手には、真っ直ぐな刀身の剣が握られていた。ずっしりと重さのありそうなそれを軽々と持ち上げて、男がそれを構える。

「覚悟！　……はぁっ！」

「ルーシャン様、下がって……！」

ビナイは咄嗟にルーシャンを押しのける。そして、掛け声と共にこちらに走ってきた男の進行方向を遮るように躍り出た。

「なっ⁉」

剣を振り上げた男が驚いたようにビナイを見る。その隙を逃さず、ビナイは男の脇腹に掌底を見舞った。が、男が素早く身を引いたため、三割程度の力しか与えることができなかった。

「はっ！」

腰を落とし頭の位置を変えないまま、退がる男に攻撃を続ける。腹と、胸にそれぞれ二発ずつ。しかし男はそれをすべて剣の柄でいなしてきた。手の甲を柄で打ち据えられそうになり、ビナイは舌打ちして、タッと跳躍して距離を取る。

「ウゥウッ！」

「なんだお前は！」

低く唸りながら鋭い視線を向けるビナイを、男もまた剣を構えながら睨みつける。

――と、その時。

「あ、ごめんごめーん。二人ともやめて」

呑気な声が後ろからかかって、ビナイ、そして男もまた、勢いを削がれたようにその場で足踏みするはめになった。

「は？」

「え？」

呑気な声の主は、ルーシャンであった。

「あっちは私の友であるアルバート、そしてこっちは私の『運命の番』であるビナイくんだ。二人とも仲良くしてね」

ルーシャンはのんびりとそう言って、剣を構えた男、そしてビナイを指した。

「友人っ？」

「運命の番っ？」

ほんの一瞬前までバチバチと睨み合っていたビナイと男はほぼ同時に素っ頓狂な声を上げる。互いを見つめ合って、不審な目を向け合って、最後にはなんともいえない表情を浮かべて「どうも……」と頭を下げることになって。

ルーシャンはその様子をただ見守って、うん、と満足気に頷いていた。

アルバート・イヴラム。ヴィラルハンナ王国の近衛騎士団第三隊隊長、由緒正しき貴族の出(で)で、ルーシャンの幼馴染であり唯一の友。

すっきりとした黒髪に、凛々(りり)しい眉、涼しい目元。広い肩幅やごつごつと節(ふし)くれだった手が日頃の運動量を思わせる、偉丈夫(いじょうぶ)だ。

「あの、あの、すみませんでしたっ、あの……すみません、すみません……」

アルバートの話を聞いて、ビナイは真っ青(まっさお)に青ざめて頭を下げて謝罪を口にした。

衝撃の出会いを果たしてから、数分後。ビナイと、そしてルーシャン、アルバートは同じ机についていた。ハティが茶を用意してくれている間、自己紹介を兼ねて話しているのだが……ビナイは冷や汗が止まらない。よりによってルーシャンの友人を、殴ってしまったのだ。知らなかったこととはいえとんでもない、とんでもないことをしてしまった。

ゴンッ、と机に額を擦り付ける勢いで頭を下げるビナイに、アルバートは「いや」と首を振る。

「君は、さっき俺に向かってきた子と同一人物か？　あまりにも雰囲気が……」

「すっ、すみません！」

向かってきた、という言葉に震え上がって、ビナイはさらにゴンッゴンッと頭を下げる。

「はいはい、傷がついちゃうから」

勢いよく下げた頭と机の間に、ルーシャンがスッと手を差し出してくる。

「あ、すみません……机に傷が」

「んー、そうじゃないんだけど」

机を気にするビナイに、ルーシャンがなんとも言えない笑みを浮かべる。と、それを見ていたアルバートが一瞬「お」という顔をした。しかしすぐにそれを消して「で？」と続けた。

「君は、ビナイくん……だっけ？」

「はい。先ほどは大変失礼いたしました。あの、ルーシャン様を狙う賊かと思って……」

素直に伝えると、「賊？」と目を丸くしたアルバートが「ははは っ！」と大口を開けて笑った。

「俺が賊か、いやたしかに急に番に剣を向けられたらそう思うよなぁ」

膝を叩いて笑うアルバートは、どうやら豪快な人物らしい。突然手を出してきたビナイに怒るでもなく、むしろ楽しそうに笑っている。

その余裕のある雰囲気は、どこかルーシャンと似通っているようにも感じる。だからこそ唯一の友、なのかもしれないが。

「会うたびに手合わせをするのが俺たちの決め事なんだ。勝った方がひとつ言うことを聞くと決めていてね。ま、今のところ引き分けばかりだが」

「手合わせ……引き分け？」

しかしそれは、魔法が使えるルーシャンの方が有利なのではないのだろうか。そんな気持ちを込めて、ちら、とルーシャンを見やる。と、どうやらビナイの視線の意図を察したらしいルーシャンが微笑んだ。

「アルバートも魔力持ちなんだ」

「えっ！」

「ルーシャンに比べたらかなり少量だけどな」

アルバートも否定することなく頷く。そして、ぐ、と手を握りしめた後、ふんわりと手を開く。そこにはぼんやりと光が宿っていて……やがてパチンッと弾けて光の粒になった。

「わぁ……！」

「この力で、最低限の魔法攻撃は防ぐことができる」

目を丸くするビナイに笑って、アルバートは「それに」と続けた。

「俺には剣技があるからな」

それで二人は挨拶がわりに剣や魔法でぶつかりあっている、ということなのだろう。ビナイには理解しがたいが、それもまた友情ということなのだ。多分……。

「仲がいいんですね」

「まぁこいつには俺以外に友人と呼べる存在がいないからな」

「それは君もだろう、アルバート」

やいやいと言い合う二人を見比べて、ビナイはなんだか愉快な気持ちになる。ルーシャンがこんな風に人と対等に話している姿を見るのは初めてだったからだ。

魔法にしか興味のないルーシャンの人間らしい姿を見れたのが嬉しいというか、なんというか。不思議な心地でビナイは二人の様子を見守った。

二十四

出会いこそ微妙ではあったが、その後は比較的穏やかな時間を過ごすことができた。

アルバートは快活で人当たりがよく、明らかに身分の低いビナイに対しても、侮ることもなく「君の身のこなしは素晴らしい」「どんな訓練を受けたんだ」と興味深そうに問うてくれた。

「今はガルラさんに訓練を受けています」

と素直に答えると、アルバートはとても驚いた様子で「ガルラ様に⁉」とその黒々とした目を丸くしていた。椅子から転げ落ちそうになって、慌てて片足で踏みとどまっている。

「え、え?」

まさかそんなに驚かれるとは思わず、ビナイもまたびっくりして仰け反ってしまった。

「ルーシャンの護衛をしていることは知っていたが、まさか……人に指導するなんて」

「ガルラさんって、有名な方……なんですか?」

アルバートの反応に驚いて問うてみると、彼は「知らずに教わっていたのか?」とどこか歯痒そうに額に押さえて、そして重々しい溜め息を吐いた。それから、組んだ両手を机の上にのせ、きり、と鋭い表情を浮かべてビナイをまっすぐに見つめる。

「ガルラ様は伝説とも言われた剣豪で、ヴィラルハンナ王国軍の英雄だったんだ。人に教えることはほとんどなく、軍の指導役として呼ばれても断られていると聞いていたが……」

「で、伝説の英雄？」

　思いがけない情報に、今度はビナイの方が目を見開いてしまう。そしておそるおそるルーシャンの方を見やった。

「ルーシャン様、あの……」

「うん？」

　ルーシャンは話を聞いているのかいないのか、穏やかな表情で首を傾げていた。

「俺、ガルラさんに指導を受けていていいのでしょうか？」

「ガルラが指導すると言ったんだから、いいんだよ」

　一瞬、きょと、という表情を浮かべたルーシャンが「ははっ」と朗らかに笑って肩をすくめた。

「でも、そんな……英雄様とは知らずに」

「私もハティも、そしてガルラ自身も、君にそのことを教えてないでしょ。私たちにとってその事実はそれほど重要じゃないってことさ」

「そう、でしょうか？」

　半信半疑で首を傾げると、ルーシャンは気軽に「そう、そう」と頷く。

「それでビナイくんがガルラに対する態度を改めちゃったら、それこそあいつは悲しむと思うよ。あまり気にせず、いつもどおりに接してあげておくれ」

　ビナイはしばしルーシャンの言葉の意味を考えてから「はい」と頷いた。

「ほぉー」

と、場違いに、明るい感嘆の声があがった。アルバートだ。彼はビナイとルーシャンを見比べて、どこか感心したように頷いている。

「お前が『運命の番』なんて、研究のしすぎでどうかしてしまったのかと思ったが……なかなかどうして、上手くやっているんだな」

顎に指を添え、うんうん、と頷くアルバートが何に納得しているのかわからず、ビナイは「?」と彼とルーシャンを見比べることしかできない。

「上手くやってるとも。ね、ビナイくん?」

「え、あ、はい」

肯定していいのか迷ったものの、ぴかぴかの笑顔を向けられて「いいえ」と言えるはずもない。嬉しくなってしまった気持ちを隠すように、ビナイは顎を引いた。

「上手く、やれて、たらいいなと……はい」

しどろもどろで答えると、アルバートがますます感心したように「ほぉ――」と笑った。

そよそよと、冬にしては温かな風が吹く庭で、ビナイとルーシャン、そしてアルバートはしばし会話を楽しんだ。

＊

「ビナイくん。アルバート、どうだった?」

その夜。いつものように寝室に現れたルーシャンに唐突にそんなことを問われて、ビナイは「へ？」と間抜けな声をあげるはめになった。

「アルバートだよ。いい奴だろう？」

ビナイは昼間に会ったアルバートの爽やかな笑顔を思い出しながら「とても朗らかで、親切そうな方です。それに、剣の扱いも素晴らしかった」と答えた。途端、ルーシャンがパッと顔を明るくする。

「そうだろう、そうだろう。アルバートは今時珍しいくらいの身持ちの固い男でね。剣の腕も上々。顔も悪くなかっただろう？」

そこまで聞いて、ビナイは「なるほど」と内心手を叩く。どうやらルーシャンにとってアルバートは自慢の友人らしい。きっとビナイに、こんな素晴らしい友人がいるんだ、と披露してくれたのだろう。

（ルーシャン様にも人間らしい一面があるんだな……いやいや、なんて失礼なことを）

どうしてアルバートを引き合わせてくれたのか。今日一日ずっと疑問だったのだが、今のルーシャンの言葉で合点がいった。

ルーシャンの私的な部分を見せてもらえたような気がして、ビナイはなんだか嬉しくなってしまう。なにしろルーシャンは、年中研究のことを考えているような人だ。それが、自身の友達を自らビナイに紹介してくれるだなんて。まるで、ビナイもまた「特別だよ」と言ってもらえたような心地になる。

（どうしよう、なんだか、これ……）

嬉しい。という感情で、自然と頬が緩んでしまう。にこにことだらしなく緩む頬を両手で押さえていると、ルーシャンがビナイの顔を覗き込んできた。

「嬉しそうだね」

「えっ、あ、はい。アルバート様を紹介していただけてよかったな……と。とっても嬉しいです」

ルーシャン様に心を許してもらえたような気がするから、とはさすがに言えず、飲み込む。ルーシャンは少しだけ驚いたように目を丸めた後、ふぅん、と鼻を鳴らした。

「それはよかった。紹介した甲斐があるよ」

（あれ？）

先ほどまでにこにこ笑顔だったのが、どこか拗ねたような顔に変わってしまった。

「あの、素敵な方でした！　本当に、とても」

褒め足りなかったかと言葉を重ねるが、ルーシャンは「そっか」と素っ気なく頷くだけだった。

（ルーシャン様？）

ルーシャンの突然の変化の意味がわからず、ビナイは戸惑い黙り込むことしかできない。

何と声をかけようかと悩んでいるうちに、ルーシャンは「うん、まぁよかったよかった」と調子を取り戻して……結局、そこからはいつも通りに戻った。

ビナイは獣の姿に変身して、ルーシャンはそんなビナイを撫でて。いつの間にかビナイは眠りに就いていた。

夜中にふと目が覚めた時、そこにはもちろんルーシャンはおらず、ただ微かに彼の残り香だけが漂っていた。

ビナイは彼の匂いが少しだけ染みついた掛け布をギュッと握りしめて、ごろんと寝台を転がる。

（ルーシャン様のことが、もっと）

毎日会えるのに、撫でてもらえるのに、それだけで幸せなはずなのに。それで十分だと頭では理解しているのに。なのに「もっと」を求めてしまう。

（もっと知りたい、なぁ）

きっと今日少しだけルーシャンのことが知れて、その喜びを知って、気持ちが昂っているのだ。

（ハティさんやガルラさん、他の使用人の方にルーシャン様のことを聞いてもいいんだろうか）

これまで、ビナイからルーシャンについて尋ねたのは本当に数えるほどだ。Ωがαのことを知りたいなんて恥知らずなことだったからだ。それに、身分の高いルーシャンのことを「知りたいです」「教えてください」なんて失礼かと、そう思っていた。

でも今、少しずつルーシャンのことを知っていくたびに高鳴る胸が、嬉しさにじんと痺れる心が、たまらなくビナイの衝動を揺さぶる。

（ルーシャン様）

目を閉じると、彼の笑顔が浮かぶ。笑顔が浮かべば「ビナイくん」と名前を呼ぶ声が耳奥に蘇る。温かい手が、鼻をくすぐる甘やかな香りが、優しく身を包む……。

「ナォウ」と天に向かって吠えたくなって、ビナイは慌てて人間の姿に戻った。

「ん……くっ」

人間の姿に戻って、裸の胸に手を添える。ドキドキと高鳴ってはいるが、先ほどまでの衝動は少し落ち着いていた。

なんだか「ルーシャンのことを好き」と自覚してからというもの、自分がどんどん欲深くなっているようで怖い。

(気をつけないと)

ビナイはぶるるっと首を振りながら、足元に脱ぎ捨てていた寝巻きを手繰り寄せる。そしてのそのそと身に纏い、最後に首にかかった御守りを……縋るように握り締める。

(神様。俺に、こんな欲深い俺に罰を……)

「……違うっ」

心の中で神に罰を求め掛けて、慌てて思考を遮る。長年にわたって染みついた癖は、中々抜けそうにない。自分を罰したい時、ビナイはすぐに神にそれを求めてしまう。

「違う、違う、そうじゃなくて」

そうじゃなくて、とビナイは自分で自分の頭を抱えた。中途半端に羽織った上着がはらりとはだけて、肩が露わになる。

(俺は、ただ……)

ルーシャンはビナイのことを好いているわけではない。ビナイと番になる気もない。なんなら研究対象としてしか見ていない。そんなことはわかっている。わかっているから、決して自分の気持ちを押し付けるようなことはしない。

(ただ、どこまで許されるのか、知りたいだけなんだ)

ルーシャンの笑顔を盗み見るのは、いいだろうか。

会いに来てくれると笑顔になってしまうのは、彼のために獣になるのは、彼に頭を撫でられたくて耳を伏せるのは、腕に尻尾を絡めるのは、いいだろうか。こうやって彼の匂いを求めて布を抱きしめるのは、いいだろうか。

彼のことを知りたいと思うのは……許されるだろうか。

（わからない。わからない、けど）

恋なんて初めてで、どうしていいかわからない。相手に迷惑にならないように恋をする方法がわからないのだ。

（誰かに相談できたらな……）

そんなこと、できるはずがない。ビナイの身近にいる人はハティと、ガルラと、それからルーシャンだ。ルーシャンに相談なんてもってのほかだし、ハティやガルラに話せば「ビナイ様に全面協力いたしますよぉ！」なんてルーシャンにビナイの気持ちを打ち明けかねない。

（誰かに）

たとえば母が生きていたら、彼女に相談できたのだろうか。もしくは、ビナイに友人の一人でもいれば……。

「……やめよう」

あまりにも非現実的な想像に、ビナイは、はぁ、と深く息を吐いた。ビナイの母はとうの昔に亡くなっているし、ビナイには友人どころか知人すらいない。そんなの改めて考え込まなくてもわかっている。

ずり落ちた寝巻きを肩にかけてきっちりと着込んだ後、寝台に寝そべって窓の外を眺める。

ちかちかと瞬く星はとても綺麗だ。綺麗なものを見るとルーシャンを、あの日彼と見た美しい夕焼けを思い出す。

（ルーシャン様）

何をどこまで許されるかわからないが、こうやって彼を思って心の中で呼びかけるくらいは……許して欲しい。

そんな小さな願い事を胸の中で繰り返して、ビナイはゆっくりと目を閉じた。

二十五

「あれ……アルバート様？」

アルバートと出会って数日後。

いつものようにガルラとの訓練に向かうと、思いがけない人物がいた。アルバートだ。

「やぁ先日ぶり」

片手をあげて挨拶を寄越すアルバートは、相変わらずの爽やかさだった。まるで彼の周りだけ初夏の風が吹いているような、そんな幻覚さえ見えてしまう。

爽やかな幻の風をその身に受けながら、ビナイも「その節は大変失礼いたしました」と礼をする。

「今時珍しいくらいきっちりとした礼を取るな。いやいや、こちらこそ、その節は大変失礼をした」

ハティ仕込みの礼の取り方はアルバートを驚かせたらしい。彼は瞠目した後、同じように礼を返してくれた。胸に手を当て片膝を下げる、その優雅な振る舞いは彼に似合っていて、ビナイは「おぉ」と感心する。洗練された動きを見るに、もうすっかりと彼の体に染みついているのだろう。

「あの。ところで今日は、どういった御用で……」

ルーシャンなら、相変わらずこの屋敷にはいない。それに、彼に会いに来たのであればこんな屋敷の裏手に来る必要はないはずだ。

「今日はね、ビナイくんと手合わせに来たんだ」

「………えっ、俺ですか？」

思いがけない話に、反応が一拍遅れてしまった。

「そう。そして是非ガルラ様にご指導賜りたいな、と」

アルバートはそう言って、ちらりとガルラを見やる。ガルラは腕を組んだままどことなく困ったように「いえいえ」と首を振った。

「一介の使用人である私などが近衛騎士団の隊長殿に指導など」

「あっ、指導ではなく、感想でいいのです。手合わせをご覧になった感想をいただきたく……！」

アルバートは手を擦り合わせるようにして「どうか、よろしくお願いします」とガルラを窺っている。

どうやらビナイとの手合わせより、そちら（おそらく「伝説」であるガルラに自身の腕を評価して欲しいのだろう）が目的らしい。ビナイは納得して笑った。青葉のように爽やかなアルバートが、ムン……とむっつりとした顔で髭を撫でるガルラに「なにとぞ」と頼みこんでいる姿の、その対比が……少し面白かった。

くすくすと笑っていたら、視線を感じて、顔を上げる。と、アルバートとガルラがそれこそ面白そうな表情を浮かべてこちらを見ていた。

「あ、あの、すみません……」

さすがに失礼だったかと、姿勢を正して口を引き結ぶ。すると、二人は顔を見合わせて笑った。

ははは、と笑う男たちを見比べて、ビナイは「え？」と首を傾げる。

「いえいえ、ビナイ様が楽しそうに笑ってらっしゃるのが珍しく……じろじろと見てしまってすみません」

「ビナイくんは笑っている方がいいな。うん、たくさん笑うといい」

ガルラもアルバートも、ビナイが笑うことを肯定してくれる。そしてまた二人も、ビナイと同じように楽しそうに笑っていて。

こんな風に笑顔に囲まれるのは初めてで、ビナイはどんな表情を浮かべていいかわからなくなった。……が、笑った方がいいと言ってもらっているのだから、笑うのが正解なのだろう。

「ん……、へへ」

楽しくというよりも、なんというか……にちゃ、と下手くそな笑みになってしまった。ガルラたちにも奇怪なものに見えたのだろう。まずアルバートが「ぶっ」と吹き出し、次いでガルラが顔を横向けて俯いてしまった。肩が震えているので、多分笑っている……のだろう。

「ははっ、ビナイくんは面白いな！」

「ビナイ様……くっ」

笑われてしまったが、それは決して嫌なものではない。自分たちより年少のビナイを温かく見守るというか……優しい空気が漂っていた。

村にいた頃、ビナイは笑うことさえ禁じられていた。笑うとαやβを誘惑していることになるからだ。笑うことも、肌をさらすことも、長く話すことも禁じられて。ビナイは「楽しむ」ということを忘れてしまっていた。

ビナイは「あはは」と顔を青空に向けて笑いながら、あぁそうか、と気付く。

（誰かと笑い合うって、こういうことだったな）

母が生きていた頃は、いくらかその感情も感じていたような気もするが、それも悲しい記憶に押しつぶされていた。今ようやく、それを思い出すことができた。

この屋敷に来てから新しい発見ばかりだが、こうやって昔を思い出すこともできる。それはとても、ありがたいことのように感じた。


いつもは訓練の後の手合わせはガルラと行うのだが、今日はアルバートと対峙(たいじ)することになった。

先日庭で会った時にも軽くぶつかり合ったが、互いに剣（といっても模造刀だが）を持って正々堂々戦うのはもちろん初めてだ。

最初こそ、アルバートに対する「ルーシャン様のご友人」「身分の高い貴族の方」といった意識が働いて腰が引けてしまったが、そのうち、そんな余計なことを考えていられなくなった。なにしろ、アルバートは腕が立つ。

ビナイは体の軽さを活かして、目眩しのように跳躍を繰り返しながら隙を見て攻撃をするようにしている。じっとその場に立ち止まって狙われるより、ちょこまかと動いて的を絞らせない方がいい……というガルラの教えから導き出した戦法だ。

しかし、アルバートはそんなビナイの動きを悉く見破ってくる。隙を狙って放ったはずの攻撃を軽々と打ち返され、肝心の一撃が入らない。どんなに動き回っても、彼の目から逃れられないのだ。

さらに、アルバートは一撃が重い。その体格に見合った重量級の攻撃は、上手く力を逃さないと一瞬で吹き飛ばされてしまう。目が良く、一撃は重たいのに動きは素早い。そんなもの、常人であれば太刀打ちできまい。幸いにしてビナイも目がいいので（なにしろ半獣人だ）、どうにか彼の攻撃をかわし続けたが……時間が経てば経つほど体力が落ちて不利になる。

最後は互いにへとへとになって、ガルラの「やめ！」に救われるような形になった。

ビナイは「獣人になれる」という必殺技（技ではないが）を隠していたが、アルバートも魔法を使わなかった。五分五分……いや、どちらかというとアルバート側に勝利が傾く。ビナイは少しだけ悔しい気持ちで、それでも素直に「参りました」とアルバートに頭を下げた。

「こちらこそ、参ったぞ。まさかこんなに強いなんて」

アルバートは「恐れ入った」と自身の手で模造刀の向きをくるりと変え、柄を差し出してくる。ビナイはしばし、きょと、とそれを見てから……ハッと同じように手に持っていた模造刀の柄を差し出した。

二人の模造刀の柄が、ガッ、と鈍い音を立ててぶつかる。アルバートはニッと口端を持ち上げてから「いい試合だった」とビナイを讃えてくれた。

(これ、本で読んだ、騎士の……)

互いの剣の柄をぶつけるのは、ヴィラルハンナの騎士が「共に戦う仲間」と認める時に行う所作である。

騎士が持つ剣は王族より賜ったものであり、まさしく「騎士の誉」である。その剣は常に騎士とともにあり、自分以外の誰にも持たせたりはしない。

剣の柄を打ち合うのは、そんな誇り高い騎士が「俺に何かあった時、お前にならばこの剣を任せてもいい」という意思を示す動作である。

昔はそう易々と行う行為ではなかったらしいが、今はその意味も多様に広がり、存外気軽にこの動作を行うようになった。たとえば「いい腕をしているな」と相手を褒める時などに……。

つまりビナイは今、アルバートに剣の腕を認められたのだ。

(認められた、俺が、騎士に……!)

驚きと興奮が身の内を駆け抜けて、運動後のそれとは違う熱で体が火照る。

「あ、ありがとうございます」

ぐっ、と胸の内から熱いものが込み上げてきて、鼻の奥がツンと痛くなる。

ビナイは慌てて頭を下げて、顔を隠した。多分、みっともなく鼻の頭が赤くなっているような気がしたからだ。

「いい試合でしたよ。見応えがありました」

ガルラが、ポン、とビナイの肩を叩いてから穏やかにそんなことを言ってくれて。ビナイはますます顔を上げられなくなる。

人に認められることが、こんなにも胸を熱くしてくれるなんて知らなかった。ビナイは下唇を噛んで「はい」と虫の鳴くような小声を返した。

「さて。では良かったところと悪かったところを、それぞれ述べさせていただきますね」

「おぉ、お待ちしていました」

溜め息混じりのガルラの言葉に、アルバートが歓声をあげる。その声があまりにも嬉しそうに弾んでいて、ビナイは俯いたまま「ふっ」と吹き出してしまう。

さすがのガルラも毒気を抜かれたのだろう。「はいはい」と言いながら少し笑っている。

結局ひとしきり三人で笑い合ってから、ビナイとアルバートはガルラの指導を受けることになった。

＊

ガルラの指導もいつもより熱が入っており、気が付いたら太陽は空の天辺(てっぺん)まで昇(のぼ)っていた。正午だ。

アルバートは、そのまま屋敷で昼食を食べていくことになった。ガルラが「昼飯時に何も食べさせずご友人を帰したとあっては、ルーシャン様に叱られます」と言い出したからだ。

すぐにハティに連絡して、ビナイとアルバートは昼食を共にすることになった。

「あぁ、アルバート様が……そうですか、はぁ」

そのことを聞いたハティがどこかしょんぼりと落ち込んで見えたのは、肝心のルーシャンがいないからだろうか。

「困りましたねぇ。このままではルーシャン様の思惑通りに」

なんてぶつぶつと言っては天を仰いだり、肩を落としたりしていた。

思い悩んでいる様子のハティではあったが、仕事はいつもどおり完璧だ。いつもはビナイ一人で食事を済ませる広々とした食堂の、これまた広々とした食卓の上、向かい合うようにアルバートの食事を手早く、美しく準備してくれた。

「私は扉の向こうに控えておりますので、ごゆっくりどうぞ……。あ、ゆっくりとは言いましても、お昼からのお勉強もありますからね。そんなにゆっくりではなく……ね？」

ね、ね、と妙に念を押してくる理由はわからなかったが、ビナイは「はい」と頷いた。

「いつも時間を割いていただいてありがとうございます。約束の時間にはちゃんと勉強を始めますので」

安心させるつもりでそう伝えると、ハティは「うっ！　なんて誠実な……。罪悪感で胸が潰れそうです」と余計しょぼしょぼとした様子で肩を落として部屋を出て行った。

いつも元気なハティがしょんぼりとしていると気にかかってしまう。

「ハティさん、どうされたのかな」

昼食を食べながらぽつりとひとりごとを漏らすと、アルバートは「ん？」と首を傾げていた。

「あの人大体あんな感じじゃない？」

「ハティさんをご存知なんですか？」

質問に質問で返す形になってしまったが、思わず気になって素直に問うてみる。と、アルバートは「あぁ」と頷いた。

「ルーシャンが生まれた時から従者として仕えているらしいし、何度も話したことはあるよ。俺の知る限り大体ずっとあんな感じだけど」

「あんな感じ？」

「気分の上がり下がりが激しい。ルーシャンに関することだと、特に」

「あぁ……！」

たしかに、と頷きかけて、慌てて口を引き結ぶ。さすがに……ハティに失礼すぎると気付いたからだ。

「ふっふっ」

アルバートは急にもごもごと口ごもったビナイを見て笑って、そして昼食に出された肉に豪快にかぶりつく。血の滴るような厚みのある肉（料理人は今日もビナイの好みに合わせて、肉料理にしてくれていた）を、大きな口であっという間に食い尽くしていく。

「はー……いい食べっぷりですね」

するすると食べ物が消えていく様は、まるで魔法のようだ。

「そうか？　騎士団ではみんなこんなもんだぞ。いや、これ以上に食べるな。食事は戦だ」

目の前にずらりと並んだ皿を見て「この倍は食べる」と言うアルバートに、ビナイは「えぇ？」と目を丸くした。

近衛騎士団がどんな集まりかよくわかっていないが、もしかしたら岩のような大男の集団なのであろうか。

「ビナイくんは、あの運動量の割には少食だな」

岩のような男たちが次々と料理を食べ尽くすところを想像していたら、今度はアルバートの方が不思議そうにビナイの手元を見やった。

「えっ、……そうでしょうか？」

食べることが好きだと気付いてからというもの、ビナイは食べる量が増えていた。

「前は野菜の葉先を入れたスープ一杯で一日過ごしたりもしていたので。それに比べたら、こんな風に具沢山な料理を三食食べられるだけで……」

「……は？　スープ一杯で一日？　ビナイくん……どんな生活を送っていたんだ？」

アルバートが胡乱気な目を向けてくる。どうやら正直に答えすぎたらしい。ビナイは「あ、えと」と言葉を濁した。

自分があの村で暮らしていたことを素直に伝えていいのかわからなかったからだ。自分がどんな風に暮らして、どんな神を信じて、どんな扱いを受けていたか。

以前は何も感じなかったのに、今は過去の自分を恥じる気持ちがある。それがどうしてだか、今のビナイにはまだ言葉にするのは難しい。

その頃と今の自分が変わったからだろうか。多分、前のままのビナイでは気付かなかったはずだから。

「それでもまぁ、ルーシャンに比べたら食べる方かな」

口ごもっていると、アルバートが笑いながらそう言った。

「ルーシャン様はそんなに少食なんですか？」

ルーシャンの話が出て、ビナイは思わず身を乗り出すようにして問いかける。目の前に置いてある皿がカシャッと甲高い音を立てて、慌てて「あ、すみません」と謝る。

わたわたとするビナイを見て、おや、というように片眉を持ち上げたアルバートは「いや、まぁそうだが」と続けた。

「ビナイくんもルーシャンと番なら、一緒に食事くらいするだろう？」

不思議そうな目で見られて、ビナイは肩を落とす。獣の姿ならしょんぼりとヒゲを下げて耳を伏せていただろう。

「や、あの……俺は、俺たちは、番ではなく……」

ビナイは手にしていたナイフとフォークを置いて、視線を彷徨わせた。

「ん？」と首を傾げるアルバートに、ビナイは口を開いて、閉じて、また開いて……「実は」と切り出した。

「じゃああいつは『運命の番』である君を放って、相変わらず研究にばかりのめり込んでいるわけだな」

腕を組んで断言するアルバートに、ビナイは「はい」と言い掛けて、曖昧に「いや」と濁す。

「研究にばかりのめり込んでいるといいますか、元々研究熱心だったルーシャン様の元へ俺が突然現れたので……迷惑をかけたと、いいますか」

そう。別にルーシャンは番を求めていたわけではない。だというのに、ビナイが突然押しかけるような形で現れた（ハティたちに連れられてきたとはいえ）のだ。衣食住の面倒まで見てもらって、感謝こそすれ文句を言える立場ではない。

「突然も何も、ビナイくんは『運命の番』として連れてこられたんだろう？　ルーシャンも君が屋敷に住まうことを認めているんだし、面倒を見るのは当然だ」

「そ、そうです、かね？」

そんなことはないのでは、と言いたいが、アルバートが妙に憤っているのでそれもできない。

「追い出そうと思えばいつでもできるのにそれをしない。けれど番契約も結ばない。そんなの、飼い殺しと同じじゃないか」

思わず、猫の姿になった自分が屋敷で飼われている姿を思い浮かべてしまって、ビナイは慌ててぶるるっと首を振る。

「『運命の番』と番うのはαの甲斐性だ。それを果たさず放ったらかしなんて、あの甲斐性なしめ」

「ちっ、違います！」

アルバートの強い言葉に、ビナイは咄嗟に反対する声をあげてしまった。驚いたようなアルバートの顔を見て一瞬迷うも、しかし……。

「ルーシャン様は、甲斐性なしではありません。俺は本当に良くしていただいてます。すぐにでも出ていくべきだったのに、俺は、ここに置かせてもらっています。ルーシャン様は、優しいから……」

ビナイはそこで言葉に詰まってしまう。それでも、からからの喉から搾り出すように続きを紡いだ。

「優しいから、俺を、追い出さないでいてくれる」

頭の中では何度も考えていたことだが、いざ言葉にすると悲しくて。ビナイは込み上げてくる熱い塊(かたまり)を、く、く、と数回にわけて飲み下(くだ)した。

「ルーシャン様に俺は必要ないのに、俺が……俺が、おそばにいたいだけなんです」

正直な気持ちを言葉にして、ビナイは震える吐息を溢した。胸と、そして目頭がツキツキと痛い。

「ビナイくん」

呆れられるか怒られるか、残念がられるか。

何と言われるかと怯え、できる限り手元ばかりを見るように視線を落とす。

「君、あいつのことを好きなのか」

静かな、しかし驚きに満ちた声だった。ビナイは飛び上がって、膝をテーブルにぶつけて、そして「っ！」と涙目で蹲(うずくま)るはめになった。

「ちっ、違います、違います、そんなっ、恐れ多い」

ふるふると首を振って否定するが、声が情けないほどに震えていて、自分で聞いてもまったく信(しん)憑性(ぴょうせい)がない。

誰にも知られるつもりはなかった。ルーシャンにも、ハティにも、ガルラにも。ましてやルーシャンと近い関係にあるアルバートになど、絶対に。

「俺が、俺がルーシャン様をなんて、そんな、めっ、滅相……」

滅相もないと言いたいのに、声が出てこない。代わりに、ほろ、と涙がひとつ溢れてしまった。

そこから先は言葉にならず、ビナイは「うぅ」と歯を食いしばって唸った。ほろ、ほろ、と拭っても拭っても涙が止まらない。

「ビナイくん」

カタン、と椅子を引く音がして。気が付いたら、正面に座っていたアルバートがすぐ側に立っていた。

「アル……」

「『運命の番』に惹かれるのはおかしなことではない。年齢も、身分も、何も関係なく惹かれてしまうんだ。……そうだろう?」

す、と顔の横に白いハンカチを差し出されて、ビナイはそれを見つめる。涙目でアルバートを見上げると、彼は思いのほか優しく微笑んでいた。

ビナイは悩んだ末に受け取り、目元に押し当てる。柔らかな手触りのそれは、ふんわりと優しい香りがした。

「俺にも『運命の番』がいるからな。君の気持ちはわかる」

「アル、……アルバート様にも?」

ひく、と喉を鳴らしながら問いかけるように見上げると、自分の席に戻った彼は「あぁ」と力強く頷いた。

「可愛らしくて、賢くて、愛らしくて、いい香りがして。こんなに愛しいと思える存在はいないと、生まれて初めて思った」

アルバートの言葉にはたしかな情熱がこもっていて、ビナイは泣きながら微笑む。彼が「その人」をどれだけ好きなのか、たったひと言ふた言でも、しっかりと伝わってきたからだ。

「だが、番契約は結んでいない」

「え？」

「彼は王子なんだ」

驚きの発言に、ビナイは「おっ、うじ様……」と言葉に詰まる。

ビナイのそんな反応に、アルバートはどこか愉快そうに片眉を持ち上げて笑う。

「そう、ルーシャンの末弟。ヴィラルハンナ王国の第六王子だ。ちょうどビナイくんと同じ年頃だな」

日頃元王子であるルーシャンと接しているので忘れてしまうが、王室とは、ビナイたち市井の人間からすると遠い存在なのだ。それこそ、手も届きそうにないほど、遠い……。

「俺はひと目見た時に『運命の番』だと気付いたが、王子はそうじゃない。彼はルーシャンが服用しているのと同じ、魔力入りの抑制剤を飲んでいるから」

こちらは「運命の番」だと強く意識しているのに、相手には気がついてもらえない苦しみを、ビナイはよく知っている。初めて出会った時、ルーシャンはビナイをまったく意識していなかった。

「まぁそれでなくとも、俺が選ばれることなんてないんだけどな。彼は高潔で、誇り高い。いずれ交渉の駒として他国に嫁がされる身だと自覚している、王族のΩだ」

ビナイは涙も引っ込んでしまった目を見開いて、アルバートを見つめた。「そんな……！」と悲壮な声を漏らしそうになって、しかし、アルバートの目に微塵も絶望が滲んでないのを見て言葉を呑み込む。

「それでも俺は、いつかあの人の番になるとそう決めている」

アルバートの声は静かで、凪いでいた。「運命の番」への熱い愛情なんて感じさせない涼しい態度だが、その目には強い意志が宿っている。

「立場も、彼の決意すら跳ね除けて番になれるように、騎士として誉れを立ててみせる。必ず」

それは誠実な男の余裕ある言葉にも聞こえたし、獲物が育つのを待つ獣の唸り声にも聞こえた。ふと見下ろした彼の拳が固く握り締められていて、ビナイは彼の覚悟のほどを知った。

「……ま、本人には……あぁ、もちろんルーシャンにもまだ言えないがな」

ようやく、に、と笑みを浮かべてくれたが、ビナイは上手く笑い返せなかった。

ただ優しく朗らかに見えていたアルバートが、まごうかたなきαの雄に見えて。ビナイは、自身の喉がからからに渇くのを感じた。

「さて。これで、秘密をひとつずつ出し合ったな」

唐突に、アルバートが打って変わって明るい声をあげた。

「……へ？」

「俺と君。これで対等だ。俺は君の秘密を誰にも言わないし、君も俺の秘密を言わない」

アルバートは「約束だ」と言って、不器用に片目を閉じた。そこでビナイはようやく、アルバートが自身の話をしてくれた理由を知った。ビナイがルーシャンに対する気持ちを隠したがっていることに気がついて、自身も同じだけの大きさの秘密を渡してくれたのだ。

黙っておいてもいいのに、アルバートは自らそれを差し出してくれた。

ビナイは目を瞬かせて、そして唇を歪めるように笑った。

「いいんですか？　俺なんかに、秘密なんて教えて」

「構わん。君の太刀筋はまっすぐだった。きっと君自身も、まっすぐな男なんだろう？」

わかっているぞ、と自信満々な顔で頷くアルバートは真顔だ。どうやら本気でそう信じているらしい。

ビナイがルーシャンに告げ口をするかも、なんてまったくこれっぽっちも思っていないようなその態度に……なんだか段々と笑いが込み上げてくる。

ビナイだってまだアルバートのことをよく知らないが、でも、彼が「嘘をつかないだろう」ということはわかった。なにしろ彼の太刀筋も、とてもまっすぐだったから。

「アルバート様も、とてもまっすぐな方ですよね？」

「あぁ、もちろん」

腕組みしながら頷くアルバートはやはり自信満々で。ビナイはたまらず腹を抱えて笑うはめになった。

笑いすぎて目尻に涙が浮かんでしまったが、それは手元のハンカチで拭わせてもらった。アルバートが「それを使ってくれ」と言ってくれたからだ。

「嫌でなければ、そのハンカチは贈呈するよ。秘密と、友情の証に」

アルバートの言葉にビナイは一瞬ためらったが、ありがたくそれを頂戴することにした。

「ありがとう、ございます」

それは、ビナイに初めて「友人」ができた瞬間であった。

二十六

side ルーシャン

久しぶりに、ビナイくんの訓練の様子でも見に行こうかな。

そう思ったのは、研究所にこもっておよそ数日が経った日のことだった。

研究所は王都ではなく、ヴィラルハンナ国の国境近くにある山の中に構えている。「研究所」なんて名付けているが、建物自体はそう大きくない一軒家だ。人間が普通に歩いてきても辿り着かない、獣道もない山頂付近の山奥。移動魔法を使えるルーシャンのみが行き来できる、いわば隠れ家のようなものでもある。王位継承権を放棄する前、まだ十代になったばかりの頃からルーシャンはよくここにこもっていた。

「一、二、三……五日くらいかな？」

どのくらい研究所にこもっていたかを考えるが、正確な答えは出てこなかった。なにしろ建物には窓ひとつなく、外が朝なのか夜なのかもわからないからだ。

睡眠は椅子の上、風呂は洗浄魔法、食事は必要最低限の栄養摂取。そうやって過ごしながら研究を進めていたのだが……。

「んー……今回は失敗かな」

時間がかかったわりに結果が伴わず、さすがのルーシャンも少し肩を落としてしまった。

「仮説では赤になるはずなのになぁ。出てくるのは青、青、青ばかり」

実験が上手くいけば、今ルーシャンの目の前で揺れている水の塊が赤になるはずだった。が、何度試してもそれは青にしかならない。ルーシャンは溜め息を吐いて、その水の塊を両手でパチンッと潰した。

ルーシャンの手のひらは少しも濡れることなく、水はどこへともなく消え失せる。

参ったなぁと呟きながら、椅子に浅く腰掛ける。ゆらゆらと揺れる壁際に置かれた灯りの、その赤い炎を眺めていると、宝石のようにつるりと輝く紅い目を思い出した。

そこで、思いついたのだ。「そうだ。こんな時はビナイくんに会いに行こう」と。

先日まで毎日のようにビナイの元を訪れていたのだが、研究にかまけて少し時間が空いてしまった。もちろんビナイの様子は見たかったが、実は、今取り組んでいる実験もビナイに通ずるものなのだ。

いずれにせよビナイのことばかり考えているということには気付かないまま、ルーシャンは上機嫌で立ち上がった。

研究所の扉を開けてみると太陽が正午前を指していた。今の時間なら、ビナイはガルラと訓練に励んでいる頃だ。筋肉をしならせながら飛んで跳ねるビナイを見れば、きっと心も晴れるだろう。

ルーシャンはうきうきと浮かれながら、移動魔法を使った。

「あれ？」

屋敷の外、いつもビナイとガルラが訓練に励んでいる場所に移動したが、そこには誰もいなかった。

いやよく見ると奥にある厩の前で、ガルラが木箱に腰掛け一人で蹄鉄を磨いている。ルーシャンは首を傾げながらそちらに向かう。

「ガルラ、今日の訓練は？」

「おや、ルーシャン様。……訓練ですか？　今日はもう終わりましたよ」

時間に厳しいガルラ、そして時間の限り体を動かしたいビナイにしては珍しい。ルーシャンは自身の銀髪をふわりとかき上げて辺りを見渡す。

「じゃあ、ビナイくんはハティのところ？」

「いえ？　ビナイ様は今日は外にお出かけされております」

「お出かけ……」

思いがけない言葉に、ルーシャンは「はぁ？」と大きな声を出すはめになってしまった。ガルラはしばし黙り込んだ後「しまった」というように顔をしかめる。

「ルーシャン様、ご存知なかったんですか？」

「ご存知ないけど？」

「あー……、あぁ、なるほど」

明らかに失言した、という態度でガルラが蹄鉄を放る。磨かれた蹄鉄は日の光を反射して鈍く光り、同じく積まれた蹄鉄の山に戻る。

ちら、とそれに目をやったルーシャンは、もう一度ガルラに視線を戻した。

「どこに出かけてるの？　ビナイくん、馬車は苦手でしょ」

「えー……馬に乗っていきました」

つまり馬車ではなく、乗馬ということだろう。

馬なんて、早々に乗れるようになるものではない。ビナイとはよく話をしていたが、彼から「馬に乗る練習をしている」とは一度も聞いたことがない。

「相乗りで」

（相乗り、馬に相乗り？）

相乗りということは、誰かと共に馬に乗ることだ。つまりビナイは、ハティでもガルラでもない「誰か」と仲良く馬に跨って(またが)いるということである。

なんだか胸が、もや……として、ルーシャンは唇を尖らせる。

「誰と？」

ガルラはそんなルーシャンをちらりと見上げてから、「はぁ」と溜め息を吐いた。

「アルバート様です」

ルーシャンは「……」と無言になってから、「はぁっ？」と両手を広げた。

「アルバートとお出かけ？　馬に相乗りして？」

長身のアルバートが馬に跨っている。その前にちょこんとビナイが腰掛けて、馬の振動で揺れるたびに怯えたようにアルバートにしがみついている。アルバートはそれを笑って、優しく腕を回すように手綱を取って、そして……。

胸の中のもやがさらに広がっていく。ルーシャンはもはや不機嫌を隠すことなく「なんでっ⁉」と喚いた。

「どうしてビナイくんとアルバートが一緒に出かけるの？　二人で？　なんで？　私も知らされてないのに。なんで？」

ルーシャンの怒涛の「なんで？」に、ガルラは「いや、なんでと言われても」と小指で耳の穴を塞いでしまった。

「そもそも、ルーシャン様があの二人を引き合わせたんでしょう？　私の訓練に参加することも許可して」

「……まぁ、それはそうだけど」

ガルラがビナイに訓練をつけていると知ったアルバートは、その日のうちに「俺もガルラ様の訓練に参加したい」と言い出した。

まぁそう言い出すだろうな、とわかっていたルーシャンは「ご自由にどうぞ」と許可したのだ。二人の距離を縮めるのにいい機会だと、そう思って……。

しかしこれは早い、いくらなんでも展開が早すぎる。ルーシャンが把握しているならまだしも、知らないところで事が進んでいくのは……なんだか嫌だ。

ルーシャンは「む」と口を尖らせてから、腕を組んだ。

「で、何しに出かけてるんだ？」

「さぁ……私にはわかりかねます」

ガルラはそう言って肩をすくめ、そして、何故か楽しそうに片頬を持ち上げた。

「何かご不満があられるので？」

「不満？　……別に、何も」

不満も何も、二人が近付くことはルーシャンの狙い通りだ。

アルバートはルーシャンの知る中でも特段に良い男だ。剣の道一筋で生きてきた一本気な男で、そのためもういい歳なのに番がいない（まぁそれは、ルーシャンが言えた義理ではないが）。「運命の番」を探す魔法を使ってやろうか、と提案したことはあるが……。

「そういうのは、自然に出会うものだ」

とあっさり断られてしまった。

何もなく自然と「運命の番」に出会える確率など、一ヶ月毎日朝から晩まで雨が降り続ける確率よりまだ低い。ということは、このままいけばアルバートは「運命の番」と出会えない可能性が高い。

（だから……）

だから、ビナイを番にしてもいいんじゃないかと思ったのだ。信用できる男になら、可愛いビナイを託してもいいと……。

（しかし、さすがに手が早すぎないか？）

まだ出会ってひと月も経っていない。だというのに、二人で出かけるなど。ましてや一頭の馬に仲良く相乗りなど。

（いや、駄目だろ。駄目だ駄目だ、駄目だ）

見損なったぞアルバート、と心の中で勝手に友人をなじる。ビナイは臆病で、人見知りなところがある。そんなに一気に距離を詰められて、彼も困っているに決まっている。

「ちょっと、様子を見てくる」

頭の中に「ルーシャン様……アルバート様と二人では心細いです」としょぼくれているビナイの姿を想像して、ルーシャンはムッと肩をいからせる。

「様子って、え、ルーシャン様？」

ガルラが何か言いたげに名前を呼んだが、ルーシャンはもうそれどころではない。一刻も早くビナイを安心させてやらねばならないのだ。

「ここから馬なら、どうせ城下町だろう」

ルーシャンはそう言って、ふっ、と移動魔法を展開した。

後に残されたのは、蹄鉄を磨く布を片手に座り込む、ガルラだけだった。

＊

「あの、ありがとうございました」

店を出て、ビナイはアルバートに頭を下げる。

アルバートは「ん？」とビナイに視線をくれて、そして肩をすくめた。

「いいや？　俺がこの店に来たかっただけだ。美味（うま）かったか？」

「はい、とっても……！」

ビナイとアルバートが今出てきた店は、王都ヴィーラでも一番人気の大衆食堂……らしい。アルバートに教えてもらったばかりなのでビナイも詳しくはわからないが、とにかく、街のみんなが多く通う食堂だという。

大衆向けというだけあって、値段の割に量が多かった。多いというか、どの料理も山盛りだ。その上、店に入ってから出るまでずっと人がごった返していて、隣に座るアルバートとの会話すら、大声で喚かないと届かないほどだった。

料理や酒が飛ぶように行き交（か）い、荒々しくて、活気に満ちていて、やたら騒がしくて、楽しい。ビナイはこのような店に来るのは初めてだったが、なんだか食事をするだけでなく、ひと運動したような気持ちになった。

「すごい熱気でしたね。食事というより、戦のような……」

「だろう？　騎士の食堂もこんな感じなんだ。いや、もう少しお上品……と言いたいが、なんせごつい男ばかりだからなぁ。もっと荒っぽいかもしれん」

「そうなんですか？」

「そうだ。この店には女将（おかみ）がいるが、騎士の食堂は料理人まで全部岩のような大男だからな。すごいぞ？」

冗談のような話に、ビナイは「わぁ……」と言葉をなくす。この食堂以上の活気とは、一体どんなものなのだろうか。

「あ、いや。人目のあるところでは上品だぞ。貴族の出の者も多いしな。騎士に憧れる子どももたくさんいるから、このことは内密に頼む」

「はは、了解しました」

内密に、と口元に指を当てるアルバートは茶目っ気に溢れていて、ビナイもくすくすと笑ってしまう。

「本当はうちの食堂に連れて行ってやりたかったんだが、さすがにビナイくんのような子は……うん、難しいかな。『美味しそうなもの』に目がない男たちにもみくちゃに群がられて危ないかもしれない」

言葉の途中でビナイを頭のてっぺんから足先まで見て、アルバートが苦笑する。たしかに、ビナイのようなひょろひょろが騎士の中に混じっても、肉のひと切れすら食べられずに弾き出されるかもしれない。

「俺が騎士の方にも負けないような立派な体になったら、連れて行ってください」

むん、と右手で拳を握ってそうお願いすると、アルバートはますます苦味の増した笑みを浮かべる。

「そういうことじゃないいんだけどな」

「?」

何が「そういうこと」じゃないのかわからないまま。ビナイは握った拳をそのままに、きょと、と首を傾げた。

「でも、どうして食堂に？」

腹ごなしに、と城下町を散策することにした二人は、街中を横断するように流れる川のほとりを歩いていた。

川の名前はヴィーラ、都の名前にもなっているこの国の生命ともいえる雄大で、美しい川だ。

そのほとりは綺麗に整備されており、石畳が整然と敷き詰められていた。ぽかぽかと気持ちの良い陽気の中、ビナイたちと同じように散策したり、もしくはなだらかな川縁の芝生の上で休憩している人の姿もたくさん見える。

「ここのところ元気がないように見えたから、気晴らしにな」

「……えっ！　ありがとう、ございます」

「理由は……ルーシャンか？」

アルバートの問いに、ビナイは「うぐっ」と息を詰めてしまった。図星だったからだ。

「わかりやすいなぁ」

ははっ、と笑うアルバートは、どうやらビナイに最近元気がないことも、消沈している理由も、すべてお見通しだったらしい。

「どうしてわかったんですか？」

「まぁ。ビナイくんは意外と図太い……いや、打たれ強いというか……訓練でガルラ様に思い切り伸されても、ハティさんに怒られても、それほど気にしないだろう？」

「まぁ、はい」

ガルラに負けるのは当たり前のことだし、ハティに怒られるのはビナイが悪いことをした時だけだ。ビナイはそんなことでは落ち込んだりしない。そう言われてみれば、ビナイはそう簡単にへこたれない性質かもしれない。

（村にいる時は、落ち込んでいる暇もなかったし……）

ふと、少し前の自分を思い出して不思議な感覚を覚える。あの頃は生きるのに必死で、目の前のことをこなすのに必死で……辛く悲しいことばかりだったが、落ち込んで足を止めることはなかった。

（俺って、意外と打たれ強い、のか？）

「そんなビナイくんを落ち込ませるのは、ルーシャンしかいない」

物思いに耽(ふけ)っていると突然、びしっと目の前に指を突きつけられた。ビナイはきょとんと目を見開く。

その指から逃げるようにそろりと顔を傾ける。と「名推理だろ？」と微笑むアルバートと目が合った。

「……そうですね。俺が落ち込むのは、ルーシャン様のことくらいです」

その顔を見ているとなんだか気が抜けて、ビナイもふにゃりと笑って返した。アルバートには、ルーシャンに対する気持ちを知られているので、隠す必要がないから気が楽だ。

ビナイはアルバートの横を通り過ぎるように数歩早足で歩き、そしてすぐそこを流れるヴィーラ川を眺める。

さらさらと止まることなく流れる川は穏やかで、太陽の光を集めた水面(みなも)はきらきらと白く輝いて……優しく微笑むルーシャンのことを思い出させてくれる。

「最近……、ルーシャン様が会いに来てくださらなくなって」

そう。最近、ルーシャンが部屋を訪れてくれなくなってしまった。いつも就寝前に来ていたのに、ぱったりと。

毎夜「今夜は来てくれるかな」と期待しては夜更かしして、気が付いたら眠っていて。寂しい気持ちのまま目覚めて落ち込む。その繰り返しだ。

しょんぼりと肩を落とすビナイの横に並んだアルバートは、どこか気の毒そうに「そうか」と頷いてくれた。

「どのくらい会えていないんだ？」

「もう、五日ほど……」

「五日か。それは長いな………………五日っ⁉」

急に大きい声を出されて、ビナイはビクッとその場で飛び上がる。もし今耳と尻尾が出ていたら、ぶわわっと毛が広がっていただろう。

「五日って、たった五日かっ？　あのルーシャンと五日会ってないからって、なんの問題もないだろう？　あれは平気でひと月、ふた月は研究所にこもるような男だし……」

力強い黒目で見つめられて、ビナイは思わず仰け反りながら「だ、だって、あの」と続ける。

「それまでは毎日会っていたから、き、嫌われたんじゃないかと」

「毎日っ⁉」

バサッ、バササッ！　と水鳥が飛び立つ音がした。

ビナイは、ぐわっと伸し掛かりそうな勢いで詰め寄ってくるアルバートに怯え「ひぇ」と涙目になる。

「毎日、毎日会いに来ていたっ？　あのルーシャンが？　あのルーシャンがっ？」

「あのルーシャン」が、ビナイの知っているルーシャンであることは間違いないはずだが、どうやら見解（けんかい）の相違（そうい）があるらしい。アルバートは困惑したように額を押さえている。

「さっきも言ったがな。あいつはそう易々（やすやす）と毎日会えるような男じゃないんだ」

たしかに思い返してみれば、ビナイが獣人であることが判明する前はほとんど顔を合わせていなかった。その頃を思うと、毎日会えていたこと自体が奇跡のようなものだったのだろうか。

「じゃあ、会えないのは当たり前ですね……」

「いや、そうじゃなくて。そうじゃなく……あぁっ！」

アルバートがその節くれだった手でくしゃくしゃと髪の毛をかきむしる。そして、うーん、うーん、と唸った後、ビナイになんとも言えない難しい顔を向けてきた。

「初めて会った時にも思ったんだが、ルーシャンは君のことを気に入っている。いや、むしろ……君のことが好きなんじゃないか？」

「え……？」

ルーシャンがビナイのことを気に入っている。

ルーシャンがビナイのことを、好き。

「え……えぇ……っと、それは、ないです」

ゆっくりと、しかしきっぱりと、ビナイはその可能性を否定する。

「そうか？　君が傷つくのを嫌がっていたし、妙に優しく接していたように思うが……」

傷つくのを嫌がっていた、というのがどの会話や仕草のことを指しているのか咄嗟に思い出せなかった。が、ルーシャンがビナイにそのように振るまった理由はすぐにわかった。

「それは俺がルーシャン様の研……」

研究対象だからだ。しかし自分が半獣であることを口にできないと思い出し、ビナイはもごもごと言葉を濁す。

「けん、……どうした？」

言葉の続きを促(うなが)されて、ビナイは「や、その」と上手い誤魔化し方を考える。

「研究、のためじゃないかな、と。一応……『運命の番』なので」

もともとルーシャンは「運命の番」を効率的に見つけるための研究をしていた。であれば自分もその研究の一環になるのでは、と苦しいながら言葉を捻り出す。

アルバートは「なるほどな」と頷いて、しかしすぐに首を振った。

「そういう対象とは、また違う接し方だと思ったがなぁ。そもそも毎日会いに来るなんて……」

何がどう違うのか。ビナイはアルバートの言葉の意味することがわからず、戸惑いを隠せないまま彼を見上げる。

彼自身も、明確な答えを持ち合わせているわけではないらしい。「んん～」と困ったように唸りながら、それでもなんとか自身の考えをビナイに伝えてくれようとしている。

「なんていうか、ビナイくんと話している時のあいつからは……人間味を感じるんだ」

「人間味？」

「ルーシャンはこの国の元第三王子だし、あの通りほら、まぁ……容姿もいいだろう？」

「はい」

それは間違いない。ヴィーラ川のようにきらきらと輝く銀髪。美しい朝焼けの空を思い出させる薄紫の瞳。すらりと通った鼻筋に、薄く色付いた唇。それでいて高い身長に、逞しい体。まさしく、絵画の中から抜け出してきたような美丈夫だ。

「学生時代から、ありとあらゆる方面から懸想されてな。そりゃあもう、すごかった」

あの容姿で、王子様で、おそらく成績だって優秀で……惹かれる者は数多いただろう。

そんなの当たり前だ、と思いながらも、なんだか胸のあたりがざわざわと騒がしくなる。

「でも、あいつはどんな美人に声をかけられても、たとえ発情期のΩに誘惑されても、歯牙にもかけなかった。なんていうか、人間を相手にしてる感じじゃないんだ」

見ると彼はどこか遠くを……過去を見るような視線をヴィーラ川に向けていた。先ほどかきむしったせいで毛先がどこそこ向いていた黒髪も、風に吹かれて綺麗に整っていく。

そよそよと風にそよぐそれを眺めていると、アルバートが溜め息まじりに「おそらく」と、話を続けた。

「あいつにとっては、人間も、物も、同じだったんだと思う。……まぁ、俺は運良く幼い頃に友人になったから人間扱いされているが」

「そんな……」

そんなことないです、と言いたいが言えない。ビナイは、ルーシャンについてあまりにも知らなすぎるからだ。それでも、ビナイを撫でるあの優しい手付きや、村に学校を作ってくれたこと、色々なことが頭の中で巡って……何か言い返したくなってしまう。

く、と下唇を噛むと、アルバートが困ったように微笑んで、ぽん、とビナイの頭を撫でてくれた。

「悪い奴じゃないんだけどな。強大すぎる魔力とか、家族との関係とか……色々、あったせいでな。多分ちょっと、欠けてる」

(家族?)

そういえば、ルーシャンから家族の話を聞いたことはない。

ルーシャンの父や母、そして腹違いも含め九人兄弟であることは以前ハティから聞いた。ただ、兄弟との関係は一度も聞いたことがない。ルーシャンの末弟がアルバートの「運命の番」であることは教えてもらったが、他にはどんな兄、どんな弟がいて、ルーシャンとはどんな仲なのだろう。そんな話を無性に聞いてみたい衝動に駆られた。

ビナイは頭の上にのったままのアルバートの手を掴み、ゆっくりとそれを下ろした。

「あの、ルーシャン様のご兄弟って……」

きゅ、とアルバートの手を両手で握りしめて。そして覗き込むように視線を上向けて、顔をグッと近づけるようにしてルーシャンの兄弟について問おうとした……その時。

突然、ふっと体が軽くなった。

「えっ？　あ……っ！」

足元がぐにゃりと歪むその感覚に覚えがあって、ビナイは「あっ、わっ」と咄嗟に身近にあった「何か」を摑んだ。

＊

ギュッ、と目を閉じて……そして次に開いた時。ビナイは見覚えのある部屋に立っていた。

「……あ、あれ？」

そこは、ルーシャンの屋敷の中にある自分の部屋だ。ビナイは「あれ、あれ？」と辺りを見渡して、自分の背後の人物に気付く。

「あっ、る、ルーシャン、様……？」

後ろに立っていたのは、ルーシャンだった。彼を見上げて、ビナイはビクッと身を縮める。彼が……とても冷たい目をしているように見えたからだ。

いつもにこにこと柔らかな表情を浮かべているからか、表情を消した彼はまるで温度がない人形のようだ。その長いまつ毛が作る影すら作り物のようで、ビナイは二、三歩下がりそうになり……自身がルーシャンの手を摑んでいたことに気付いた。

「あれ、あ、すみません。俺……」

先ほど、おそらく移動魔法を使われた時に咄嗟に摑んでしまったのは、ルーシャンの腕だったらしい。

「おや、もう放しちゃうの？」

と、それまで真顔だったルーシャンが、にこ、と微笑んだ。

それはいつも通り、血の通った穏やかな笑みで。ビナイは混乱して「え、え、はい、放します」と意味のないことを言って手を放した。

なにがなんだかわからなくて、頭の中は大混乱だ。

「アルバートの手は摑んでいたのに」

「……え？　あ、アルバート様……！」

ぼそ、と呟かれた言葉で、ビナイはようやくアルバートがいないことに気付いた。

ビナイだけがルーシャンの魔法でここに連れてこられたということは、アルバートはあのヴィーラ川のほとりに取り残されたままなのだろう。

「ど、どうしましょう」

どうしよう、どうしよう、と右往左往するビナイを見て、ルーシャンが「ごめんね」と神妙な顔つきで謝った。

「ちょっと期間が空いたからすぐにでもビナイくんの体調を知りたくて。慌ててたから、ついビナイくんだけ連れてきちゃった」

「俺の体調……あ、あぁ、なるほど」

そういえば今日出かけることは突発的に決まったので、ルーシャンも知らなかったのだろう。ビナイが屋敷に見当たらず、探してくれたのかもしれない。

「あの、すみませんでした。何も言わずに出かけてしまって」

「いやいや。私が屋敷を離れていた間のことだし」

謝らないで、とにこやかに言われて、ビナイはとりあえず頷く。ただ、気になることはまだあった。

「アルバート様が、あの、あそこに置き去りに……」

あの、あの、とルーシャンに縋る。と、彼は一瞬……先ほどと同じ、どこか冷めたような目を見せた。

(あ、あれ……?)

「アルバートね、うん、アルバート。わかった、今から行って伝えてくるよ。ビナイくんはもう屋敷に帰ってるから、一人で帰ってねって」

「は、はぁ」

伝えてもらえるのはありがたいが、その言い方だと角(かど)が立たないだろうか。

(友人同士はそんなものなのか？)

疑問に思いつつも、ビナイは「あ、それと」と口を挟んだ。

「とても楽しかったです、ありがとうございました。って伝えていただけますか？」

「……。うん、わかった」

妙な間(ま)があったが、ルーシャンはしっかりと頷いてくれた。ようやく安心して、ビナイはホッと胸を撫で下ろす。

「楽しかったんだね。ヴィーラ川のほとりで、二人で見つめ合って、どんな話をしてたの？」

　問われて思い出すのは、ルーシャンに会えなくて落ち込んでいることを、「たった五日」とアルバートに言われたり。ルーシャンが学生時代に多くの人から懸想されていたことであったり。ルーシャンがビナイを好いているかもしれないと言ってもらったり……。

「ひ……」

「ひ？」

「秘密、です」

　かー、っと頬が熱くなって、ビナイはもじもじと指を擦り合わせながら俯く。まさかそんな内容をルーシャンに言えるわけもない。

「へぇ、ふーん……そっかぁ。秘密かぁ」

　俯いていたビナイは、その時ルーシャンがどんな表情を浮かべていたか、見ることができなかった。

　ルーシャンは、先ほどビナイが「人形のようだ」と思った表情の何倍も冷たい顔をしたまま、腕を組んでビナイを見下ろしていた。

「じゃあ、アルバートのところへ行ってくるね」

「あ、よろしくお願いします」

　ビナイが顔を上げた時には、そこにはもう誰もいなくなっていた。

二十七 side ルーシャン

ルーシャンは、ぶす、と唇を突き出したまま、ハティたち使用人が控えている部屋で机に突っ伏していた。

ハティに「お茶でも淹れましょうか」と言われたが（気を遣われたのかもしれない）、大丈夫、と断ってしまった。

では何のためにここにいるのだ、と思われたかもしれないが、そんなのルーシャンだってわからない。ただもう、一人でいたくない気分だったのだ。

「ルーシャン様？　ビナイ様に会いに戻られたのではないですか？」

ハティに問われて、ルーシャンは「そうだよ！」とこれみよがしに哀れに頷く。体を起こし、胸の前に手を当てて。

「ビナイくんは今、ガルラに訓練をつけてもらっている」

「それなら……」

「でも今日はアルバートが来ているから、『お前が見ているとビナイくんが集中できない』って追い出されたんだ」

「おやまぁ」

ハティは頬に手を当てて、しかし「あら？」と首を傾げる。

「ルーシャン様は、ビナイ様とアルバート様が仲良くされて嬉しいのではないですか？」

ハティの問いに、ルーシャンは胸に当てていた手をするすると下ろす。

「元々お二人を恋仲にして観察するためにお引き合わせになったんでしょう？」

ルーシャンはそのまま、また机に懐くようにぺったりと伏せてしまった。が、ハティの追撃は止まらない。

「まさか今更になって惜しくなっている……なぁんて、そんなことはありませんよね？」

ちくちくと目に見えない棘で刺されて、ルーシャンは机に突っ伏したまま顔を横向ける。

「あのねぇハティ、私を誰だと思っているんだい？」

「ルーシャン様です」

「そう。言わずと知れた大魔法使いであり稀代の魔法研究家、ルーシャン・ヴィラルハンナだ」

ルーシャンはその姿勢のまま、ぺしぺしと机を叩く。

「この私が自分の行いに対して後悔などすることがあると思うかい？」

そう言われたハティは「はぁ」と生返事を返した後、上から下までルーシャンを眺めまわした。

「どこからどう見ても後悔しているように見えますが」

ルーシャンは、うーんと唸って、そのまま撃沈してしまった。もはや顔を起こす元気もない。

「すみません。少々いじめすぎました」

ハティは苦笑しながらルーシャンと話をしている間に淹れたお茶を彼の前に置いた。

「いらないと言ったはずだけど」

「心を落ち着けるのに必要かと思いまして」

しれ、とそんなことを言う彼もまた、長年ルーシャンに仕えている男だ。もしかすると、ルーシャン以上にルーシャンの扱いを心得ているのかもしれない。

ルーシャンはぐったりとした体をもう一度起こして、良い香りのする茶をひと口飲んだ。

「……美味い」

「そうでしょうとも。私の可愛い茶器で淹れたお茶ですから」

気に入りのティーポットを撫でるハティは、にこにこと楽しそうだ。その笑顔を横目で見やってから、ルーシャンは溜め息を吐いた。

ルーシャンは今、おそらく生まれて初めて自身の行いを後悔していた。

何をかというと、あれだ。アルバートとビナイを引き合わせたことだ。

先日。二人が「仲良く」お出かけをしていると聞いたあの日。ルーシャンは疾風(しっぷう)の如(ごと)き速さで二人を見つけた。移動魔法は「場所」の指定しかできないので、人探しには向かない。だからわざわざ上空移動魔法なんて手間のかかる方法で、ヴィーラの空をうろうろと飛び回った。

そんな地味な苦労をしてビナイとアルバートを見つけた時……、二人はなんと、手を繋いでいた。

(手を、手を繋いでいたんだぞ？　手を！)

思い出すだに口惜しくて、ルーシャンはキリキリと奥歯を擦り合わせる。

きらきらと美しいヴィーラ川のほとり。身なりからして立派な騎士と、この国ではおよそ見かけることのない褐色の肌に宝石のような紅い瞳を持つ青年が向かい合って、手を取り合って、見つめ合って……。まるで浪漫劇のような一幕に、何故かルーシャンの背中をぞわぞわと嫌な感覚が走り抜けた。

　そしてルーシャンは上空からビナイの真後ろに直行し、そのまま彼を屋敷へと連れ帰ったのだ。まるで、アルバートから掻っ攫うように。

　なんでそんなことをしてしまったのかもわからないし、ビナイに「とても楽しかったです、ありがとうございました。って伝えていただけますか？」とアルバートへの伝言まで頼まれて胃がひっくり返ったような気分になるし、散々、もう散々だった。

　……そのすぐ後。ルーシャンはビナイとの約束通りアルバートの元へ向かった。癪だったが、大変癪で、遺憾で、腹立たしかったが。それでも、ビナイとの約束を守らないわけにはいかないと思ったのだ。

「よう。人さらい」

　そんな健気な(と、自分で思う)ルーシャンに対し、アルバートは開口一番そんなことを言ってきた。

　一瞬「人さらいはお前だろう。ビナイくんを私の断りもなくこんな所へ連れ出して」と言ってやろうかと思った。が、さすがにその言葉は喉の奥にしまっておいた。それでさらにアルバートに何か言われようものなら、彼を消し炭にしかねないと思ったからだ。

「ビナイくんは？」

「私たちの屋敷に戻っている。心配しなくていい」

「私たち、ねぇ。お前の屋敷だろ。……ま、心配はしてないけど」

いちいち人の揚げ足を取るのが上手い男である。むっ、としながらもルーシャンは「そうか」と頷いてやっておいた。

「ルーシャン。お前、今自分がどんな顔をしてるかわかっているか？」

「顔？　知らん。自分の顔に興味などない」

顔なんて骨の造形と皮一枚の話だ。魔法でいくらでも変えられるのだから、ルーシャンにとってはまったく無意味なものでしかない。

「そんなことより。……ビナイくんが『楽しかった』と伝えてくれと言っていた」

後半、多少早口の小さな声で伝えてやる。いっそ聞き取れなければいいのにと思ったが、アルバートは「お」と嬉しそうに笑った。

「よかった。連れ出した甲斐があったな」

微笑むアルバートの表情は柔らかい。先ほどビナイも、そんな顔をアルバートに向けていた。

なんだか胃のあたりがもやもやむかむかして、ルーシャンは自身の腹を押さえる。最近ろくに食事を摂っていないせいかもしれない。

「とにかく。ビナイくんにも予定はあるし、今後は私の許可なく勝手に連れ出さないでくれないか」

そう。ビナイには予定がたくさんある。訓練に、勉強に、それからルーシャンの研究にも協力してくれている。

（……そうだ、研究だ。ビナイくんに何かあったら、研究に支障が出る。半獣人なんてこの世に二人といないかもしれない存在なのに）

だから失うわけにはいかない。彼には安全にいてもらう必要がある。

わけのわからなかった憤りに理由がついて、ルーシャンの気持ちがようやく落ち着きかける。

「なんでビナイくんのことに、ルーシャンの許可がいるんだ？」

せっかく忠告してやったのに、アルバートは何故か不思議そうな（いや、底意地の悪い）顔をして、ルーシャンに問いかけてきた。

「別に番でも何でもないんだろう？　ビナイくんに聞いたぞ」

「……！」

もうそんな話をしていたのか。ルーシャンは驚いて目を見張り、そしてその驚きがバレないように真顔を取り繕（つくろ）う。

「別に。番でなくとも保護者のようなものだから。心配するのは当たり前だろう」

はっ、と鼻で笑ってやると、アルバートは「保護者なぁ」と同じく鼻で笑って返してきた。

「ま、保護者だろうな。こんな束縛（そくばく）をする番なんてビナイくんもお断りだろうし」

ガンッと頭を殴られたような衝撃だった。ムカムカムカッと苛立ちが脳天まで突き抜けて、ルーシャンは目を据わらせて、ピンッと指を跳ねさせる。

「ぶわっぷ！　っ、冷た！」

指で跳ねさせたその魔法は、過（あやま）たずアルバートの鼻先に届いたらしい。アルバートの顔に冷気が広がって、前髪が白く凍（こお）る。

「なにをするんだ、この陰険（いんけん）魔法使い」

「うるさい。この剣馬鹿」

二人はじっとりと睨み合い、そしてじりじりと距離を置く。

「根性曲がりの変わり者」

「頭の中まで筋肉野郎」

お互いに口汚く悪口を言い合って、そしてルーシャンは手を振り上げ、アルバートは腰の剣に手をかけた。

「お前に言われたくはないっ！」

同時に発された二人の声が重なって、ドォンッ！　という爆発音にかき消される。

ヴィーラ川に凄まじい高さの水柱があがった。

＊

「そういえば、王……お父様から苦情が入っておりましたよ。街中であまり魔法を使うな、と」

ハティの言葉に、ルーシャンははたと現実に引き戻される。

街中で魔法とは、十中八九あの日のアルバートとのいざこざのことだろう。

くだらない口げんかの末、ルーシャンはアルバートとあの場でやり合ってしまった。ルーシャンは魔法を駆使し、アルバートは剣を振るい……周りに被害が及ばないようにヴィーラ川の上で闘ったし、少し壊れた箇所（石畳が剝がれたり、橋の一部が欠けたり）についてはすぐに修復を行った。が、やはり駄目なものは駄目だったらしい。

「あれはアルバートが……いや、わかった。気をつける」

ルーシャンは反論しかけて……、やめた。何があろうと、魔力を「持つ者」として相応しくない振るまいであったことに違いはない。

「ルーシャン様が公の場で攻撃魔法を使われるなんて珍しいですね」

だからあれはアルバートが喧嘩を売ってきたのだ、と言いかけてやはりやめる。結局喧嘩を買ったのは自分だし、まぁ……ルーシャンの方が売ったと言えなくもなかったからだ。

決着はつかなかったが、あの日から二人して顔を合わせるたびにギスギスとしたやり取りを繰り返している。

今日も訓練から追い出されたのは……。

「ルーシャンがいるとビナイくんが訓練に集中できないようだ。悪いがルーシャン、外してくれないか？」

と、アルバートに言われたからだ。それはもう、嫌味たっぷりに。

そんなことないと言ってくれると思っていたビナイにも「あの、はい、緊張はします……少し、少しだけですけど」なんて言われてしまって。すごすごとその場から立ち去るはめになった。

「どうして私が邪魔者扱いされるんだっ」

やっぱり納得いかない、とドンッと机を叩く。

「それはまぁ、自業自得ではありませんか？」

すかさずハティの素っ気ない言葉が返ってきた。

瞬間的に、む、とするものの、そもそもハティにそんなふうに言われること自体珍しいと気付く。

怒りより先に、おや、という感情が湧いてきた。

「ハティが私を責めるなんて、珍しいね」

そう言うと、ハティが「まぁ、今回の件に関しましてはね」と首を振った。

「ルーシャン様のことはもちろん大事ですが……最近はビナイ様のことも同じくらい愛しく感じておりますので」

思いがけず真摯な答えが返ってきて、ルーシャンは驚いてハティを見る。彼はどこか困ったように笑って、そしてルーシャンのカップへ茶を注ぎ足した。

「ルーシャン様に振り回されるビナイ様が不憫でならないのです。ビナイ様が幸せになれる道があるというのであれば、そちらを選んでいただいても構いません」

あれだけ番になれと言っていたハティが、ビナイに「別の、幸せになる道を選んでもいい」と言うなんて。

「本当に、ハティだよな？」

「えぇ、ハティでございますよ」

いっそ本人であるのか疑わしく、確認する。と、ハティは苦い笑いを溢した。

「ルーシャン様にお世継ぎを、とはもちろん今も思っておりますが……それと、ビナイ様の幸福とはまったく別の問題であることに気付きました」

どうやら、ハティにも思うところがあったらしい。ルーシャンは「あ、そう」と返してから窓の外へと目を向けた。

抜けるような青空の下で、ビナイは楽しそうに訓練に励んでいるのだろう。きっと、アルバートと共に。二人仲良く剣を携えて、それをぶつけ合って……。

「なんか、嫌だな」

ルーシャンは行儀悪く肘をついて、その手に顎をのせた。

「嫌だなぁ」

何が嫌かと自身に問いかける。そうすると、ビナイが自分の知らないところで誰かと楽しそうにしているのが嫌だ、と返ってきた。

でもそれは、ビナイが研究対象であることを考えたら……どうでもいい話だ。彼が誰と仲良くしようが、ルーシャンの研究にはまったく支障がない。支障はないはずなのに……。

「後悔されても知りませんからね、って言ったじゃないですか」

そういえばハティは、ルーシャンがビナイとアルバートを引き合わせようとしていた時にそんなことを言っていた。

と、そういえば他にも言っていたことがあったと、ルーシャンは思い出す。

「ハティはさ、ビナイくんが私に恋してるんじゃないかと言っていたよね」

「あぁ、はい。申し上げましたね」

ハティから見て、ビナイは自分に恋しているように見えたのだ。そのことがなんだか妙に嬉しくて、ルーシャンは窓の外に向けていた顔をパッとハティへ向けた。

「今もそう思う？」

ルーシャンの明るい問いかけに、ハティは「え」と困った様子で顎に手を当てた。

「今は……、うーん、どうでしょう。ビナイ様のお気持ちはわかりませんが、ルーシャン様はいかがですか？」

「……私ぃ？」

頼りになる侍従は、困ったように……しかしどこか期待するような顔でルーシャンを見ていた。

ルーシャンの気持ちは……どうだろう。突然聞かれても困ってしまう。が、しかし。

『傍観者でいなさい』

再び、耳の奥に冷たい言葉が蘇った。ルーシャンは開いた唇を引き結んで、そして溜め息を吐く。

「……わからないな」

ルーシャンは傍観者だ。

ビナイたちとはまた違う次元で生きている。俯瞰した場所から、彼らを見下ろしている。同じ目線にはなれないし、なってはいけない。

ルーシャンの答えを聞いたハティは、どこか寂しそうに微笑んで「そうですか」と頷いただけだった。

二十八　side ルーシャン

のだ。

（別に。昼間に会えなくても、夜会えるしな）

昼間は散々アルバートに妨害されたが、ルーシャンはいつだってビナイに会いに来ることができる
夜。ルーシャンはビナイに会うために、研究所から屋敷へ移動しようと準備していた。

以前は、思いついたらすぐに移動していたのだが、最近は鏡の前で髪を整えたり、わざわざ直前に洗浄魔法で体を綺麗にしている。ビナイが「良い匂い」と言ったコロンを振りかけたり、撫でる時に傷つけないよう爪を整えたり……、なんだかもう、会いに行くのにやたら手間がかかる。

まぁ勝手に手間をかけているのは自分なのだが。

（ふふん。訓練から追い出されようと関係ない）

頭の中のアルバートに「どうだ。私の方がビナイくんと会えるんだぞ」と腕組みして宣言したところで、それが何の自慢にもならないことに気付く。

（今は、それでいい）

今はルーシャンは許可なくビナイに会える。毎夜会いに来たって、獣姿のビナイを撫でたって、文句は言われないし、嫌がられない。

（けれど、もし）

もし、ビナイがアルバートと番契約を結んだらどうだろう。

『ルーシャン様。俺、アルバート様と番になりたくて……』

恥ずかしそうにそう言って、隣にいるアルバートに寄り添うビナイ。そんなビナイを見下ろして、優しく肩を抱くアルバート。

「うわぁ！」

嫌だ、嫌だ、嫌すぎる。と、ルーシャンは自身の両腕を手で擦った。嫌すぎて寒気までしてしまった。

しかし……ルーシャンがアルバートとビナイを引き合わせたのはそういう目的があったからだ。ごしごしと擦っていた手を止めて、ルーシャンはそれを目の前に持ってくる。

白く、傷のない手。少し力を込めればどんな魔法だって生み出せる、何ものにも負けない魔力を「持つ者」の手。この手があれば、欲しいものはなんだって手に入るし、いらないものはあっさりと手放せる。それこそ、なんでも叶う魔法の手……だったはずだ。

（なのにどうして）

どうして自分は、あの手を放してしまったのだろうか。

あの日。ビナイの育った村で、ルーシャンはたしかに彼の手を掴んでいたのに。自らの意思でその手を放して、別の誰かと繫がせようとした。

（そして今になって私は、それを後悔している……あぁ、後悔しているさ！）

ルーシャンは自棄のように心の内で叫び、現実でも「そうだとも！」と声を出した。

後悔している。それは自分でもちゃんとわかっている。であればもう諦めて「手を放してしまったものはしょうがない」とアルバートに任せるのが一番だ。ビナイに会いに行く必要もない。

なのに今、どうしてもビナイに会いたい。あの笑顔を見たいし、柔らかな声で「ルーシャン様」と呼んで欲しい。紅い宝石のような目がキュッと細くなる瞬間を見たいし、その頬に触れたい。

「どうしようもなく、会いたいんだ」

複雑な構造の自身の胸、その一番奥にしまっていた言葉がぽろりと零れる。

その理由にまでは辿り着けないまま、ルーシャンはただ正直に自身の感情に従って、移動魔法を使った。

*

「ビ〜ナイく……」

ん、と言い終える前に、何か……得もいえぬいい香りが鼻腔に届いて、ルーシャンは足を止めた。

すん、と鼻を上向けると、その香りが寝台から漂っていることに気付く。そして、いつもは開きっぱなしの寝台の天蓋が下りているのが目に入った。

「……ビナイくん？」

ビナイの瞳のような紅に金の刺繍が入った天蓋に手をかけようとした……ところで「待って！」と鋭い声が響いた。ビナイの声だ。

思わずぴたりと手を止めて、ルーシャンはもう一度「ビナイくん、どうしたの？」と布の内側にいるであろう彼を呼んだ。

「や、今日は……帰って、ください」

高く低く震えるその声はやたらとくぐもっていて、寝台の中、掛け布か何かに包まれていることが伝わってくる。どうして一人ぼっちで震える必要があるのか、ルーシャンは少しだけ迷ってから、そ、と天蓋のあわせを手の甲で払った。途端……。

「っ！」

ぶわっ……、と花の芳香に似た、甘く溶けるような匂いに全身を包まれる。ルーシャンは条件反射のように鼻先を手で押さえて、それが何の意味も持たないことを瞬時に理解する。

（Ωのフェロモン、発情期か）

フェロモンは鼻で香るものと勘違いされがちだが、それは違う。Ωのフェロモンは匂いではない。鼻を押さえたところで、ルーシャンは全身でそれを感じ取ってしまう。

（抑制剤は使用しているはずなんだけど）

以前も、ビナイが発情期の時にルーシャンの体はフェロモンの影響と思わしき反応を示した。抑制剤を飲んでいるのにもかかわらず、だ。

しかし、今回はその時以上の威力を感じる。

（すごいな、これは……なんだ？）

「はぁ……はぁ、ルー、シャン、さま」

一度払ったせいで出来た天蓋の隙間。紅い布が揺れるその合間から、濡れたような声が響く。同時に、背中を丸めて掛け布に包まった……頼りない子どものようなビナイの姿が見えた。下がった眉、紅潮した顔、潤んだ瞳。ビナイの、蕩けた発情顔が。

ぞくぞくぞくっ、と快感にも似た感覚が背を走り、ルーシャンは自身の体の周りに感覚を遮断させる魔法を展開した。これで多少はフェロモンを防げるはずだ。

「ビナイくん、発情期だね。薬は？」

以前は頑なに薬を拒んだビナイであったが、第二性の勉強を進めるうちにその意識も変わってきたようだった。

Ωとしての自分を貶めることが減り、他の性を持つ人間にへりくだることが減り、神に縋る様子も見られなくなった。はっきりと言葉にして聞いたわけではないが、ビナイなりに信じていた神を手放そうとしている様が見てとれていた。

「薬は……の、飲んだんです、が」

やはり、ビナイは自分で判断して薬を服用したらしい。そのことにホッと安堵すると共に、薬がまったく効いていない様子に……ルーシャンは眉を顰める。

「ちょっといいかい？」

一度ビナイに断ってから、ルーシャンは今度こそ躊躇わず天蓋を払った。寝台に蹲るビナイの背中を優しく支えて、仰向けにする。

ビナイは最初こそ、いやいや、とぐずるような態度を見せたが、その額を優しく撫でてやると次第に落ち着いた。どうやら日頃、獣姿の彼を撫でていた効果が出たらしい。

ビナイはルーシャンの手に顔を擦り寄せ、少しだけ安堵したような表情を浮かべた。まるで、ルーシャンのその手こそが自分を救ってくれると信じているように。

「んー……、ごめんね。苦しくしないから」

そんなビナイの頬に触れ、下瞼をめくって、口を開けさせ喉を見て、心臓の音を聞いて、下半身の昂り(たかぶ)を確認する。

(症状が軽減されている様子が、まったくない)

ルーシャンはビナイに悟(さと)られないように眉間に皺を寄せる。ビナイの症状は発情期のそれそのもので、薬によって軽減されているようには見えない。

「ビナイくん、薬を飲んだのはいつ?」

「今朝……、少し、発情期の兆候があったので、朝と、昼と、夕方にも……」

はっ、はっ、と荒い息の合間に、それでも懸命にビナイが答えてくれる。

ビナイは朝から薬を服用していた。であれば、こんなにも症状がひどくなるはずがない。

(前回の発情期の時は、確実に効いていたはずだ。なのに何故?)

もしかすると、ビナイが半獣であることが作用しているのかもしれない。ビナイの体は特別だ。人間と同じように見えて、まったく違う。

(一度効いたからときちんと調べなかったから)

もっとちゃんと調査していれば、半獣であるビナイ専用の抑制剤を作り出すこともできていたかもしれない。別の研究にばかりかまけていた。抑制剤が効かなくなる可能性を考えてもいなかったのだ。

思わず「ちっ」と自分自身に舌打ちしてしまう。

耳聡いビナイは、ルーシャンの舌打ちを聞き取ってしまったらしい。彼は震えながらルーシャンを見上げ「す、すみませ、ん」と息も絶え絶えな様子で謝ってきた。

仰向けの体を隠したいのだろう、もじもじと脚を交差させ、それでもルーシャンの指示に従っていようと体勢を変えず。ただ小さな声で「ごめんなさい」と謝っている。

なんだか心臓を、きゅう、と握りしめられたような心地になって、ルーシャンは「あぁ、いや」と言葉に詰まる。

「ビナイくんのせいじゃない、君に怒ったわけじゃないんだ。謝らせてごめん……ごめんね」

目の前で顔をくしゃくしゃにして涙をこらえる彼がいじらしくて、可哀想で。ルーシャンはどうしてやるべきかわからず、おろおろと頬を撫でてやる。せめても、と興奮を落ち着かせる魔法をかける……、がしかし。

「あ、んっ！」

その素肌に触れた瞬間、ビナイが小さな喘ぎ声を漏らした。

本当に、小さな声だったが、ルーシャンの耳にはたしかに届いた。同時に、ビナイの寝巻きの……その下半身の一部がみるみるうちに色を変えていく。おそらく、吐精したのだろう。

それを見て。ルーシャンの喉が意図せず、ごく、と鳴った。

「ビナイく……」

「あ、あ、……っご、ごめ、なさっ」

わなわなと震えたビナイが、両手で目元を覆う。仰向けのまま、体を隠すこともできず、せめても視界を遮りたかったのだろう。

ルーシャンは、どっ、どっ、と不自然に高鳴る自身の心音を聞きながら「いや」だの「大丈夫」だの、慰めにもならない言葉を並べる。

(これは、これはよくない)

遮断魔法を使用しているのに、ビナイの指先ひとつ、まつ毛の揺れひとつに魅了されてしまう。そしてまた、何故か今の状態のビナイにはルーシャンの魔法も効かない。落ち着けるどころか、触れるだけで吐精させ、泣かせてしまった。

(魔法が効かないなんて。どうしたら……、いや、どうしようもない。私には、どうにもしてあげられない)

こんなこと初めてで、どう対処すべきかわからない。ルーシャンは愕然と肩を落とし、顔を俯けた。

そうやって悩んでいる間も、ビナイは苦しそうに浅い呼吸を繰り返し、すすり泣きながら「ごめんなさい」を繰り返している。

(もしも)

もしもこのまま、ビナイの異常ともいえる発情期が治まらなかったら。自分が一緒にいるせいでさらに苦しめてしまうなら。

ルーシャンは先ほどビナイに触れた手を、ぐ、と強く握り締める。爪が掌に食い込み、鋭い痛みが走る。もしかしたら皮膚が切れたかもしれないが、そんな痛み、今はどうでもよかった。

（発情期のΩを救う方法は……）

「ビナイくん」

　ルーシャンは努めて硬い声で、ビナイの名を呼んだ。

「アルバートを呼ぼう」

「アル……バートさま？」

　何を言い出すのだろう、というように目を瞬かせるビナイは、意識がふわふわとしているのだろう。きょと、と無垢（むく）な目を見せる彼に、ルーシャンは「そうだ」と頷いた。

「アルバートならきっと、そのαの精で……君の発情期を鎮（しず）めてくれる」

　Ωの発情期を治める方法は三つ。ひとつは時が経つのを待つ、ひとつは抑制剤を服用する。そしてもうひとつは、αの精をΩがその身に受けることだ。

　薬の効かないビナイを楽にしてやるには、αの精を注いでやるのがいいだろう。そしてその役は……アルバートが適任だ。ビナイのための魔法を使えず動揺しているルーシャンより、彼の方が落ち着いて対処してくれるだろう。それにビナイも、ルーシャンよりアルバートに懐いている。ヴィーラ川のほとりで手を繋いでいた二人の姿を思い出し、ルーシャンは下唇を噛みしめる。

　想像するだけで胃がひっくり返りそうな、途方もない怒りにも似た感情が湧いたが……だが、そんな自分の思いを優先してビナイをこのまま苦しめ続けることはできない。

「アルバートに事情を説明して、この場に連れてくる」

　だから安心して欲しい、と汗ばんだ額に貼りついた前髪を払ってやる。

……と、ビナイはゆっくりと二度、首を振った。

「や、や……です」

いや、いや、と子どものようにそう言ったビナイはみるみるうちにその目に涙を溜めて、ほろりと溢した。

「ビナイくん？」

ビナイはどう見てもアルバートに懐いていた。アルバートもまたビナイを可愛がっていた。であればこの発情期を治めるのは彼がいいだろうと、そう思ったのだが。ビナイはとうとう啜(すす)り泣きながら
「な、なんで」と繰り返す。

「なんで、アルバートさま、なんですか、なんでぇ」

「なんでって……アルバートなら、きっと君に優しくしてくれる」

ビナイはルーシャンの言葉を聞いてから、それでもやはりゆるゆると首を振った。

「優しく、なくて、いい……、いいです」

「ビナイくん」

甘えるように鼻を鳴らしながらそんなことを言われて、ルーシャンはほとほと困ってしまう。潤んだ目で見つめられて、助けを求めるように服の裾を摑まれて、もうどうしたらいいかわからない。

「……が、いい」

「ん？」

っく、うく、としゃくり上げるビナイが、何かを呟いた。よく聞こえなくて、ルーシャンはビナイ

の口元に耳を寄せる。

「ルーシャン様が、いい」

バッ、と、思わず身を離してしまったのは、決してそれが嫌だったからではない。

ルーシャンはまだビナイの吐息の感触が残る耳を片手で覆った。ばくばくと、心臓がうるさくてどうしようもない。顔が熱くて、胸が痛くて、下半身がやたら重たい。

「ルーシャン様の、そばにいたい」

泣きながら、ビナイがルーシャンの服の裾を摑む。そしてゆっくりと身を起こす。

ルーシャンは生まれて初めて、自身の「怯え」を感じ取った。目の前でほとほとと涙を溢す、見るからに弱々しい生き物に、ルーシャンは脅かされていた。

「ビナイ、くん……」

「あなたの、そばにいたい」

そう言って、くしゃりと顔を歪めたビナイは、ふら……と身を揺らめかせた。どうやら気が昂りすぎて緊張の糸が途切れてしまったらしい。そのまま力なく倒れ込んでくるビナイを、ルーシャンは慌てて受け止める。

——ドッ。

胸の中に飛び込んできた熱い体を受け止めた瞬間、ルーシャンの胸はまるで矢で射抜かれたような感覚を覚えた。

まるで、ビナイへの思いが、矢のようにルーシャンの胸を射抜き、そしてそこに根を張っていく。

「……え、え？」

自身の腕の中、うぐ……とすすり泣きながら胸に顔を擦り付けてくるビナイを見下ろし、ルーシャンは「？」と疑問符を浮かべる。

「なんだ、これ」

腕の中の柔らかく温かな存在を抱きしめずにはいられなくて、ルーシャンはビナイの頼りないほど小さく、壊れそうなほど柔らかな体に腕を回し、きゅ、と抱きしめた。

『傍観者でいなさい』

母の教えがぐるぐると頭の中を巡る。

言われた通り、傍観者でいたのに。傍観者でいるつもりだったのに。ルーシャンはいつの間にかその手をビナイに引かれて……ずるりと引きずり下ろされていた。足が地上につき、気付けば目の前に……腕の中にビナイがいる。

溶けてしまいそうなほど熱いものを胸の中に感じながらルーシャンはただひたすら、ビナイを抱きしめ続けた。

それから、一体何時間経ったのか。気が付けば窓の外から明かりが差し込んできていた。

ビナイは何度も苦しそうに呻き、鳴き、身悶えた。ルーシャンはその度に「大丈夫」「側にいる」「ここにいる」と優しく言い聞かせて、彼を撫でた。

遮断魔法はいつの間にかその効力を失くし、溢れ出るフェロモンに理性を壊されかけて、無理矢理にひどいことをしそうになっても、どうにか耐えた。自分の欲で、ビナイを傷つけたくなかったからだ。ビナイは時折、獣にもなった。人間の姿の時は荒波に揉まれるようにすすり泣き、淫らに乱れ、縋りつき。獣の姿の時は穏やかな波に揺られるように喉を鳴らし、額をすり寄せ、尻尾を腕に巻き付けて。いつの間にか服など布切れのようにどこかに追いやられ、ルーシャンは生まれたままの姿のビナイを抱きしめることになった。

しなやかな手足が体に絡むたびにどうにかなりそうだったが、それでも。

それでも、ただひたすら寄り添い続けた。彼が、ビナイが望むままに。ずっと……。

いくつもの波が過ぎ去り、束の間の穏やかな時間がきた。

ルーシャンの腰に腕を回し幸せそうに眠るビナイの黒髪を撫でながら、ルーシャンは呆然と朝焼けを眺めた。荒波に揉まれるような時間と穏やかな波に揺られるような時間を繰り返し過ごし、もう、くたくただったのだ。

白々と昇る朝日は空を紅く、青く、碧(あお)く、そして紫に染めていく。暁だ。

何度も理性と本能の狭間(はざま)で揺さぶられ続けたルーシャンはぼんやりとする頭で「あぁ……」とひとつの気付きを得る。

（そうか）

思い慕(した)うこと、思い焦(こ)がれること、もっと知りたいと、近付きたいと思うこと。誰にも渡したくないと嫉妬すること。切ないほどに思いを寄せること。

この暁の光に胸を灼かれるような、この思いは、これは……。

「これが恋か」

それは、天啓のような閃きだった。

朝焼けと共に下された、傍観者であろうとする故に鈍感であったルーシャンに対する、天からの啓示。

「鈍感なる者よ、恋を知れ」

ルーシャンはぽつりとそう溢して顔を歪めると、黒い獣を切ない気持ちで抱きしめた。

自身にできる精一杯に優しい手つきで、ぎゅ、と抱きしめた。

あとがき

伊達きよ

初めまして。伊達きよと申します。この度は『暁に恋を知れ㊤』をお手に取ってくださり、ありがとうございます。

今作は、その出自や育ち故に自分に自信がなく他人に好かれることなんてないと思っているΩのビナイと、高い魔力を持つが故に常に「傍観者」でいることを自分に強いていた鈍感なαのルーシャンによるオメガバースラブストーリーになっております。

タイトルに「上」とありますとおり、お話は「下」へと続いていきます。

上巻の半ばでビナイが、そして最後にようやくルーシャンが、自分が恋をしていることを知ります。そんな彼らの恋の行方と、それによって巻き起こる事件を少しでも楽しんでいただけましたら幸いです。

最後になりましたが、どんな時も的確なアドバイスをくださった優しい担当様、キャラクターたちをとても魅力的に描き上げてくださった奥田枠先生、校正、印刷、営業の各担当様方、この本の作成に携わってくださった全ての方、そして、数ある作品の中から、本作を手に取り、このあとがきまで読んでくださっているあなた様に、心からの感謝とお礼を申し上げます。

また下巻で、お目にかかれましたら幸いです。

【初出一覧】
暁に恋を知れ：投稿サイト ムーンライトノベルズ掲載「暁に恋を知れ」を加筆修正

この本を読んでのご意見、ご感想などをお寄せください。
伊達きよ先生・奥田 枠先生へのはげましのおたよりもお待ちしております。
〒113-0024　東京都文京区西片 2-19-18　新書館
【編集部へのご意見・ご感想】ピスタッシュ・ノヴェルス編集部
【先生方へのおたより】ピスタッシュ・ノヴェルス編集部気付　○○先生

暁に恋を知れ㊤

著者：伊達きよ【だて・きよ】

初版発行：2025年5月1日

発行所：株式会社 新書館

【編集】〒113-0024　東京都文京区西片2-19-18　電話（03）3811-2631
【営業】〒174-0043　東京都板橋区坂下1-22-14　電話（03）5970-3840
【URL】https://www.shinshokan.co.jp/

印刷・製本：株式会社 光邦

ISBN978-4-403-22139-2